Nicole Makarewicz

DEIN FLEISCH UND BLUT

Thriller | Holzbaum

Für meine Familie

Der Inhalt und die handelnden Personen dieses Buches sind meiner Phantasie entsprungen. Jede Ähnlichkeit mit lebenden oder toten Personen oder tatsächlichen Ereignissen lag nicht in meiner Absicht – und wäre ein selbst für mich ziemlich überraschender Zufall. Einige real existierende Örtlichkeiten habe ich den Bedürfnissen der Handlung angepasst. Sämtliche Fehler und Ungereimtheiten gehen selbstverständlich auf mein Konto.

Prolog

Montag, 9. Juli

Reglos sitzt das Mädchen im Gras. Es trägt ausgeblichene Jeans, der Saum ausgefranst, die Hosenbeine grasfleckig. Durch ein Loch im Stoff ist sein verschorfter linker Unterschenkel zu sehen. Die weißen Sandalen sind wie das hellgelbe T-Shirt ein wenig zu groß. Deutlich hebt sich ein herzförmiges Feuermal am rechten Oberarm von der blassen Haut des Kindes ab. Seine kurzen braunen Haare werden mit Spangen aus dem Gesicht gehalten. Das Kinn hat es auf den angezogenen Beinen abgestützt. Den Daumen im Mund starrt es ins Nichts.

Blicke schweifen über das Mädchen hinweg. Fernfahrer, Reisegruppen und Familien drängen an ihm vorbei in die klimatisierten Räume der Raststation. Die unbewegte Luft, dick vor Abgasen, flirrt in der Mittagshitze. Das Mädchen hat Durst. Es schwitzt, ihm ist übel. Doch es bleibt sitzen. Rührt sich nicht. Kein Ton. Keine Bewegung. Bis es in sich zusammensackt.

Als es zu sich kommt, ist das Kind von Menschen umringt. Aufgeregtes Stimmengewirr.

»Polizei«, hört es.

»Ausgesetzt ... Furchtbar ... Wer tut so was?«

»Wie heißt du, Kleines?«, fragt eine ältere Frau, die aussieht wie eine nette Oma, und neben ihm in die Hocke gegangen ist.

Das Mädchen antwortet nicht.

»Verstehst du, was ich sage? Sprichst du Deutsch?«

Die Oma lässt nicht locker.

Sie ist gefährlich, das weiß das Mädchen. Sie sind alle gefährlich. Manchmal tun sie nett, aber sie sind es nie.

Das Mädchen bleibt stumm. Es schließt die Augen, zieht sich in sich selbst zurück. Dorthin, wo es sicher ist. Das Mädchen macht sich unsichtbar.

Um seinen Hals hängt an einer Schnur ein Zettel. Auf ihm stehen drei Worte: An Leah Sebelia.

Kapitel 1

Fünf Monate zuvor.
Mittwoch, 16. Februar

Ein Brief. Weiß, C5-Standardformat, die Adresse aufgedruckt. Eine Honigbiene auf der 70-Cent-Marke.

Die Gegensprechanlage schrillte. Leah tastete nach Max. Ein Griff ins Leere. Ihr Blick fiel auf die unbenützte Seite des Bettes. Die aufsteigenden Tränen waren ihr in den vergangenen drei Monaten zu vertraut geworden.

Sie stand auf und schlüpfte in den weißen Bademantel, der am Fußende des Bettes lag. Ein Mitbringsel aus dem ersten gemeinsamen Kurzurlaub, Souvenir eines hoffnungsvollen Anfangs. Von schlechtem Gewissen geplagt, hatte sie ihn in ihren Koffer geschmuggelt. Sie lächelte bei der Erinnerung an ihre Nervosität. Und an sein Grinsen, als Max ihr nach dem Auschecken aus dem Hotel gestanden hatte, den Bademantel bezahlt zu haben. Erleichtert und wütend zugleich hatte sie ihn gegen den Arm geboxt.

»Du Mistkerl!«

Sein Lachen hatte ihr das Gefühl gegeben, angekommen zu sein.

»Post«, tönte es Leah aus dem schmutzigweißen Plastikhörer der Gegensprechanlage entgegen. Sie drückte den Türöffner. Kurz danach klingelte es. Leahs Parterrewohnung war nur durch einen kurzen Gang von der Haustüre getrennt. Der Wohnung angeschlossen war ein winziger Garten, kaum dreißig Quadratmeter groß, aber immerhin. In einem Wiener Innenstadtbezirk ein Luxus. Die gartenseitige Front der Wohnung war verglast, ein Grund mehr, im Erdgeschoß zu wohnen.

Der Briefträger, der seine dunkelblaue Wollhaube tief ins Gesicht gezogen hatte, schniefte.

»Einschreiben. Unterzeichnen hier, bitte«, nuschelte er.

Sie nahm den angebotenen Stift und kritzelte ihre Unterschrift auf das Display seines Handscanners. Ein Hustenanfall schüttelte ihn. Desinteressiert sah er auf die Hand, die er sich vorgehalten hatte, und wischte sie sich an seiner Hose ab. Dann kratzte er sich am Kopf und reichte ihr mit der anderen ein Kuvert. Unverständliches grummelnd schlurfte er davon.

Leah drehte den Umschlag um. Als Absender war ein Postfach angegeben. Sie riss den Brief auf und zog einen Zettel heraus. Drei Zeilen, gedruckt. In der ersten eine Web-Adresse, die aus scheinbar willkürlich aneinandergereihten Zahlen und Buchstaben bestand. Darunter der Benutzername *baloo* – wie der Dschungelbuch-Bär – und ein Passwort. Leah knüllte das Schreiben zusammen und warf es zum Altpapier.

Ihr Blick wanderte zur Schreibtischuhr.

»Mist, verfluchter!«

Sie sprang auf und hetzte ins Badezimmer. In einer Dreiviertelstunde war sie zu einem Interview verabredet. Ihr Gesprächspartner war Mitglied einer Selbsthilfegruppe Pädophiler, die ihre Neigung nicht auszuleben versuchten. In der Dusche ging sie nochmals die Fragen durch, die sie ihrem Interviewpartner stellen wollte.

Vor einem Jahr hatte sie das Angebot eines Nachrichtenmagazins angenommen, eine Reportage über Pädophilie zu verfassen.

Das Thema widerstrebte ihr, aber als freie Journalistin fehlte ihr der finanzielle Spielraum, Aufträge abzulehnen. Je mehr sie sich in die Recherchen vertiefte, desto stärker drängte es sie, dieser abnormen Veranlagung auf den Grund zu gehen. Was bedeutete es für Betroffene, mit einem geächteten Verlangen leben zu müssen? Wie konnte dem Missbrauch von Kindern und Jugendlichen vorgebeugt werden? Wer konsumierte Kinderpornographie? Wer produzierte sie?

In ihr reifte der Entschluss, ein Buch über Pädophilie und die damit assoziierte sexuelle Gewalt an Kindern zu schreiben. Die Absagen etlicher Verlage schreckten sie nicht ab. Im Gegenteil. Verbissen suchte sie nach jemandem, mit dem sie das Projekt verwirklichen konnte. Die zunächst vage Idee wurde rasch zur Besessenheit. Das Thema ging ihr fast zu nahe, ließ sie aber auch nicht los. Oder war es umgekehrt? Wollte *sie* nicht loslassen?

Ihre Reportage wurde mit einem Journalismuspreis ausgezeichnet. Das Preisgeld bot ihr Möglichkeit, sich auf die Arbeit am Buch zu konzentrieren. Ein Fingerzeig? Davon war sie überzeugt.

Als sie aus dem Haus trat, sah sie die Straßenbahn um die Ecke biegen. Sie schaffte es im letzten Moment, mit der Hand die Lichtschranke der sich bereits schließenden Falttüre zu blockieren. Außer Atem ließ sie sich auf den einzigen freien Platz, den Sitz über der Heizung, fallen. Das Quietschen der betagten Straßenbahngarnitur steigerte sich in den Kurven zum kreischenden Crescendo. Die anfangs angenehme Wärme des Sitzes wurde ihr bald unerträglich. Schwitzend lehnte Leah ihre Schläfe an das kühle Fenster. Um sich abzulenken, konzentrierte sie sich auf die im Spätwinter erstarrte Stadt. Am Rathausplatz wurden vormittägliche Eisträume ausgelebt und vor dem Parlament fotografierten Touristen einander mit Pallas Athene, die dem Hohen Haus scheinbar ungerührt den Rücken zukehrte. Bei der Staatsoper stieg Leah aus. Eisiger Wind schlug ihr entgegen. Sie klappte den Mantelkragen hoch und begann zu rennen.

Im verabredeten Café sah Leah sich suchend um. Der belebte Coffeeshop war nicht unbedingt das Ambiente, das sie als Treffpunkt gewählt hätte. Ihr Blick streifte Studenten mit Skripten und Laptops, ein händchenhaltendes Pärchen und zwei reifere Damen, die mit botoxstarren Mienen in eine Unterhaltung vertieft waren. Dann entdeckte sie einen jungen Mann, der gedankenverloren mit einem Zuckerpäckchen spielte. Er sah hoch, ihre Blicke trafen sich. Bestätigend nickte er.

Leah gab ihm die Hand und stellte sich vor.

»Wir sind verabredet?«

»David.«

Im Aufstehen stieß er seinen Pappbecher um.

Fluchtbereit, schoss es Leah durch den Kopf.

Mit rotem Gesicht versuchte David, den Kaffee mit den Händen aufzuhalten. Leah reichte ihm eine Handvoll Servietten.

»Danke.« David wirkte eine Spur weniger verkrampft, mied jedoch ihren Blick.

»Möchten Sie irgendwo anders hingehen? Wo wir ein wenig mehr unter uns wären?«

Sofort verkrampfte er sich. Ein wenig zu heftig schüttelte er den Kopf. »Es ist okay hier. Ich bin oft da und ...«

Ein Hauch Panik schwang in seiner Stimme mit.

Offensichtlich musste er all seinen Mut zusammennehmen, um nicht aufzuspringen und davonzulaufen. Betont gelassen setzte sie sich hin und holte ihr Notizbuch und ein Diktiergerät aus der Tasche.

»Darf ich das Gespräch aufzeichnen?«

»Was wir besprechen, also, das wird aber nicht veröffentlicht?«

»Ich recherchiere für ein Buch, die Fallgeschichten werden anonymisiert und deutlich verfremdet. Sie müssen sich keine Sorgen machen.«

»Du«, unterbrach er sie, »bitte duzen Sie mich. Das macht es ein bisschen einfacher.«

Er wirkte unfassbar jung.

»Darf ich fragen, wie alt du bist?«

»Einundzwanzig.«

»Und seit wann weißt du über deine Neigung Bescheid?«

»Ungefähr mit zwölf habe ich gemerkt, dass ich nicht wie die anderen bin. Mädchen haben mich nicht interessiert, Burschen auch nicht. Und dann, da war ich fast vierzehn, habe ich mich zum ersten Mal verliebt.«

David rieb sich die Nase.

»Der Sohn des Nachbarn war sechs. Er war hübsch und lieb. Etwas Besonderes.«

Verständnissuchend blickte er auf.

»Ich habe es gewusst. Dass er es ist. Das spürt man ja. Mir war klar, dass es nicht richtig war. Aber ich wollte ihn so sehr. Ich konnte nur noch an ihn denken, war richtiggehend von ihm besessen. Ich wollte ihn spüren, seine zarte Haut ...«

Seine Stimme verlor sich.

Leah spürte, dass sich die feinen Härchen in ihrem Nacken aufrichteten.

»Hast du?«

Sie zögerte, weiterzusprechen.

Abwehrend schüttelte er den Kopf.

»Nein, ich würde nie, ich hab nicht, und ich werde auch nie ...«

Er geriet ins Stottern.

»Ich habe noch nie ein Kind angerührt. Davon träume ich nur. Aber ich darf nicht. Es ist schwer, unglaublich schwer sogar.«

David begann, wieder mit dem zerknautschten Zuckerpäckchen zu spielen.

Das Schweigen wurde bedrückend.

»Siehst du dir Bilder an?«

»Du meinst Kinderpornographie?«

Seine Stimme überschlug sich, als befände er sich noch im Stimmbruch.

»Nein! Das würde ich nie!«

»Ich bin nicht hier, um dich zu verurteilen, ich versuche, zu verstehen.«

»So etwas mache ich nicht. Das ist Missbrauch. Auch wenn es nur Fotos sind.«

»Es sind nicht nur Fotos!«

Das kam schärfer als beabsichtigt.

»Natürlich nicht! Es ist furchtbar, was Kindern damit angetan wird. Ich könnte das nicht. Und ich unterstütze das auch nicht. Auf gar keinen Fall!«

Er fuhr sich durch sein streichholzkurzes braunes Haar, griff zum Kaffeebecher und merkte, dass er leer war. Auf seinem Sessel hin und her rutschend, setzte er zum Sprechen an, hielt inne und versuchte es erneut.

»Ich sehe mir Fotos in Versandhauskatalogen an, Bademode für Kinder und so«, flüsterte er schließlich.

»Ich weiß, dass das auch nicht okay ist, aber was soll ich anderes tun? Die Kinder posieren freiwillig für diese Bilder. Es sind Werbefotos, nichts Pornographisches oder so.«

Er verschränkte die Finger, löste die Hände wieder voneinander.

»Ich habe doch sonst nichts. Kinder sind tabu, Pornos auch und irgendwie ... Was soll ich denn tun? Ich bin, wie ich bin. Damit muss ich leben.«

Wieder griff er zum Becher, stoppte jedoch mitten in der Bewegung.

Die im Hintergrund laufende Loungemusik ging Leah mit einem Mal fürchterlich auf die Nerven.

»Hast du eine Beziehung?«

»Du meinst mit einem Erwachsenen? Nein. Vor vier Jahren habe ich es versucht. Er war etwas älter als ich, hatte Erfahrung. Ich habe mir Mut angetrunken, viel Mut. Der erste Kuss war aufregend – das ist er wahrscheinlich immer?«

Leah nickte zustimmend. Sehnsucht nach Max wallte in ihr auf. Verärgert über sein Talent, sich in den denkbar ungeeignetsten Momenten in ihre Gedanken zu stehlen, verbot sie sich erfolglos, weiter an ihn zu denken. Doch Max war hartnäckig wie Kernölflecken. Auch sie waren zu einem Interview verabredet gewesen, das schließlich weitaus länger als die vereinbarte Stunde gedauert hatte. Mit seinem trockenen Witz hatte Max Leah sofort in seinen Bann gezogen. Sein unaufdringlicher Charme hatte sie fasziniert. Schon nach kurzer Zeit waren sie zu privaten Themen abgedriftet, hatten Übereinstimmungen in grundlegenden Fragen erkannt. Leah zwang sich in die Gegenwart zurück. Jetzt war nicht die Zeit, in Erinnerungen zu versinken. Sie konzentrierte sich auf ihr Gegenüber.

»Der Sex mit ihm war schrecklich«, sagte David.

»Er war groß und muskulös, nichts an ihm war zart und lieblich. Er hat mich angeekelt.«

Er rang sichtlich mit sich.

»Vielleicht klappt es mit einer Frau, habe ich mir gedacht. Ich habe es mir gewünscht, obwohl ich es besser gewusst habe. Ich war verzweifelt. Deshalb wollte ich es ausprobieren. Weil ... ich wollte normal sein.

Aber das bin ich nicht.«

Sein gequältes Lächeln wirkte wie ein verzagter Versuch, flapsig zu wirken.

»Ich kann keine Beziehung haben, nicht einmal Sex mit einem Erwachsenen klappt. Ich weiß nicht, warum ich bin, wie ich bin. Es ist falsch, aber es fühlt sich richtig an. Wie kann das sein?«

Wieder der Griff zur Nase, die mittlerweile rot gerieben war.

»Warum gerade ich? Wieso muss mir so eine Scheiße passieren?«

Erschrocken von seinem Ausbruch sah David sich um und senkte die Stimme.

»Es macht mich krank, nicht normal zu sein. Ich will dasselbe wie alle anderen: mich verlieben, Sex haben, glücklich sein. Aber das kann ich mir nicht erlauben. Außerdem liebe ich Kinder. Ich könnte ihnen nie wehtun. Aber ich begehre sie auch. Und deshalb muss ich mich von ihnen fernhalten. Jede Berührung, egal wie harmlos sie auch ist, löst Gefühle in mir aus. Die falschen Gefühle.«

Er vergrub das Gesicht in seinen Händen.

Unsicher, was sie tun sollte, berührte Leah seinen Arm und verfluchte noch im selben Moment ihre Impulsivität.

Instinktiv war David zurückgewichen. Verlegenheit über die Heftigkeit seiner Reaktion war ihm ins Gesicht geschrieben.

»Geht schon.«

Er räusperte sich und verschränkte die Hände auf dem Tisch.

»Willst du sonst noch etwas wissen?«

»Wie gehst du im Alltag mit deiner Neigung um? Meidest du Kinder?«

»Wenn es möglich ist. Ich gehe zum Beispiel nicht ins Schwimmbad. Oder am Nachmittag in den Park. Im Sommer ist es schwieriger. Aber ich finde ja auch nicht alle Kinder attraktiv, sondern habe einen bestimmten Typ. In dieser Hinsicht bin ich total normal.«

Sein halbherziges Grinsen versetzte Leah einen Stich.

»Hast du jemanden, mit dem du reden kannst? Dem du vertrauen kannst?«

»Nein, ich meine, ich ...« Er zuckte mit den Schultern.

»In der Gruppe ja, aber dort sind alle wie ich. Es ist keine Real-Life-Version eines Vertrauensverhältnisses. Aber es hilft, zumindest ein bisschen.«

»Was macht ihr in der Gruppe?«

»Reden. Darüber, wie schwer es ist und wie verdammt unfair. Du wärst überrascht, wie oft wir lachen. Aber es wird auch immer mal wieder getobt und geheult.«

»Hast du mit den anderen auch privat Kontakt?«

»Nein. Die Gruppe ist ein Raum außerhalb der Realität. Ich kann es nicht anders erklären, aber es wäre nicht richtig, diese zwei Welten zu vermischen. Die Gruppe ist eine Art Rettungsanker.«

»Ist die Gruppe deine erste Erfahrung mit professioneller Hilfe? Oder hast du schon eine Therapie gemacht?«

»Ich war zuerst in einer anderen Gruppe, aber die hat sich als Treffpunkt für Pädophile herausgestellt. Die haben dann Tipps ausgetauscht und mit ihren Eroberungen geprahlt. Da war zum Beispiel einer, der eine alleinerziehende Mutter geheiratet hat, um an ihre Töchter ranzukommen. Die waren da gerade mal zwei und drei.«

Er verstummte und starrte einen Moment lang ins Leere. Als er weitersprach, klang seine Stimme belegt.

»Ich habe die Gruppe angezeigt. Anonym, und darauf bin ich nicht stolz, aber ich wollte nicht auf einer schwarzen Liste landen. Danach hatte ich erstmal genug. Aber irgendwann war der Leidensdruck zu groß und ich habe mir einen Therapeuten gesucht

Seit zwei Jahren bin ich wegen Depressionen in Behandlung. Dank der Medikamente habe ich sie gut im Griff. Und was das andere betrifft, meine sexuelle Ausrichtung ist nicht therapierbar, sondern vermutlich angeboren. Das ist jedenfalls der letzte mir bekannte Stand der Forschung. Ich bin ein *Kernpädophiler*«, er zeichnete Gänsefüßchen in die Luft, »weil sich mein Interesse auf Kinder beschränkt. Diagnose: unheilbar pervers.«

Leah sah unbehaglich zur Seite.

»Sorry.« David hob abwiegelnd die Hände.

»Politisch korrekt müssen nur die anderen sein. Betroffene genießen Redefreiheit.«

»Und die Gruppe, in der du jetzt bist?«

»Die hat mir mein Therapeut empfohlen. Eine echte Selbsthilfegruppe, betreut von einem Psychologen, der sich darauf spezialisiert hat, Männern wie mir zu helfen. Dort kann ich über alles sprechen. Ich habe mir ja schließlich nicht ausgesucht, so zu sein.«

Den letzten Satz stieß er fast schon trotzig hervor.

»Weiß jemand aus deinem Umfeld über dich Bescheid?«

»Mein Vater hat versucht, für mich da zu sein. Er hat mich alleine großgezogen und mich auch nicht im Stich gelassen, als er es herausgefunden hat. Aber dann ... Vor zwei Jahren ist er gestorben.

Kurz nach seinem Tod habe ich meinem besten Freund von meiner Neigung erzählt. Wir kennen uns seit dem Kindergarten und ich brauchte jemanden zum Reden. Ich wollte keine Geheimnisse mehr vor ihm haben. Es hat gutgetan, darüber zu sprechen. Er hat behauptet, dass er mich versteht, doch in Wahrheit war er angewidert. Kurz danach hat er den Kontakt abgebrochen. Und seitdem ...« David unterbrach sich.

»Es tut mir leid, aber darüber will ich nicht reden.«

Er lehnte sich zurück, verschränkte die Arme vor der Brust.

»Danke, dass du so offen warst. Nicht viele hätten den Mut.«

Leah stellte das Aufnahmegerät ab und verstaute es in ihrer Tasche.

»Das Schlimmste ist, dass mich alle für ein Monster halten würden, wenn sie wüssten, was ich bin. Aber ich bin kein Ungeheuer. Ich studiere Maschinenbau, spiele Handball. Drei Abende pro Woche jobbe ich in einem Pub. Und ich liebe Schnitzel und Pizza.«

»Das mit den Schnitzeln nehme ich dir übel! Die armen Schweine.«

»Ich mag nur die originalen, die aus Kälbern.«

»Noch schlimmer!«

Sie lachten.

»Darf ich dich auf irgendetwas einladen?«

»Nein danke. Ich muss dann auch los.«

Er stand auf. Ein halbherziger Händedruck, dann wandte er sich ab und verließ das Café, ohne sich umzudrehen.

Dichtes Schneetreiben vereitelte Leahs Plan, zu Fuß durch die Innenstadt zu ihrer Mutter zu gehen, den Kopf auszulüften und Abstand zum Gehörten zu gewinnen.

»Bitte Fahrplanaushang beachten«, stand auf der elektronischen Anzeigetafel der Haltestelle vis-à-vis der Oper. Es dauerte fast eine Viertelstunde, bis die nächste Straßenbahn kam. Durchfroren und nass stieg Leah ein.

Das Gespräch mit David beschäftigte sie. Zwar hatte sie kaum etwas erfahren, das ihr im Zuge ihrer Recherche noch nicht untergekommen war, dennoch war das Interview wichtig gewesen. Statistiken, wissenschaftliche Publikationen, selbst Erfahrungsberichte konnten die Getriebenheit und die Verzweiflung der Betroffenen nicht so nachvollziehbar machen wie ein persönliches Gespräch. David war kein Monster, aber seine sexuelle Ausrichtung machte ihn gefährlich. Leah konnte das Opfer, das er erbrachte, nicht ermessen. Ein Leben ohne Aussicht auf eine Partnerschaft, selbstgewählte Isolation ohne die Möglichkeit, sich jemanden anzuvertrauen. Sein Leben lang würde David seine Wünsche, sich selbst verleugnen müssen.

Oder zu einem Menschen werden, den er verachtete. Leah fröstelte.

Am Schottentor stieg sie um. Noch drei Stationen bis zu ihrer Mutter.

Kapitel 2

Leah klingelte. Als sie bis zwanzig gezählt hatte, öffnete ihre Mutter. Anna wirkte erhitzt, einige dunkelbraune Haarsträhnen hatten sich aus ihrem Zopf gelöst.

»Leah, das ist aber eine Überraschung! Komm herein, ich muss noch schnell den Kuchen aus dem Ofen holen.«

Sie verschwand in Richtung Küche, bevor Leah antworten konnte.

Der Geruch der Wohnung war ihr seit ihrer Kindheit vertraut. Leicht blumig vermischt mit Küchendüften. Leah hängte ihren Mantel an den schwarzmetallenen Kleiderständer neben der Türe und streifte die Stiefel ab. Nach Leahs Auszug hatte Anna kaum etwas verändert. Einige Wände waren neu gestrichen, der Läufer im Vorzimmer ausgetauscht worden, und zu den Kinderbildern und Urlaubsfotos hatten sich Fotos von Anna und ihrem Lebens-, aber nicht Wohnungsgefährten Theo gesellt. Wie bei jedem Besuch warf Leah einen raschen Blick in ihr ehemaliges Zimmer, das Anna zu einer Bibliothek umgestaltet hatte. Ein abgewetzter, dunkelgrüner Ohrensessel vom Flohmarkt ergänzte das Ensemble bis zur Decke reichender Regale, die mit Romanen und Fachbüchern über Entwicklungspsychologie und Lehrmethoden vollgestopft waren. Anna war mit Leib und Seele Lehrerin. Seit ihrer Pensionierung verbrachte sie mehrere Vormittage pro Woche auf der Krebsstation des St. Anna Kinderspitals, wo sie mit den jungen Patienten spielte, bastelte und lernte. Sie war eine der beliebtesten »Gelben Tanten«, wie die ehrenamtlichen Helferinnen dort genannt wurden.

Der Duft von Vanille und Schokolade wehte Leah aus der Küche entgegen.

»Hallo Mama«, sagte sie und gab Anna einen Kuss auf die Wange.

»Kalt bist du.«

Leah rieb sich ihre trotz Handschuhen durchfrorenen Hände.

»Der Sturm ist furchtbar. Und in der ganzen Stadt herrscht Verkehrschaos. Kaum zu glauben, dass Ende Februar noch immer alle vom Schnee überrascht werden können.«

»Es wird Zeit, dass der Frühling kommt.«

Anna reichte ihr eine Tasse Hagebuttentee.

»Dir kann es ja egal sein, ab morgen hast du es schön heiß. Oder ist in Kenia gerade Regenzeit?«

»Höre ich da einen Hauch von Neid?«, stichelte Anna.

»Ich muss dich enttäuschen, mein liebes Kind, die Regenzeit geht erst Mitte März los. Da sind wir schon längst wieder zurück. Und dann kommt ja auch hier der Frühling.«

»Dein Wort in Gottes Ohr.«

Missmutig beobachtete Leah das Schneetreiben vor dem Fenster. Sie wandte sich ab und deutete in Richtung Ofen: »Wer ist denn der Glückliche?«

»Sophie, eines meiner Kinder. Morgen wird sie neun. Ich bringe ihr den Kuchen später noch vorbei.«

Kindergeburtstag auf der Krebsstation. Kerzen zur Chemo, Gratulationen zwischen Infusionen. Leah bekam eine Gänsehaut. Sie hasste Krankenhäuser, seit ihre Großmutter auf einer Pflegestation gestorben war. Noch heute, mehr als fünfundzwanzig Jahre später, vermeinte sie, den antiseptischen Klinikgeruch riechen und das flüsternde Quietschen der Kreppsohlen auf dem Steinboden hören zu können.

Anna seufzte. »Sophie tut mir besonders leid. Sie wünscht sich, dass ihr Vater kommt, aber der ist in China auf Geschäftsreise und schafft es nicht.«

»Aber er kommt wieder«, murmelte Leah. Darum beneidete sie das Mädchen, auch wenn sie nicht mit ihm hätte tauschen wollen. Vater-Mutter-Kind hatte es für sie nur als Spiel gegeben. Schmerzlich wurde ihr wieder einmal deutlich, wie wenig sie über ihren Vater wusste. Anna hatte mit ihr kaum über ihn gesprochen. Irgendwann hatte

Leah es aufgegeben, nach ihm zu fragen. Schon lange hatte sie nicht mehr an ihn gedacht. Umso überraschender empfand sie ihr plötzlich drängendes Verlangen, mehr über ihn zu erfahren. War es die Unterstützung, die David von seinem Vater erfahren hatte? Die Enttäuschung der kleinen Krebspatientin, die sie viel zu gut nachvollziehen konnte?

Leah gab sich einen Ruck.

»Wie war er so?«

»Wie war wer?«

Anna balancierte das heiße Backblech zum Küchentisch. Vorsichtig ließ sie die herzförmige Kuchenform auf die helle Holzplatte gleiten.

»Mein Vater«, antwortete Leah.

Anna zuckte zusammen und verbrannte sich den Unterarm am Backblech.

»Verflixt!«, entfuhr es ihr.

Sie stellte das Blech ab und rieb sich den Arm.

»Ist es schlimm?«

Leah hatte sich halb erhoben, um ihrer Mutter nötigenfalls zur Hilfe zu kommen.

»Nein, überhaupt nicht. Es war nur der Schreck.«

Geistesabwesend rieb Anna die leicht gerötete Stelle.

»Groß war er nicht«, antwortete sie endlich, »aber gut gebaut, muskulös. Er hat nicht schlecht ausgesehen, war aber auch kein Schönling.«

Anna runzelte die Stirn.

»Rote Haare, nicht karottenrot, eher ein dunkles Kastanienbraun. Rote Haare sind nicht das Meine. Er war gar nicht mein Typ. Ich mag eher die großen, bärenhaften.«

Sie stürzte den Kuchen aus der Form auf eine Tortenplatte.

»Apropos, kommst du morgen Abend zu Theos Lesung? Er würde sich freuen und ihr seid ja praktisch Kollegen.«

»Wenn es sich ausgeht«, murmelte Leah.

Sie mochte Theo, aber seine Gedichte machten sie nervös. Zwar konnte sie mit Lyrik nichts anfangen, erkannte Theos Versuche dennoch als nicht sonderlich geglückt. Aus Erfahrung wusste sie, dass bei der Veranstaltung auch andere Mitglieder seines Poesiezirkels vortragen würden. Eine ermüdende Vorstellung, die einen Themenwechsel dringend erforderlich machte.

»Wie mein Vater ausgesehen hat, hast du mir schon hundert Mal erzählt, aber sonst gibst du nichts über ihn preis. Du schließt mich aus!«

Verständnislos sah Anna sie an.

»Was meinst du damit?«

»Ich will mehr über ihn wissen. Was hat er gemocht? Was hat er gerne getan? Worin war er gut?«

Anna zögerte. Einen Hauch zu lange.

»Jazz hat er geliebt. Er hat eine umfangreiche Plattensammlung gehabt.«

Das war Leah neu. »Was ist damit passiert?«

»Ich habe sie verkauft. Nach seinem Tod war das Geld knapp. Und ich kann Jazz nicht ausstehen.«

Abwehrend verschränkte Anna die Arme vor der Brust.

»Was noch?«, drängte Leah, nicht bereit, auch diesmal nachzugeben.

»Er war ein fantastischer Schwimmer, unglaublich schnell. Ein imponierender Anblick.«

Leah stellte sich ihren rothaarigen, muskulösen Vater vor, der durchs Wasser pflügte. Glitzernde Tropfen, in denen sich das Licht brach, stechender Chlorgeruch, vom Wasser gedämpfte Umgebungsgeräusche. Sein Gesicht blieb konturenlos.

»Warum gibt es eigentlich keine Fotos von ihm?«

»Aber Leah, das weißt du doch. Der Wasserrohrbruch.«

Anna knetete ihren rechten Daumen.

»Damals, in unserer alten Wohnung, kurz nachdem ...«

Viele Bilder habe es sowieso nicht gegeben, war Annas immer gleich lautende Antwort gewesen, wenn Leah sie als Kind um Fotos angebettelt hatte.

»Dein Vater hat es gehasst, fotografiert zu werden. Das hast du von ihm.«

Noch in ihrer Teenagerzeit hatte jedes nicht von ihr geschossene Foto in Leah ein Gefühl der Verbundenheit mit ihrem Vater ausgelöst.

»Ich wüsste gerne mehr über ihn. Nichts zu wissen lässt mich haltlos in der Luft hängen.«

»Kannst du bitte die Schokolade umrühren?«

Dunkle Brocken zerflossen zu einer zähen Masse, die Leah mit kreisenden Löffelbewegungen glättete.

»Seit ich an meinem Buch arbeite, denke ich oft an ihn.«

»Warum denn das?« Irritiert, ungeduldig.

»Ich weiß nicht, wieso ausgerechnet jetzt alles hochkommt, aber vielleicht sind es die Männer. Männer, die Väter sind, Stiefväter, Großväter, Onkel.«

Leah unterbrach sich, bemühte sich, ihre widersprüchlichen Gefühle in Worte zu fassen.

»Ich bin von Männern umgeben, aber in meinem Leben spielen sie keine Rolle.«

»Und was erwartest du jetzt von mir?«

»Ich will Antworten. Es geht um meine Geschichte. Meine Wurzeln. Darum, wer ich bin. Warum ich bin, wie ich bin.«

»Dein Vater hat absolut nichts damit zu tun, was aus dir geworden ist! Er ist gestorben, als du ein Baby warst.«

Die Schärfe in Annas Stimme irritierte Leah.

»Natürlich hat er etwas damit zu tun. Er ist immerhin mein Vater.«

»Er hat dich gezeugt, aber damit hat es sich auch schon!«

»Du kannst ihn doch nicht auf einen Samenspender reduzieren. Du hast ihn geliebt. Dass er gestorben ist, heißt nicht, dass er nicht ins Gewicht fällt.«

Verbissen rührte Leah um.

»Wenn ich mich selbst kennen will, muss ich über ihn Bescheid wissen. Ich verstehe nicht, warum du mauerst. Es ist nicht fair, dass du nicht über ihn sprichst. Es gibt keine Fotos, kein Grab ...«

»Er wollte verbrannt werden«, fiel ihr Anna ins Wort.

»Seine Asche habe ich in die Donau gestreut, genau wie er es wollte. Aber auch das habe ich dir bestimmt schon tausend Mal erzählt.«

»Ich weiß, aber ...«

»Ist die Glasur fertig?« Annas Stimme klang flach.

Leah hörte auf zu rühren, nahm die Schüssel aus dem Wasserbad und reichte sie ihrer Mutter.

»Bitte Mama, es ist wichtig für mich.«

Verbissen schüttelte Anna den Kopf. »Sei mir nicht böse, Leah, aber es tut mir nicht gut, über ihn sprechen.«

Mit gleichmäßigen Bewegungen verstrich sie die Schokolade auf dem Kuchenherz.

Daheim beim Mittagessen fiel Leah der merkwürdige Brief wieder ein, den sie am Morgen erhalten hatte. Sie ließ ihre halbaufgegessene Portion Gnocchi in Gorgonzolasauce stehen und fischte den Zettel aus dem Altpapier. Sie strich ihn glatt und versuchte, aus seinem Inhalt schlau zu werden. Während sie darauf wartete, dass ihr Notebook bootete, trommelte sie mit den Fingernägeln ein Stakkato auf die Schreibtischplatte. Nachdem sie die Internetadresse abgetippt hatte, poppte ein Anmeldefenster auf. Leah gab den Benutzernamen ein, danach das 19-stellige Passwort. Das Loginfenster verschwand, ein neues Fenster baute sich auf: die Startseite eines Forums. Sie überflog die Themenliste: Girl-, Boy- und Babylover, Erstkontakt, Grooming, Reisetipps, Warnungen, Frischfleisch. Die Avatare der Teilnehmer waren Kinderbilder, die Namen aus Märchen und Filmen entliehen. Neben baloo grinste ihr ein blonder Bub entgegen. Angewidert klickte sich Leah durch Threads und Kommentare. Das Spektrum der Beiträge reichte von überzeugter Selbstgefälligkeit bis hin zu verzweifelten Rechtfertigungsversuchen. Es gab Abhandlungen über die sexuelle Verlockung der »unschuldigen Reinheit«. Aufforderungen, Kindern beizubringen, ihre Sexualität zu bejahen. Und die Behauptung, dass Kinder ebenso viel Spaß an einer pädosexuellen Beziehung hätten wie ihre erwachsenen »Freunde«. Die User berichteten von jahrelang andauernden Partnerschaften, die erst an der Pubertät des Kindes scheiterten, und diskutierten darüber, dass Pädophilie bereits im Wortsinn »Liebe zu Kindern« bedeutete. Übergriffe wurden zu Liebkosungen, das Ausnützen von Abhängigkeiten zu Beziehungen bagatellisiert.

Bedrückt sah Leah in den Garten. Obwohl es in den letzten Stunden heftig geschneit hatte, war der Schnee nur an einigen Stellen liegengeblieben. Eine etwa zwei Meter hohe Konifere hob sich als grüner Fleck von der weitgehend braunen Einöde ab, in die der Winter den Rasen verwandelt hatte.

Der Brief lag ihr wie ein Stein im Magen. Seit längerem hatte Leah vergeblich versucht, Zugang zur Pädophilenszene zu bekommen. Einen Zugang, der ihr nun auf dem Silbertablett geliefert worden war. Wer hatte ihr den Brief geschickt? Die fast noch drängendere Frage: Warum? Was bezweckte der anonyme Absender? Wollte er ihr helfen? Ihr eine Falle stellen? Was erwartete er im Gegenzug von ihr?

Kapitel 3

Donnerstag, 17. Februar

Leah erwachte unausgeschlafen und gereizt. Unruhig hatte sie sich herumgewälzt, war, kaum eingeschlafen, wieder hochgeschreckt. Traumfragmente zerrten an ihrem Unterbewusstsein. Max, immer wieder Max.

Sie war bäuchlings auf der Couch gelegen und hatte den ersten Teil ihres Manuskriptes korrigiert, als Max mit einem einzigen Satz ihre Beziehung zerstörte. Er saß in seinem Lehnstuhl, einem bordeauxroten, unglaublich bequemen Ungetüm, das er von seinem Großvater geerbt hatte. Ein Buch aufgeschlagen auf dem Schoß, beobachtete er Leah, die alle paar Minuten hochsah und ihn anlächelte.

Sie sah auf, als Max sich räusperte. Diesmal erwiderte er ihr Lächeln nicht. Es schien ihn einige Überwindung zu kosten, auszusprechen, was ihm auf der Zunge lag, und es gelang ihm erst nach mehreren Anläufen.

»Ich kann so nicht weitermachen.«

Er sank in sich zusammen, wirkte mit einem Mal um Jahre gealtert.

»Ich habe einfach keine Kraft mehr.«

Seine Verzweiflung war unübersehbar. Die Mischung aus Schmerz und Liebe in seinen Augen brach Leah das Herz. Sie konnte seinem Blick nicht standhalten.

»Das Buch macht uns kaputt. Du musst damit aufhören. Bitte!«

Ein flehentlicher Unterton schlich sich in seine Stimme.

»Ich kann nicht.« Ihre Worte waren kaum lauter als ein Flüstern.

»Jetzt noch nicht. Ich muss es zu Ende bringen, das weißt du doch. Ich bin es den Kindern schuldig.«

»Die Kinder, es sind immer die Kinder. Aber was ist mit uns? Bist du uns nichts schuldig? Ich liebe dich, ist dir das nichts wert?«

»Ich liebe dich auch, sehr sogar, aber darum geht es hier nicht. Was ich für dich empfinde, hat nichts mit meiner Arbeit zu tun.«

»Das ist nicht dein Ernst! Deine Arbeit ist dein Leben. Das, womit du dich den ganzen Tag beschäftigst. Du träumst sogar davon.«

Frustriert stöhnte er auf.

»Und dann sind da noch diese Männer, sie sind immer da. Ich will mein Leben nicht mit Perversen teilen.«

»Ich versuche doch nur, zu verstehen!«

»Was gibt es da schon zu verstehen? Diese Typen sind gestört. Dein Buch wird daran nichts ändern. Die Welt ist kein Disneyfilm mit vorprogrammiertem Happy End. Das Leben ist unfair bis zur Unerträglichkeit. Glaubst du, es hilft irgendjemanden, wenn du dich dafür aufgibst? Wenn du uns aufgibst? Du setzt alles aufs Spiel – und wofür? Du merkst gar nicht, wie sehr dein verdammtes Buch dich vereinnahmt!«

Er stand auf und begann im Zimmer auf und ab zu gehen.

»Halte du mir nicht vor, dass ich meine Arbeit zu wichtig nehme! Wer von uns macht im Monat mindestens achtzig Überstunden?«

Leah sprang auf, um mit Max auf Augenhöhe zu sein.

Erbost schüttelte er den Kopf.

»Lenk jetzt nicht ab! Hier geht es nicht um mich und meine Arbeit. Es geht um dieses Buch und darum, was es mit dir macht.«

»Mit mir macht?«

»Es verändert dich. Es zerstört dich! Du bist von dieser Sache besessen. Was den Kindern angetan wird, ist entsetzlich, da stimme ich dir zu, aber du darfst dich davon nicht auffressen lassen.

Hör auf, solange es noch nicht zu spät ist!«

Leah wich einen Schritt zurück.

»Das klingt, als ob ich ein Junkie wäre. Es ist meine Arbeit, keine Droge.«

Seine Faust knallte gegen den Türstock.

»Dieses Buch«, er spuckte das Wort aus, als hätte es einen widerwärtigen Geschmack, »ist der Grund, warum es zwischen uns nicht mehr funktioniert.«

»Was funktioniert nicht mehr?«

»Du willst keine Kinder mehr. Du willst ja nicht einmal mehr darüber sprechen.«

Leah blieb ihm die Antwort schuldig. Max hatte recht. Obwohl sie seit ihrem letzten Geburtstag ihre biologische Uhr zunehmend lauter ticken hörte, verspürte sie nicht das Bedürfnis, Mutter zu werden. Sie hatte Angst, ein schutzbedürftiges Wesen einer Welt aussetzen, in der das Böse allgegenwärtig war, von der Normalität nur durch einen brüchigen Firnis getarnt.

»Daran ist nur dein beschissenes Buch schuld! Es drängt sich zwischen uns – ein unsichtbarer Dritter, der plötzlich Teil unserer Beziehung ist. Für dich zählt nichts mehr außer deiner Arbeit. Du musst damit aufhören. Für uns.«

Leah ignorierte seinen flehenden Blick. Wut verklumpte sich in ihrem Bauch zu einem heißen Ball. *Wie konnte er?*

»Soll ich jetzt also alles hinschmeißen, nur weil dir nicht in den Kram passt, was ich tue? Wer bist du, mir Vorschriften über meine Arbeit zu machen?« Heftig schüttelte sie den Kopf.

»Seit wann bist du denn erpicht darauf, Vater zu werden?«

Die Hände in die Hüften gestemmt, starrte sie ihn an. Mit schmerzhafter Deutlichkeit war ihr bewusst, wie sehr sie auf seine Unterstützung hoffte. Sie brauchte Max, wollte sich auf ihn verlassen können. Ihre Arbeit verlangte ihr emotional viel ab, sie wollte sich nicht auch noch dafür rechtfertigen müssen.

»Was spricht deiner Meinung nach dagegen, das Buch zu schreiben?«

»Du bist eine Frau. Das ist kein Thema für eine Frau.«

»Wenn du das wirklich glaubst, bist du ein sexistischer Chauvinist«, schnappte Leah.

»Warum sollten Männer besser mit diesem Thema umgehen können? Weil die meisten Täter männlich sind? Weil Frauen sich gefühlsmäßig zu sehr engagieren? Das alles lässt mich nicht kalt, aber ich kann mir auch nicht vorstellen, dass es das irgendjemanden lassen würde, der auch nur über einen Funken Menschlichkeit verfügt. Egal, ob Frau oder Mann. Und nicht nur deshalb sehe ich es als meine Pflicht, darüber zu schreiben. Jemand muss schließlich etwas unternehmen, sonst hört es nie auf.«

»Sei doch nicht naiv! Du kannst Kinderschänder nicht einfach stoppen, indem du ein Buch über sie schreibst.«

Frustriert vergrub Max sein Gesicht in den Händen.

»Natürlich nicht, aber ich muss es versuchen.« Leahs Antwort klang selbst in ihren Ohren hilflos.

Ihre Machtlosigkeit verstärkte sich noch, als Max sie vor eine Wahl stellte, die keine war.

Es war ein Abschied ohne großes Aufheben. Keine Szene, kein Flehen, weder Gebrüll noch Beschimpfungen. Leah packte wortlos, schweigend sah Max ihr zu. Erst als die Türe hinter ihr ins Schloss gefallen war, merkte sie, dass sie weinte.

Leahs Magen knurrte deutlich hörbar und unterbrach den destruktiven Kreislauf aus Schuldzuweisungen, Selbstmitleid und sinnlosen Spekulationen. Sie stand auf und ging in die Küche. Jede Ablenkung war ihr willkommen. Ein gutes Frühstück würde ihre Lebensgeister wecken und ihr genug Energie geben, sich der Gegenwart zu stellen.

Den Bademantel ließ sie auf dem Bett liegen.

Kapitel 4

Ein großes Glas frischgepresster Orangensaft war Leahs allmorgendlicher Luxus. Sie holte die Zeitung vom Fußabtreter vor der Wohnungstür und setzte sich an den kleinen Tisch in ihrer kaum größeren Küche. Der Gartenblick entschädigte sie großzügig für den Platzmangel. Die zwanzig Minuten, in denen sie die Zeitung Seite für Seite las, waren für Leah ein Ritual, das sie nur selten ausfallen ließ. Als Abendmensch brauchte sie in der Früh einige Zeit, um in die Gänge zu kommen. Die Lektüre der Zeitung war ihre Brücke in den Tag.

Ein die Seite dominierender schwarzumrahmter Kasten zog ihren Blick an. Todesanzeigen faszinierten sie. Schon als Kind hatte Leah die Grabsteine auf Friedhöfen gelesen und sich Geschichten über Leben und Tod der darunter Begrabenen ausgedacht. Für Anna war Leahs Interesse an der Vergänglichkeit typisch wienerisch. Der hier üblichen Morbidität stand sie wie die meisten Westösterreicher mit distanziertem Amüsement gegenüber.

»Ab der Stadtgrenze gilt: Besser schön tot als gar kein Leben«, kommentierte sie die in Wien zelebrierte »Schöne Leich'«.

Die schlicht gestaltete Todesanzeige nahm fast zwei Drittel der Seite in Anspruch. Der Verstorbene hieß Gernot Sönherr. Leah hielt inne. Das war der Name ihres Vaters! Sie las den Nachruf ein weiteres Mal und danach sofort wieder. Worte, Satzfetzen tanzten vor ihren Augen.

»In tiefer Trauer«, »unerwartet aus diesem Leben abberufen«, »im 67. Lebensjahr«, »in liebevoller Erinnerung«, »die Familie«.

Der Name stimmte, das Alter passte.

Ein Zufall. Ein irrsinniger, riesiger, unfassbarer Zufall. Ihr Vater war seit fünfunddreißig Jahren tot, gestorben, als Leah sieben Monate alt gewesen war. Abrupt stand sie auf und stieß dabei ihr Glas um. Fluchend riss sie die Zeitung, ihr einziges Beweisstück, vom Tisch. Mit Küchenrolle wischte sie den Saft auf. Ihre Hände zitterten. Es musste eine logische Erklärung geben, die nichts mit ihr zu tun hatte. Hieß es denn nicht, dass jeder Mensch einen Doppelgänger hatte? Eine Binsenweisheit, die sich zwar auf das Aussehen bezog, aber warum sollte ihr Vater nicht einen Namensvetter gleichen Alters haben? In Wien? Wie wahrscheinlich war das?

Leah griff zum Handy und wählte Annas Nummer.

»Die von Ihnen gewählte Rufnummer ist vorübergehend nicht erreichbar ...«

Verdammt! Leah unterbrach die Verbindung. Sie hatte vergessen, dass ihre Mutter erst in zwei Wochen aus Kenia zurückkommen würde. Abgesehen davon war es sowieso keine gute Idee, die Sache am Telefon anzusprechen. Sie musste Anna dabei ins Gesicht sehen. Auch wenn sie bereits zu wissen glaubte, dass ihr ganzes bisheriges Leben auf einer Lüge basierte.

Sie hätte ihn kennenlernen können!

Sie hätte einen Vater haben können!

Das Zimmer verschwamm vor Leahs Augen. Es dauerte lange, bis sie zu weinen aufhörte.

Später riss sie die Seite vorsichtig aus der Zeitung. Die Verabschiedung fand am nächsten Tag am Zentralfriedhof statt. Um Gewissheit zu erhalten, würde sie hingehen müssen. Schon beim Gedanken daran wurde ihr schlecht. Die folgenden Stunden verbrachte Leah wie in Trance. Sie konnte sich nicht konzentrieren, nicht arbeiten, sich aber auch nicht entspannen. Sitzen zu bleiben war unmöglich. Sie sortierte Bücher um, schaltete das Radio an und aus, putzte die Küche. Ihre Nervosität schien sie elektrisch aufgeladen zu haben. Das Gefühl, die Wände hochgehen zu müssen, trieb sie schließlich aus der Wohnung. Ihr schwarzes Kostüm war ihr seit der Trennung von Max zu weit geworden. Ihren Vielleicht-Vater neu eingekleidet zu verabschieden, erschien ihr auf surreale Weise angebracht. Leah steckte ihr dunkelblondes Haar zu einem losen Knoten auf, schlüpfte in Jeans und einen schwarzen Rollkragenpullover.

»Mein Vater ist tot«, murmelte sie, darauf wartend, dass sich die Situation dadurch realer anfühlte. Diesmal versuchte sie gar nicht erst, die aufsteigenden Tränen zurückzudrängen.

Mit der U-Bahn fuhr Leah zum Westbahnhof und ging die Mariahilfer Straße Richtung Ring hinunter. Drei Stunden, ein Paar Schuhe und zwei Pullover später, war sie ausgelaugt. Nichts schien dem Anlass gerecht werden zu können. Überkritisch hatte sie Kostüme und Anzüge, Kleider und Röcke anprobiert, doch irgendein Detail fühlte sich jedes Mal falsch an. *Sie* fühlte sich falsch an. Frustriert hatte sie sich dunkelgraue Raulederpumps gekauft, die sie vermutlich nie tragen würde. Das Gefühl der Unwirklichkeit hatte sich dadurch nicht vertreiben lassen. Während sie auf die U-Bahn wartete, war Leah einen Moment lang versucht, die Taschen mit ihren Einkäufen auf die Gleise zu werfen. Ein Impuls, dem keine Tat folgte.

Zu Hause schaltete sie den Fernseher ein. Bis Mitternacht zappte sie durch dutzende Programme, ohne die Geschehnisse auf dem Bildschirm bewusst wahrzunehmen. Ihre Gedanken kreisten um ihren Vater. Sie konnte nicht verstehen, warum Anna ihn aus ihrem Leben getilgt haben sollte. Was konnte ihre Mutter zu diesem radikalen Schritt bewogen haben? Anna war weder nachtragend noch rachsüchtig. Schon oft hatte Leah ihr vorgehalten, zu nachgiebig zu sein, sich selbst nicht wichtig genug zu nehmen. Zudem war Anna der besonnenste Mensch, den Leah kannte, Kurzschlussreaktionen waren ihr wesensfremd. Was auch immer zwischen ihren Eltern vorgefallen gewesen sein mochte, es musste Anna zutiefst verletzt haben.

An Schlaf war nicht zu denken. Leah wünschte, Max wäre bei ihr. Bei ihm hatte sie sich geborgen gefühlt.

Groß und schlank, das schwarze Haar immer etwas zerzaust, strahlte er eine jungenhafte Unbekümmertheit aus, die im Kontrast zu seiner gelassenen Selbstsicherheit stand. Seine Belesenheit faszinierte Leah, seine Intelligenz forderte sie heraus. Kaum ein Tag war ohne einen verbalen Schlagabtausch vergangen. Stimulierende Streitgespräche, die Leah fast so sehr liebte wie seinen Tick, beim Lesen an seiner Unterlippe zu kauen. Einzig sein Hang zur Rechthaberei hatte ihr mitunter den letzten Nerv geraubt. Leah hatte sich ein Leben ohne Max nicht mehr vorstellen können. Auch jetzt war er immer noch präsent. Viel zu präsent.

Freitag, 18. Februar

Sie stand eine Ewigkeit vor dem Spiegel. Unzufrieden mit ihrem Aussehen, der Situation. Die Haare zu einem strengen Knoten hochgesteckt, in schwarzer Hose und Bluse, fühlte sie sich eher wie eine gestrenge Gouvernante als eine trauernde Tochter. Leah seufzte. Der Verabschiedung des Mannes, der möglicherweise ihr Vater war, würde sie sich auch in einem maßgeschneiderten Designerkostüm nicht gewachsen fühlen. Zum x-ten Mal sah sie auf die Uhr. Noch zwei Minuten, bis das bestellte Taxi eintreffen sollte.

Es nieselte. Der eisige Regen glättete die Straßen. Auf den wenigen Metern vom Taxi bis zur Aufbahrungshalle strauchelte Leah mehrmals. Ihre Stiefel waren zwar elegant, aber komplett profillos. Mehr schlitternd als gehend erreichte sie schließlich das Gebäude. Sie zog den Mantel aus, glättete ihre Bluse und zupfte ihre Frisur zurecht. Ein vergeblicher Versuch, sich zu sammeln. Ein letztes Mal kontrollierte sie die Tafel, auf der vermerkt war, in welchem Saal die Einsegnung stattfand. Ihr Blick blieb am Namen ihres Vaters hängen. Die schwarzen Buchstaben machten es greifbar. *Gernot Sönherr.* Vorsichtig, fast zärtlich zeichnete sie die schlichten Lettern nach. Gänsehaut überzog ihre Arme. Abrupt wandte sie sich ab.

Ein goldenes Wandbild von Jesus am Kreuz dominierte den mit weißem Marmor ausgekleideten Jugendstilsaal. Etwa zwanzig Trauergäste waren bereits versammelt. Leah blieb in der Nähe der Türe stehen. Sie hatte nicht die geringste Ahnung, was sie tun sollte.

Links neben dem Podest mit der Urne hatte sich eine Gruppe Kondolierender versammelt. Als der Pfarrer den Saal betrat, wichen sie zur Seite und gaben den Blick auf eine junge Frau frei. Leah erstarrte. Die junge Frau sah ihr unfassbar ähnlich. Wäre ihr schulterlanges Haar dunkelblond und nicht leuchtend rot gewesen, hätte sie Leahs jüngeres Spiegelbild sein können. Die honigfarbenen, leicht schräg gestellten Augen, das schmale Gesicht, das dichte glatte Haar, die fast schon knabenhafte Figur ohne nennenswerte Rundungen. Leah spürte ein Kratzen im Hals, wollte sich räuspern, verschluckte sich und musste husten. In der feierlichen Stille des Saales ein überlautes Geräusch. Etliche der Anwesenden wandten sich in ihre Richtung. Flüstern setzte ein. Ihr Blick traf auf jenen der jungen Frau, die ebenso blass wurde, wie es Leah bereits war. Sie machte einige schnelle Zeichen mit den Händen. Ein junger Mann, der seinen Arm beschützend um ihre Taille gelegt hatte, antwortete ihr und kam dann quer durch den Saal auf Leah zu. Alle Augen waren auf sie gerichtet. *Showdown*, dachte sie und verspürte den unbändigen Drang, hysterisch zu kichern. Sie rang um Fassung. Biss sie sich auf die Zunge. Schmeckte Blut.

Der Mann streckte Leah die Hand entgegen. Sie musste den Kopf in den Nacken legen, um sein Gesicht sehen zu können.

»Ben Shaping«, stellte er sich vor. »Mara Sönherr, die Tochter des Verstorbenen, würde Sie gerne kennenlernen.«

Leah war außerstande, auch nur einen Ton von sich zu geben. Sie setzte sich in Bewegung, doch jeder Schritt in Richtung der jungen Frau war ein Kampf. Die Luft um sie herum schien sich zu einer kompakten Masse verdichtet zu haben. Leahs Kopf war leer. Eine Ahnung zu haben, war etwas anderes, als Gewissheit zu erlangen. Der Schock ließ sie zittern.

Mara Sönherr streckte ihr die Hand entgegen. Als Leah sie berührte, zuckte sie zurück. Die Hand der jungen Frau war eiskalt.

»Herzliches Beileid«, murmelte Leah.

»Wer sind Sie?«, fragte Mara überdeutlich artikuliert.

»Mein Name ist Leah Sebelia«, sie zögerte, wusste nicht, wie sie es formulieren sollte.

»Sie und ich, ... ich glaube, wir haben denselben Vater.«

Maras Augen weiteten sich. Sie musterte Leah. Unter ihrem prüfenden Blick fühlte Leah sich nackt und verletzlich. Mara wandte sich an Ben und machte erneut einige schnelle Zeichen. *Gebärdensprache*, wurde Leah klar. Sie wartete, bis Mara sich ihr wieder zugewandt hatte.

»Ich habe die Todesanzeige in der Zeitung gefunden. Name und Geburtsdatum stimmen mit denen meines Vaters überein. Also bin ich hierhergekommen, und jetzt, unsere Ähnlichkeit ...«

Leah verlor den Faden. »Ich dachte, er sei tot.«

Während sie sprach, dolmetschte Ben für Mara, indem er Leahs Worte in Gebärdensprache übersetzte.

»Das ist er auch.« Maras Gesicht zeigte keine Regung.

»Nein, ich meine ja, ich, ... meine Mutter hat mir erzählt, dass er gestorben ist, als ich ein halbes Jahr alt war. Ich habe ihn nie kennengelernt und jetzt ist er wirklich tot und ich hätte, ich hätte ...«

Leah kamen die Tränen. Sie drehte sich um und floh. Instinktiv wandte sie sich in Richtung Waschräume. Sie schloss sich in einer Toilettenkabinen ein. Auf dem heruntergeklappten Deckel sitzend, weinte sie, bis sie vom Schluchzen Schluckauf bekam.

Sie fühlte sich hilflos, von innen nach außen gekehrt. Sie hatte eine Schwester. Eine Schwester, die längst erwachsen war, die sie nicht kannte, über die sie nichts wusste. Mehr noch als der Tod ihres Vaters, den sie schon vor langer Zeit betrauert hatte, schmerzte die verlorene Zeit mit ihr.

Als Kind hatte Leah, schüchtern und verschlossen, kaum Kontakt zu Gleichaltrigen gehabt. Sie las viel, erträumte sich fremde Welten, Abenteuer und eine Seelenverwandte, mit der sie ihre Geheimnisse teilen konnte. Sie hatte sich immer Geschwister gewünscht. Doch ihre Mutter blieb allein, Leah geschwisterlos und einsam. Die Großeltern, an denen Leah sehr hing, lebten weit entfernt. Leah war neun Jahre alt gewesen, als ihre Großmutter starb. Nach ihrem Tod verlor sich der Großvater in Depressionen. Die Dunkelheit verließ ihn nicht mehr und er folgte seiner Frau bereits zwei Jahre später. Leahs sehnlichster Wunsch war unerfüllt geblieben. Bis heute.

Als Leah sich in der Lage fühlte, wieder unter Menschen zu gehen, verließ sie die Toilettenkabine. Ein Blick in den Spiegel zeigte verschwollene Augen, rote Flecken auf Wangen und Hals und verschmierte Wimperntusche. Sie wusch sich das Gesicht mit kaltem Wasser. Ungeschminkt und verweint sah sie jung und verwundbar aus. Sie schnitt ihrem Spiegelbild eine Grimasse und versuchte ein Lächeln. Es erreichte ihre Augen nicht.

Sie wartete, bis die Einsegnung vorüber war, und der Pfarrer den

Saal verließ. Erst als die Trauergäste Mara kondoliert hatten und sich der Raum leerte, ging sie wieder zu ihrer Schwester hinein.

»Es tut mir leid«, setzte sie zu einer Entschuldigung an.

Mit einer Handbewegung unterbrach sie Mara.

»Es ist ein Schock. Auch für mich, aber ich wusste von unserem Vater.«

Ein zynisch wirkendes Lächeln umspielte ihre Mundwinkel.

»Gekannt habe ich ihn allerdings auch nicht besonders gut. Meine Eltern haben sich getrennt, als ich drei war. Später habe ich ihn ab und zu gesehen, Weihnachten, Geburtstage, eine Woche in den Ferien, aber eine richtige Beziehung hatten wir nicht.«

Sie zuckte mit den Schultern.

»Falls dich das irgendwie tröstet.«

Leah schüttelte den Kopf.

»Natürlich nicht. Warum sollte es?«

»Das war ein Witz.« Mara grinste.

»Meine Freundin hat einen etwas gewöhnungsbedürftigen Humor.«

Ben, der jedes seiner Worte begleitend gebärdete, zog Mara an sich und küsste sie auf die Wange.

»Hüte deine Zunge, ich mag taub sein, aber deswegen lass ich mir noch lange nicht den Mund verbieten.«

Leah lächelte. Mara wurde ihr von Satz zu Satz sympathischer. Obwohl sie ganz in Schwarz gekleidet war, war ihr Aufzug für den Anlass eine Spur zu lässig. Zu einer weiten Cargohose trug sie ein enges, langärmeliges Shirt und katzenförmige silberne Ohrstecker. Ben, der Mara um Haupteslänge überragte, und demnach an die zwei Meter groß sein musste, war im Gegensatz zu ihr mit dunkler Hose und grauem Rollkragenpullover durchaus konventionell gekleidet.

Mara wandte sich an Leah.

»Kommst du mit zum Leichenschmaus?«

»Gibt es keine Beisetzung?«

»Nein, er wollte eine Seebestattung. Sein Großcousin aus Deutschland nimmt die Urne mit und schüttet die Asche ins Meer. Keine Ahnung, ob das legal ist.«

Mara verdrehte die Augen. »Wir müssen los, die Verwandtschaft wartet. Kommst du mit oder verzichtest du auf das Vergnügen?«

»Ich bin dabei.«

Leah lächelte. Sie war gespannt darauf, ihre Schwester näher kennenzulernen.

»Was es nicht alles gibt!«

Leahs Sitznachbarin bemühte sich um eine betroffene Miene, konnte ihre Neugier jedoch nicht verhehlen. Die ältliche Dame war eine entfernte Cousine oder Tante, ihr verwandtschaftliches Verhältnis war Leah entfallen. Sie war von der schieren Menge des unerwarteten Familienzuwachses überfordert und hatte sich nicht einmal die Namen der Hälfte aller Anwesenden gemerkt.

»Und Sie wussten bis heute nichts von Ihrer Schwester?«

Wie von meinem Vater.

Leah verkniff sich die Replik. Es war schließlich nur zu verständlich, dass ihre Situation Interesse hervorrief.

Bei ihrer Ankunft im Extrazimmer des Wirtshauses, dessen einzige Empfehlung in seiner Gehweite zur Aufbahrungshalle lag, hatte Mara Leah wie einen Stargast präsentiert.

»Ich darf vorstellen: Leah Sebelia, die von meinem Vater verheimlichte Tochter und somit meine Halbschwester. Bis heute wusste sie nicht, dass ihr Vater noch gelebt hat. Was jetzt, wenn ich das anmerken darf, aber auch keine Rolle mehr spielt.«

Hälse waren gereckt worden, das Getuschel hatte Bühnenlautstärke erreicht. Leah war ins Schwitzen geraten. Einen Moment lang war sie versucht gewesen, auf dem Absatz kehrtzumachen. Zu verschwinden und die ganze Vater-Schwester-Geschichte einfach zu vergessen. Doch sie war geblieben, Mara zuliebe. Sie hatte es nicht über sich gebracht, ihre fremde kleine Schwester beim Leichenschmaus alleine zu lassen.

»Sie hatten keine Ahnung?«

Höflich lächelnd verneinte Leah. In den letzten beiden Stunden hatte sie die immer selben Fragen von Verwandten und Arbeitskollegen ihres Vaters beantwortet, selbst aber kaum etwas über ihn oder ihre Schwester erfahren. Niemand schien Gernot gut genug gekannt zu haben, um sich als sein Freund bezeichnen zu können. Die Verwandtschaft reagierte auf

Leahs Existenz verblüfft, wenn nicht sogar geschockt. Die Konsequenz, mit der sowohl ihr Vater als auch ihre Mutter den jeweils anderen verleugnet hatten, war nicht nur für Leah verstörend.

»Heftig, die ganze Geschichte.«

Ben, der Mara bisher nicht von der Seite gewichen war und für sie gedolmetscht hatte, ließ sich neben Leah auf die Bank fallen.

»Wie fühlst du dich als verlorene Tochter?«

Erleichtert wandte sich Leah ihm zu.

»Mehr verloren als Tochter. Wiedergefunden jedenfalls nicht.«

Sie seufzte. »Es ist anstrengend, die Sensation des Tages zu sein. Die Situation ist schon surreal genug. Ich meine, ich habe plötzlich eine kleine Schwester! Wie geht es Mara damit?«

»Mara ist schon mit ganz anderen Dingen fertiggeworden.«

Ben gähnte verstohlen.

»Sorry, gestern ist es spät geworden und«, er beugte sich näher zu Leah, »Verwandtschaft ermüdet.«

Von Ben angesteckt, versuchte Leah erfolglos, ein Gähnen zu unterdrücken. Sie war emotional ausgelaugt.

»Weißt du, wie lange das hier noch dauern soll?«

»Leider nicht. Du kannst aber ruhig gehen. Mara nimmt es dir sicher nicht übel, wenn du nicht bis zum bitteren Ende durchhältst.«

»Ich will mich nicht drücken, aber es ist nicht angenehm, die Kuriosität des Tages zu sein. Und reden möchte ich sowieso nur mit Mara.«

»Dann komm doch einfach am Abend bei uns vorbei. Hier hast du ohnehin keine Chance, mehr als ein paar Sätze mit ihr zu wechseln.«

Er stand auf. »Ich muss dann mal wieder zu Mara. Sie ist zwar ziemlich fit im Lippenlesen, aber Gesichtsbehaarung erschwert ihr die Sache extrem.«

Er deutete auf seine Freundin, die sich auf die Mundbewegungen eines vollbärtigen Herren konzentrierte, der heftig gestikulierend auf sie einredete.

Immer noch nicht überzeugt, aber nichtsdestotrotz erleichtert, erhob sich auch Leah.

Auf dem Weg zur Garderobe winkte sie Mara zu. Ihre Schwester erwiderte den Gruß. Froh, die Ansammlung Fremder, die plötzlich Teil ihres Lebens sein sollten, zurücklassen zu können, verließ Leah das Wirtshaus.

Sein Einsatz

Sein Rücken schmerzt. Seine Augen sind trocken, zu lange hat er auf den Bildschirm gestarrt. Er steht auf und tritt ans Fenster. Der Schnee fällt dichter als noch vor einer Stunde, beginnt das Grau der Stadt aufzuhellen. Weiß ins Dunkel, Zuckerguss auf eine verrottende Leiche. Die Stadt verfault von innen heraus, nur die Oberfläche erscheint makellos. Die Nichtsahnenden wollen sich täuschen lassen, schieben ihre Blindheit vor, um sich der Realität nicht stellen zu müssen.

Er sieht hin, erkennt die Schwachstellen, die Kratzer, die Sprünge. Sein Blick bohrt sich durch die Kruste ins Eitergeschwür der Verderbtheit, das er öffnen muss, ausbrennen. Er hat vor zu heilen, doch dazu muss er schneiden. Ausmerzen, was er nicht länger dulden will. Er muss den Schmerz in Kauf nehmen, die Einsamkeit, die seine Mission mit sich bringt. Die Ausgrenzung, die ihm bevorsteht, wenn seine Arbeit getan ist. Er glaubt nicht an das Schicksal, seine Bestimmung hat er sich selbst auferlegt. Und ihr.

An seiner Wahl zweifelt er nicht. Sie ist die Richtige für die Aufgabe, die er ihr zugedacht hat. Auch sie ist eine Jägerin. Sie folgt der Fährte, wenn sie Witterung aufgenommen hat, verbeißt sich in ihre Beute, wenn sie diese gestellt hat. Sie ist eine Einzelkämpferin, Teamarbeit liegt ihr so wenig wie ihm. In ihr hat er sich wiedererkannt. Sie wird nicht zögern, der Spur zu folgen, die er gelegt hat. Angelockt vom Geruch des Bösen, wird sie, ohne es zu wissen, an seiner Seite kämpfen. Wird zur Soldatin in seiner Schlacht, diesem aussichtslosen Krieg, den es dennoch zu führen gilt. Denn das ist seine Aufgabe.

Er hat sie auserwählt, sein Spiel zu spielen. Er hat seinen Einsatz gemacht, die Kugel ins Rollen gebracht. Jetzt liegt es an ihr. Sie ist mehr als eine Schachfigur, sie ist sein letztes Aufgebot. Versagt sie, verliert er.

Er wendet sich vom Fenster ab, er hat genug gesehen. Er streckt sich, hört seine Gelenke knacken. Flüchtig streift ihn der Gedanke, dass er wieder trainieren sollte, sein Vorhaben wird ihm alles abverlangen. Er muss vorbereitet sein, auch wenn er nicht alle Eventualitäten voraussehen kann. Er wirft einen letzten Blick aus dem Fenster, dann setzt er sich wieder an den Computer. Er loggt sich ins Forum ein, sucht nach ihr. Und findet sie. Die Kugel rollt.

Kapitel 5

Freitag, 18. Februar

Frustriert stöhnte Leah auf. Sich durch das Forum zu wühlen, war psychische Schwerstarbeit. Je tiefer sie in das Dickicht aus Themen und Threads, Kommentaren und Links eindrang, desto naiver erschien ihr der Versuch, zu verstehen, was Menschen wie diese antrieb.

»Kinder wollen geliebt werden – und zwar auch körperlich!«, schrieb *hänsel8*.

»Ihnen das Recht auf ihre Sexualität abzusprechen, das nenne ich Kindesmissbrauch«, pflichtete ihm *schwarzerkater6bis9* bei.

Der verurteilte Boylover berichtete in einem anderen Thread über Übergriffe seiner Mithäftlinge, die er während einer »staatlichen Unterbrechung« erdulden musste. Dennoch wollte er sich nicht davon abhalten lassen, auch weiterhin »kleine Engel« anzuwerben.

»Leider setzt die hormonelle Verseuchung auch bei den Jungs immer früher ein«, beschwerte er sich.

Im Thread: »Wie präpariere ich meine kleinen Freunde auf Fragen von Eltern oder Polizei?«, wurde über emotionale Erpressung, das Wecken von Schuldgefühlen und Einschüchterungstaktiken diskutiert.

Unter »Frischfleisch« tauschten sich *simba* und *derkleineprinz* über erfolgversprechende Annäherungstaktiken aus. *derkleineprinz* schrieb begeistert über die Möglichkeiten, die ihm seine Arbeit in einem Jugendzentrum bot.

»Such dir die Schwächsten, die Einsamen. Wenn sie niemanden haben, sind sie für jede Aufmerksamkeit dankbar.«

Ob es nicht gefährlich sei, im eigenen Revier zu wildern, erkundigte sich *simba.*

»So denken Weicheier!«, kanzelte *derkleineprinz* ihn ab.

»Jäger kennen ihr Gebiet. Ich pirsche mich an und schlage erst zu, wenn ich weiß, dass ich einen sicheren Treffer lande. Geduld ist das Zauberwort.«

Ein paar Zeilen später plauderte auch *simba* aus dem Nähkästchen: »Mein Ding sind Alleinerzieherinnen. Zwei zum Preis von einem. Und wenn mein kleiner Freund aus dem interessanten Alter raus ist, funktioniert es zwischen Mami und mir eben leider nicht mehr.«

»Mein Motto ist: Nicht mit, aber auch nicht ohne die Mutter«, schrieb *WinniederPuuh.*

»Wichtig ist nur, dass die Legende passt und Mami den Köder schluckt. Dafür musst du halt erstmal ein bisschen Zeit investieren, um die Familie zu scannen. Klappt es mit dem ersten Date, dann beginnt das Austesten der Grenzen der süßen Kleinen.«

Es folgte eine schrittweise Anweisung wie die Kinder, über scheinbar zufällige Berührungen langsam an den Missbrauch gewöhnt werden konnten. Selbstverständlich war weder von Gewalt noch von Übergriffen die Rede, vielmehr schwadronierte *WinniederPuuh* über das zärtliche Heranführen an eine partnerschaftliche Intimität. Sexualität erfordere beiderseitiges Einverständnis, verkündete er vollmundig, die Tatsache ignorierend, dass bereits das Alters- und dadurch Machtgefälle die Gleichberechtigung unmöglich machte.

Angewidert schaltete Leah den Computer ab. Beim Aufstehen bemerkte sie, wie sehr sie sich beim Lesen verkrampft hatte. Vielleicht hatte Max Recht, vielleicht sollte sie es anderen überlassen, sich mit *simba* und seinen Kumpels auseinanderzusetzen.

Nein! Sie würde es weder sich selbst noch diesen selbsternannten »Kinderfreunden« leicht machen.

Mara wohnte im obersten Stockwerk eines schmucklosen Neubaus, dessen Architekt das Prinzip Sardinenbüchse als Inspiration genommen haben dürfte. Der Lift war winzig und dazu noch unangenehm langsam. Nachdem er zum Halten gekommen war, dauerte es etliche Sekunden, bis sich die Türe behäbig öffnete. Zeit genug, in Leahs Kopfkino zig Horrorszenarien abzuspielen. Erleichtert verließ sie die beengende Metallbox und nahm sich vor, in Zukunft nur noch Treppen zu steigen. Jedenfalls in diesem Haus.

Mara erwartete sie in der Türe.

»Komm rein, Ben ist auflegen. Wir sind ganz unter uns.«

Mit einer einladenden Geste trat sie zur Seite.

»Ben ist DJ. Er ist gut, das behauptet er zumindest. Nicht, dass ich dafür die beste Referenz bin.«

Sie grinste. »Aber seinen australischen Akzent finde ich scharf.«

Leah runzelte die Stirn. Noch empfand sie Maras Humor mitunter als etwas gewöhnungsbedürftig.

Nachdem sie Mantel und Stiefel abgelegt hatte, wandte sie sich Mara zu.

»Hat es heute noch lange gedauert?«

»Zum Glück nicht. Dein Abgang hat den allgemeinen Aufbruch ausgelöst.«

Über eine Wendeltreppe gelangten sie ins Obergeschoß der Maisonette. Die sterile Wirkung des in Weiß gehaltenen Wohnbereichs mit Küchenzeile wurde durch knallbunte Kissen, Vasen und Poster und das, in Leahs Augen ziemlich sympathische, herrschende Chaos aufgehoben. Sie setzte sich an den weißlackierten Esstisch und stellte ihre Tasche auf dem Sessel neben sich ab.

»Möchtest du etwas trinken? Kaffee, Tee, Wasser, Wein?«

»Ein Wein wäre nett.«

»Rot, weiß?«

»Was du möchtest, ich bin nicht wählerisch.«

»Dann also einen roten.«

Mara holte zwei Gläser, entkorkte eine Flasche und schenkte ein.

»Auf uns!« Sie hob ihr Glas.

»Schwestern!«, erwiderte Leah und prostete Mara zu.

»Schwestern!«, echote Mara und nippte an ihrem Wein.

»Irgendwie warte ich darauf, aufzuwachen.«

»Ich komme mir vor wie in einem Film mit total unrealistischer Handlung«, stimmte Leah ihr zu, die sich bemühte, besonders deutlich zu sprechen, um Mara das Lippenlesen zu erleichtern.

Auf dem Tisch lagen ein aufgeschlagener Notizblock und ein Kugelschreiber.

»Für den Fall, dass ich dich nicht verstehe«, erklärte Mara, die Leahs Blick gefolgt war.

»Ich bin zwar nicht komplett gehörlos und auch im Lippenlesen sehr geübt, aber da ich dich kaum kenne, muss ich mich gewissermaßen erst in dich einlesen.«

Der Wein schmeckte süß und samtig, fast ein wenig zu intensiv.

»Ich frage mich schon den ganzen Tag, warum ich meiner Mutter geglaubt habe. Habe ich nur halbherzig nachgebohrt, weil ich geahnt habe, dass irgendetwas nicht stimmt? Oder habe ich ihr tatsächlich so blind vertraut, dass mir nie Zweifel gekommen sind? Verdrängung oder Leichtgläubigkeit, was lässt mich besser dastehen?«

»Ich würde auf einen schweren Fall von Vogel-Strauß-Syndrom tippen. Blauäugig bist du ja nicht.«

»Für eine kleine Schwester bist du ganz schön vorlaut.«

»Das kommt davon, weil ich nie zuhöre.«

Leah lachte.

»Du hast wohl auf alles eine Antwort?«

»Lebenslanges Training!«

Das letzte Wort schien Mara jedenfalls abonniert zu haben.

Eine Flasche Wein später hatte Leah erfahren, dass Mara ihr Gehör als Dreijährige durch eine Meningitis fast vollständig verloren hatte. Seit damals trug sie ein Hörgerät, das ihr Restgehör verstärkte, sodass sie laute Geräusche wahrnehmen konnte.

»Verlassen kann man sich auf die Dinger allerdings nicht. Schon öfter hat in den unpassendsten Momenten die Batterie schlappgemacht, deshalb versuche ich, so viel wie möglich von den Lippen abzulesen«, erklärte Mara.

Ihre Mutter hatte darauf bestanden, sie zweisprachig zu erziehen, und nahm auch selbst Unterricht in Gebärdensprache. Ihr Vater war damit nicht einverstanden gewesen. Er war der Meinung, Maras Behinderung sollte nicht in den Mittelpunkt gestellt werden. Nicht lange nach Maras Erkrankung hatten sich ihre Eltern getrennt, angeblich in aller Freundschaft. Kontakt hatten sie nur noch über Mara gehabt, die der Vater alle paar Wochen abgeholt und in Zoo, Zirkus oder Prater ausgeführt hatte. Doch auch diese Ausflüge hatten sich bald erledigt.

»Ich glaube, dass es an mir lag. Er konnte mit meiner Behinderung einfach nicht umgehen. Er hat nie versucht, Gebärden zu lernen, und wollte auch nicht, dass ich sie in seiner Gegenwart verwende. Ich glaube, dass er meiner Mutter die Schuld gegeben hat. Daran, dass ich taub geworden bin.«

Mara lächelte ironisch.

»Wie dem auch sei, gut gekannt habe ich ihn nicht. Er war für mich eher ein netter Onkel als ein Vater. Aus meiner Erziehung hat er sich komplett herausgehalten. Er hat mich weder gelobt noch mit mir geschimpft. Noch nicht einmal, als ich mit siebzehn fast ins Gefängnis gekommen wäre.«

»Ins Gefängnis?«

Leah starrte ihre Schwester an.

Mara lachte.

»Nicht, was du denkst. Es war ganz harmlos, eine nette kleine Spielerei.«

Leah hätte schwören können, Nostalgie in Maras Blick zu erkennen.

»Computer haben mich immer schon fasziniert. Meine ersten Programme habe ich in der Volksschule geschrieben und als Teenager war ich ein echter Nerd. Vielleicht liegt es daran, dass ich hörbehindert bin, aber ich wollte immer besser sein, mehr draufhaben als die anderen – besonders als die Burschen. Die haben mich nämlich total ignoriert.«

»Schwer vorstellbar«, erwiderte Leah mit einem Blick auf Maras grellgrünes Top, das ihren beneidenswert durchtrainierten Bauch inklusive Nabelpiercing freiließ.

»Damals hielt ich hellblaue Poloshirts zu Jeans für gewagt. Ich war sogar meiner Mutter zu spießig. Die hat mir aus lauter Verzweiflung allen Ernstes regelmäßiges Shoppen verordnet. Irgendwann hat mich dann doch noch der Kaufrausch gepackt. Sie musste nicht länger an meiner Normalität zweifeln und alle waren zufrieden.«

Leah stimmte in Maras Lachen ein.

»Und deine kriminelle Vergangenheit, was hat es damit auf sich?«

»Wenn ich dir das erzähle, muss ich dich töten.«

Mara grinste.

»Mein Hackername war *Marximala*. Ich war verdammt gut darin, mich durch Firewalls und andere Sicherungen zu wühlen.«

»Bist du es immer noch?«

»Wo denkst du hin? Ich bin vorbestraft!«

Leah konnte sich ein Lächeln über Maras aufgesetzte Entrüstung nicht verkneifen.

Maras Tablet vibrierte und meldete den Eingang eines WhatsApp-Videoanrufs. Leah verfolgte das stumme, aber nichtsdestotrotz äußerst lebhafte Gespräch.

»Ben lässt dich grüßen. Er hat mir das Tablet zu Weihnachten geschenkt und ruft seitdem ständig an. Männer!«

Obwohl Mara sich cool gab, wirkte sie doch zufrieden mit sich selbst – und ihrem Freund.

Was Leah an Max erinnerte.

Ein Stich des Bedauerns begleitete den Gedanken an ihn. Die Wunde war noch nicht verheilt, daran zu rühren, tat weh. Dennoch konnte sie nicht von ihr lassen. Musste den Schmerz ausreizen, so wie sie als Kind an verschorften Stellen gezupft und gekratzt hatte, bis die Kruste abgegangen und frisches Blut gekommen war. Oft war sie in den letzten Wochen versucht gewesen, zu seiner Wohnung zu fahren, um ihn anzuflehen, sie zurückzunehmen, ihre Beziehung und sie selbst wieder in Ordnung zu bringen. Sie vermisste ihn mehr, als sie es für möglich gehalten hätte. Sehnsucht zerfraß sie, sie fühlte sich unvollständig ohne ihn, als hätte sie mit ihm auch einen essenziellen Teil ihres Selbst verloren.

Es nützte nichts, sich immer wieder die Vorteile des Singledaseins ins Gedächtnis zu rufen. Sie wollte nicht alleine sein. Nicht, wenn sie mit Max zusammen sein könnte. Mit Freuden hätte sie seine Macken in Kauf genommen, wenn er sie nicht vor die einzige Wahl gestellt hätte, die sie zu seinen Ungunsten treffen musste: das Buch oder er.

Sie konnte keine Beziehung führen, die Selbstaufgabe von ihr verlangte. Dennoch hatte Max sie dazu gedrängt. Jetzt mussten sie beide mit den Konsequenzen leben lernen. Sie verbannte die schmerzlichen Erinnerungen in die hinterste Ecke ihres Gedächtnisses und versuchte, sich wieder auf Maras Lobeshymnen auf ihr neues Tablet zu konzentrieren.

»Telefonieren ist zwar auch mit dem Smartphone kein Problem mehr für mich, aber der winzige Bildschirm ist mühsam, und jetzt kann ich mit jedem telefonieren. Auch mit Gebärden-Legasthenikern wie dir.«

»Keine Vorverurteilung bitte! Ich lerne schnell.«

»Nimm den Mund nicht zu voll große Schwester!«

»Du wirst schon sehen!«

Herausfordernd grinste Leah Mara an, die betont desinteressiert die Schultern zuckte, ihr dann jedoch mit großem Enthusiasmus einige Gebärden zeigte.

Kurz vor Mitternacht verabschiedete sich Leah. Es war ein langer, anstrengender, außergewöhnlicher Tag gewesen. Ein zum zweiten Mal verlorener Vater, eine gefundene Schwester. Zu viel, um es auf einmal verarbeiten zu können. Es dauerte lange, bis Leah zur Ruhe kam.

Kapitel 6

Samstag, 19. Februar

Am Samstagabend wollte Leahs bester Freund Philipp seine Frau mit einem nachträglichen Candle-Light-Dinner zum Valentinstag überraschen. Leah hatte angeboten, auf die Tochter der beiden aufzupassen. Paula war eine quirlige Fünfjährige mit kupferroten Locken und spitzen Elfenohren. Leah zuliebe bemühte sie sich um besonders gutes Benehmen. Dennoch war diese dankbar, als der pummelige Wirbelwind gegen 23 Uhr endlich eingeschlafen war. Pumuckl, wie Leah Paula wegen ihres Hangs zu folgenschweren Experimenten insgeheim nannte, war ein Ausbund an Energie. Sie hielt ihre Eltern in jeder wachen Minute auf Trab. Ein lebendiges Schwarzes Loch, das jedem in seiner Umgebung die Energie raubte. Leah konnte nachvollziehen, dass Patrizia rasch wieder Vollzeit zu arbeiten begonnen hatte und Philipp häufig (unnötige) Überstunden machte. Nach Familienurlauben verschanzte er sich regelrecht in der Redaktion.

»Sei froh, dass Paula keinen Zwilling hat«, neckte ihn Leah, als er das letzte Mal für einige Stunden Asyl bei ihr gesucht hatte.

Die Vorstellung hatte ihn blass um die Nase werden lassen.

»Mal bitte nicht den Teufel an die Wand!«

Leah grinste bloß.

Sie hatte Philipp während ihres Studiums kennengelernt. Zwischen ihnen bestand sofort eine enge Vertrautheit. Und wäre Philipp nicht bereits mit Patrizia liiert gewesen? Da die Dinge anders lagen, erklärten sie die Chemie zwischen ihnen mit dem Zufall desselben Geburtstags. Philipp nannte Leah seinen »kosmischen Zwilling«, was Patrizias Eifersucht den Nährboden nicht vollständig entziehen konnte.

»Es gibt schließlich auch Inzest«, war ihre spitze Replik gewesen, als Philipp ihr Leah vorgestellt hatte.

»Aber Schatz, Inzest wird doch nur in Herrscherhäusern gepflegt«, hatte Philipp erwidert und sie lachend an sich gezogen.

Eineinhalb Jahrzehnte später gab sich Patrizia Leah gegenüber immer noch distanziert. Zu Leahs Genugtuung hatte Patrizia ihrer Tochter zwar die Haarfarbe, nicht aber ihre Aversionen vererbt. Zu Patrizias Verdruss verehrte Paula Leah, die sie für den Inbegriff von Coolness hielt.

Philipp begrüßte Leah mit einem Kuss auf die Wange. Patrizia lächelte säuerlich und streckte Leah demonstrativ die Hand entgegen. Nach Leahs Eintreffen bugsierte sie Philipp eilig aus der Wohnung. Entsprechend ungehalten reagierte sie, als Philipp nach ihrer Rückkehr keinerlei Anstalten machte, Leah ein Taxi zu rufen, sondern es sich mit ihr und einer Flasche Wein in der Küche gemütlich machte.

»Ich gehe ins Bett«, verkündete Patrizia.

»Kommst du gleich nach?«

Philipp deutete auf sein volles Glas und schüttelte den Kopf.

»Schlaf gut, Schatz. Ich brauche noch ein bisschen.«

Sekunden später wurde die Schlafzimmertüre unsanft ins Schloss gezogen. Philipp und Leah sahen sich an und prusteten los.

»Das ist nicht komisch. Patrizia hasst mich.«

»Sie hasst dich, weil ich dich liebe. Rein geschwisterlich.«

Als Leah nicht reagierte, runzelte Philipp die Stirn.

»Was ist los? Es geht hier doch nicht um Patrizia?«

»Nein, natürlich nicht.«

Leah versuchte, ihre Gedanken zu sortieren. Das Geschehene in Worte zu fassen, erwies sich als fast unmöglich.

»Mein Vater ist vor Kurzem gestorben, ich habe eine gehörlose Schwester und meine Mutter belügt mich«, presste sie schließlich hervor.

Entgeistert starrte Philipp sie an. Leah ließ ihm keine Zeit, etwas zu erwidern. Nun, da sie den Anfang gemacht hatte, wollte sie auch den Rest möglichst schnell loswerden.

»Heftiger Tobak«, kommentierte er, als sie schließlich verstummte.

»Aber du weißt ja noch nicht alles.«

Leah spielte mit ihrem Weinglas.

»Noch mehr Familiengeheimnisse?«

»Das hoffe ich dann doch nicht. Jemand hat mir einen anonymen Brief mit Zugangsdaten zu einem Pädophilenforum geschickt. Das allein ist ja schon mysteriös, aber es kommt noch besser. Der Account, mit dem ich mich einloggen kann, *baloo*. – Die Mitglieder haben alle Namen aus Kinderbüchern und -filmen, ekelhaft, oder? – Also *baloo* hat Zugang zu einem gesperrten Unterforum. In dem trifft sich, soweit ich bisher herausgefunden habe, der harte Kern der Mitglieder, um Kinderpornos zu tauschen und zu verkaufen. Je drastischer das gelieferte Material, desto höher Status und Sicherheitsfreigabe der Teilnehmer. Und *baloo* hat einen sehr hohen Status.«

»Bist du dir da sicher?«

»Noch nicht hundertprozentig, aber wenn stimmt, was ich mir zusammengereimt habe, bin ich auf etwas richtig Großes gestoßen.«

»Gestoßen worden«, fiel ihr Philipp ins Wort.

»Die Sache stinkt. Lass die Finger davon, bevor du in die Geschichte hineingezogen wirst.«

»Was heißt *wirst*, das bin ich doch längst! Ich hänge da drinnen, seit ich den Brief bekommen habe.«

»Das gefällt mir nicht. Irgendwer treibt sein Spiel mit dir, und du lässt dich darauf ein, anstatt dich zu fragen, was dahintersteckt. Was verspricht sich dein Tippgeber davon, dich ins Boot zu holen? Was will er von dir? Warum hat er dich ausgewählt?«

»Ich nehme an, er weiß, woran ich arbeite. Das ist schließlich kein Geheimnis.«

»Trotzdem.«

Geistesabwesend zeichnete Philipp mit dem Zeigefinger Linien auf die Tischplatte.

»Es muss noch einen anderen Grund geben, warum er dich ausgesucht hat. Was hat er mit dir vor?«

»Ich habe keine Ahnung.«

»Was wirst du tun? Stur, wie du bist, weiter recherchieren.«

Leah zuckte mit den Schultern.

»Ich weiß es nicht. Einerseits würde ich am liebsten zur Polizei rennen und die Verantwortung abgeben, andererseits ...«

»Andererseits hat dir jemand verdammt viel Material für dein Buch in die Hände gespielt. Material, das dir jede Menge Preise einbringen könnte.«

»Du kannst mich ruhig zynisch nennen, aber ich brauche Antworten. Wenn ich jetzt zur Polizei gehe, dann finde ich nie heraus, was es mit dem Brief auf sich hat.«

Sie hob entschuldigend die Hände.

»Nenn es krankhafte Neugier, nenn es berufsbedingte Hartnäckigkeit, aber ich muss wissen, wer mir den Brief geschickt hat. Und warum.«

»Mir ist nicht wohl bei der Sache.«

Philipp sah Leah mit unverhohlener Sorge an.

»Versprich mir zwei Dinge: Sei vorsichtig.«

»Und?«

»Lass mich dir helfen. Lass mich dir den Rücken decken.«

Leahs Lachen klang selbst in ihren Ohren unecht.

»Rückendeckung! Wir sind doch nicht im Wilden Westen.«

»Bitte.« Sein Tonfall war drängend.

»Okay, dann sei mein Partner in Crime, wenn dir so viel daran liegt.«

»Nicht daran, sondern an dir.«

Kapitel 7

Montag, 21. Februar

Der Rest des Wochenendes verlief wohltuend ereignislos. Leah machte es sich am Sonntag mit einem Buch gemütlich. Dennoch konnte sie nicht verhindern, dass ihre Gedanken um das Forum und den geheimnisvollen Brief kreisten. Erfolgreich verdrängen konnte sie hingegen ihren doppelt verstorbenen Vater und die Lügen ihrer Mutter. Immerhin etwas.

Als sich Leah am Montagmorgen ins Forum einloggte, wies ein Umschlag am unteren Fensterrand darauf hin, dass *baloo* eine Privatnachricht erhalten hatte.

»Sie haben Post«, murmelte Leah und klickte auf das Symbol. Die Nachricht öffnete sich. Sie kam von *sindbad*, einem besonders eifrigen Poster, der für das Recht auf Sex mit Kindern eintrat und wie *baloo* Zutritt zum gesperrten Unterforum hatte.

Der Betreff lautete: »Breaking News«. Leah sah, dass ein Downloadlink beigefügt war.

Im Textfeld stand: »For your eyes only.«

Kurz zögerte Leah, dann öffnete sie den Link.

PLAY. Das Mädchen ist etwa drei Jahre alt. Seine kurzen braunen Haare werden von Spangen aus dem Gesicht gehalten. Sein Blick ist ausdruckslos. Es liegt in einem leeren Raum auf einer Campingliege. Es ist nackt und zittert. Das Bild wackelt. Ton gibt es keinen.

Ein unbekleideter männlicher Unterkörper kommt ins Bild. Eine behaarte Hand packt den Kopf des Mädchens. Das Kind wehrt sich, versucht, das Gesicht abzuwenden. Eine zweite Hand hält es am Kinn fest, Finger graben sich in die Wangen des Kindes. Irgendwann verliert das Mädchen das Bewusstsein. STOP.

Das Video dauerte 3:38 Minuten. Nach etwa 50 Sekunden übergab Leah sich in den Papierkorb, der neben ihrem Schreibtisch stand. Mit tränenden Augen und dem säuerlichen Geschmack von Erbrochenem auf der Zunge richtete sie sich auf, wischte sich den Mund mit einem Taschentuch ab und trank einen Schluck Wasser. Sie zitterte vor Entsetzen, Abscheu und Mitleid. Noch nie hatte sie sich derart beschmutzt gefühlt. Sie schrie ihre ohnmächtige Wut in die leere Wohnung. Der Drang, etwas zu unternehmen, irgendetwas zu tun, überwältigte sie. Sie hatte das Bedürfnis, das Mädchen zu beschützen, dafür zu sorgen, dass niemand ihm je wieder weh tun konnte. Lebte es noch? War das Video, wie der Betreff vermuten ließ, neu auf dem Markt? Warum schickte *sindbad* den Link an *baloo*? In welcher Beziehung standen die beiden zueinander?

Die Sache wuchs ihr über den Kopf. Sie musste die Polizei informieren. Mit fahrigen Bewegungen durchsuchte sie den abgegriffenen Rolodex, den ihr ihre Mutter zur Feier ihrer ersten Veröffentlichung geschenkt hatte. Endlich fand sie die Visitenkarte mit dem Logo des Bundeskriminalamtes, die sie gesucht hatte.

Leah hatte Peter Geer, den Leiter der Abteilung Kinderpornographie, im Zuge ihrer Recherchen für ihren Artikel kennen- und schätzen gelernt. Er fahndete seit acht Jahren nach Produzenten und Konsumenten von Kinderpornographie. An der Aushebung zweier internationaler Kinderpornoringe war er beteiligt gewesen, einige größere und zahlreiche kleine Fische hatten sich in seinem Netz verfangen. Dennoch. Als Spucke auf glühenden Steinen beschrieb er seine Erfolge. Der Kampf hatte ihn mürbe gemacht.

»Wie halten Sie es aus, Tag für Tag mit diesen Taten konfrontiert zu werden? Mitansehen zu müssen, was Kindern angetan wird, und keine

Möglichkeit zu haben, einzugreifen?«, hatte Leah ihn gefragt.

»Ich tue, was getan werden muss«, war seine Antwort.

Eine Haltung, die Leah angesichts der Aussichtslosigkeit seines Unterfangens Hochachtung abverlangte. Es erforderte menschliche Größe, sich einer solchen Sisyphusarbeit zu verschreiben und nicht verbittert aufzugeben.

»Geer.«

Er hatte eine angenehm tiefe Stimme.

»Vielleicht erinnern Sie sich noch an mich, mein Name ist Leah Sebelia, ich bin Journalistin ...«

»Ich weiß, wer Sie sind«, unterbrach er sie.

»Diesmal geht es nicht um ein Interview. Ich brauche Ihre Hilfe. Mir wurde ein Video zugespielt, von einem kleinen Mädchen und ...«

Jetzt kamen die Tränen.

Wieder fiel er ihr ins Wort.

»Ich würde Ihnen gerne helfen, aber dazu muss ich wissen, worum es geht. Sie erwähnten ein Video?«

Seine Stimme klang kühl, distanziert und beherrscht. Sich ihn als Felsen in der Brandung vorzustellen, half Leah, sich zu beruhigen. Sie riss sich zusammen und erzählte ihm alles – vom anonymen Brief bis zum Video.

»Warum haben Sie sich nicht schon früher gemeldet?«

Die Rüge war deutlich zu hören.

»Ich bin Journalistin. Ich recherchiere, das ist nun mal mein Job«, antwortete Leah. Ein erfolgloser Versuch, ihre Verlegenheit über das Gefühl, ertappt worden zu sein, zu überspielen.

»Und Verbrecher zu überführen ist meiner.«

»Deswegen wende ich mich an Sie. Soll ich Ihnen die Nachricht weiterleiten?«

»Schicken Sie sie mir, das genügt vermutlich, um den Absender ausfindig zu machen. Wegen des Forums werde ich noch auf Sie zurückkommen. In Zukunft sollten Sie sich mit ihren diesbezüglichen Recherchen aber ein wenig zurückhalten.«

Die Art, in der er das Wort Recherchen betonte, eine Spur Herablassung in der Stimme, fachte Leahs Trotz an.

»Erklären Sie mir nicht, wie ich meine Arbeit zu tun habe. Ich mische mich ja auch nicht in Ihre Ermittlungen ein.«

Sie legte auf, ohne ihm Zeit für eine Erwiderung zu lassen.

Geer konnte sie mal! Sie brauchte seinen Sanktus nicht. Unschlüssig starrte sie auf ihren Computer. Sie ließ ihn ausgeschaltet. Heute hatte sie mehr als genug gesehen.

Sie musste hier raus. Die Sonne schien. Ein Blick auf das Thermometer, das ein Grad plus zeigte, verfestigte ihren Entschluss. Auf der Donauinsel waren keine Spaziergänger unterwegs, einzig Hundebesitzer waren kälteresistent genug, um sich ins Freie zu wagen. Der Wind, in der Stadt kaum der Rede wert, fegte über die ungeschützte Insel. Verbissen stemmte Leah sich den Böen entgegen. Schon bald war sie völlig durchfroren, doch der Erinnerung an den leeren Blick des Mädchens konnte sie nicht entkommen.

Dienstag, 22. Februar

»Mord in Wien!«, lautete die Schlagzeile des Online-»Kurier«.

Ein 44-jähriger Versicherungsangestellter war in der Nacht in seiner Wohnung erschossen worden, die Tatumstände gemahnten an eine Hinrichtung. Leah seufzte. Nicht einmal selbsternannte Qualitätszeitungen waren vor sensationsheischenden Spekulationen gefeit.

Am späten Vormittag klingelte das Telefon.

»Es war Ihr *sindbad*.«

Leah erkannte Geer an der Stimme. Anscheinend hielt er es für Zeitverschwendung, sich vorzustellen.

»Was war mein *sindbad*?«, fragte sie, das mein betonend.

»*sindbad*, alias Hannes Rosei, ist letzte Nacht ermordet worden. Erschossen, um genau zu sein. Sie haben doch sicher bereits von der Hinrichtung gehört?«

»Sind Sie sicher, dass Rosei *sindbad* ist?«

»Wir konnten *sindbads* Identität gestern Nachmittag ermitteln. Heute wollte ich ihn aufs Revier vorladen, aber der Mörder hat mir einen Strich durch die Rechnung gemacht. Mittlerweile haben die Kollegen von der Mordkommission bestätigt, dass belastendes Material auf Roseis Smartphone sichergestellt werden konnte. Möglicherweise ergeben sich noch Spuren in Bezug auf das Video.«

»Weiß man, wer ihn erschossen hat?«

»Nein, aber die Kollegen vermuten einen persönlichen Hintergrund. Die Tatumstände sprechen dafür.«

»Eine Beziehungstat?«

»Das ist eine der Spuren, die wir verfolgen. Es war kein gewaltsames Eindringen festzustellen. Rosei hat seinen Mörder freiwillig hereingelassen.«

Ohne sich zu verabschieden, unterbrach Geer die Verbindung.

Das war dann wohl die Retourkutsche für gestern.

Sie rief den Artikel über den Mord an Hannes Rosei auf und starrte auf das Foto des unscheinbar-blassen Mannes. Dieser bieder wirkende Sachbearbeiter war also *sindbad*. Derselbe Mann, der sich im Forum vehement für Sex mit Kindern starkgemacht und mit seinen »Eroberungen« geprotzt hatte. Der Absender des Videos. Auf dem Foto wirkte er harmlos und freundlich, ein nicht unsympathischer Durchschnittstyp. Aber normal wirkten die meisten dieser Männer. Und es waren erschreckend viele. Angeekelt schloss Leah den Browser. Sie sah das kleine Mädchen vor sich. Hatte jemand für das Kind Rache genommen? Leise Genugtuung schwang bei dieser Vorstellung mit. Auch wenn das, was dem Kind angetan worden war, schlimmer war als der schnelle Tod, den Rosei gehabt hatte. Ob er gelitten hatte? Entsetzt von der Richtung, die ihre Gedanken einzuschlagen drohten, beschloss Leah, nicht weiter über Hannes Rosei nachzudenken. Oder darüber, was es über sie aussagte, dass sie seinen Tod nicht im Geringsten bedauerte.

Im letzten Jahr hatte sie Straftäter interviewt, die auf eine verdrehte Art glaubten – oder es sich einredeten –, Kinder zu lieben.

Einen, der sich durch den Vertrieb von Kinderpornographie ein luxuriöses Leben geleistet hatte, bevor er überführt worden war.

Einen, der sich nach einem Übergriff chemisch kastrieren hatte lassen, weil er seiner Triebe nicht Herr geworden war, und Angst vor dem gehabt hatte, wozu er andernfalls fähig gewesen wäre.

Einen, der seine erst sechs Wochen alte Tochter vergewaltigt und an ihren Verletzungen sterben lassen hatte.

Auf den ersten Blick wirkte jeder von ihnen normal. Sie argumentierten scheinbar vernünftig und durchdacht. Freundliche Vertilger von Kinderseelen. Es waren Männer mit Ehefrauen, Männer mit Familien unter ihnen. Männer, deren gesellschaftlicher Status sie über jeden Zweifel erhaben hatte scheinen lassen. Bis sie ertappt, gefasst, verurteilt worden waren. Und die Abgründe ihrer Seele sichtbar gemacht worden waren.

Leah rekapitulierte ihr Gespräch mit David, der an seiner Neigung zu verzweifeln drohte. Er war der Gegenpol zu Rosei, der seiner Triebbefriedigung alles untergeordnet hatte. Ob Rosei an der Vergewaltigung des Mädchens beteiligt gewesen war? Hatte er an der Herstellung des Videos mitgewirkt oder war er »nur« Konsument und Verbreiter? Wie sehr hatte er sich mitschuldig gemacht?

Während des Telefonats mit Geer hatte Leah gedankenverloren auf ihrem Notizblock gekritzelt. Sie schob den Block zur Seite und hielt inne. Es war keines ihrer besten Porträts, dennoch war das Mädchen aus dem Video eindeutig zu erkennen. Ihr wurde klar, dass sie dieses Gesicht schon früher einmal gesehen hatte.

Leah öffnete ihren Aktenschrank und griff nach dem Ordner »Vermisste Kinder«. Sie hatte ihn zu Beginn ihrer journalistischen Laufbahn angelegt, und seit damals laufend aktualisiert. Hastig blätterte Leah ihn durch. Der Artikel, den sie suchte, war einer der obersten. Unter dem grobkörnigen Foto eines Kleinkindes stand in großen Lettern: »Entführt?« Obwohl die Aufnahme unscharf war, war Leah sich sicher, das Mädchen aus dem Video wiederzuerkennen. Dem Artikel zufolge handelte es sich bei dem vermissten Kind um die dreijährige Elina Karazin. Ihre Mutter, eine aus der Ukraine stammende Prostituierte, war im September des Vorjahres in ihrer Wohnung unglücklich gestolpert und einer Kopfverletzung erlegen. Von ihrer Tochter fehlte seither jegliche Spur. Der Autor erging sich in Spekulationen über eine mögliche Entführung. Der Artikel blieb der einzige Bericht über Elinas Verschwinden. Die Story war weder von anderen Zeitungen noch vom Blatt selbst aufgegriffen oder fortgesetzt worden. Da die Gratiszeitung, in der exklusiv von Elinas Entführung berichtet worden war, für eine hohe Quote an Falschmeldungen bekannt war, hatte Leah dem Artikel keine Bedeutung beigemessen und ihn nur der Vollständigkeit halber aufbewahrt.

Leah suchte das Kürzel des Redakteurs, der den Bericht verfasst hatte, »lul«, und rief das Impressum der Zeitung auf. Lukas Lahminger war im Bereich Chronik als stellvertretender Ressortleiter angeführt.

»Chronik, Lahminger.«

»Mein Name ist Leah Sebelia, ich rufe wegen Ihres Artikels über die Entführung von Elina Karazin an.«

»Tut mir leid, da kann ich Ihnen nicht weiterhelfen.«

»Aber Sie haben den Bericht doch verfasst?«

Leah war nicht gewillt, Lahmingers Abfuhr hinzunehmen.

»Hören Sie, ich bin selbst Journalistin und mir ist der Fall im Zuge meiner Recherchen untergekommen.«

»Sagten Sie, Ihr Name sei Sebelia?«, unterbrach Lahminger sie.

»Die mit der Pädophiliereportage? Haben Sie dafür nicht sogar einen Preis bekommen?«

Leah bestätigte seine Vermutung und Lahminger schlug ihr ein Treffen in einem Kaffeehaus in der Nähe der Redaktion vor.

»Ich würde die Sache lieber unter vier Augen besprechen. Das Ganze ist, gelinde gesagt, etwas heikel.«

Lahminger hatte seine Stimme gesenkt, sodass Leah ihn kaum noch verstehen konnte.

»Ich erkläre es Ihnen, wenn wir uns sehen«, hörte sie noch, dann wurde die Verbindung unterbrochen.

Zwei Stunden später konnte Leah Lahmingers Paranoia durchaus nachempfinden. Nachdenklich blätterte sie die Notizen durch, die sie während des Gesprächs gemacht hatte. Ohne Umschweife war Lahminger zur Sache gekommen. Der Artikel hatte unerwartet hohe Wogen geschlagen. Am Tag, nachdem der Bericht über den tödlichen Unfall Kateryna Karazins und das mysteriöse Verschwinden ihrer Tochter Elina in Druck gegangen war, war Lahminger in die Chefredaktion beordert worden. Ihm wurden Sensationshascherei und schlampige Recherche vorgeworfen. Er war nicht nur abgemahnt worden, es wurde ihm zudem unmissverständlich klargemacht, dass er seinen Job riskierte, sollte er weiterhin über den Fall berichten.

»Das mit dem Job war mir egal, Verantwortung war noch nie mein Ding«, erklärte Lahminger, der während er sprach, fast ununterbrochen an seinem ausgefransten blonden Ziegenbart zupfte.

Leah war versucht, ihm auf die Finger zu klopfen, doch sie beherrschte sich und ignorierte das Gefummel.

»Also wollte ich weitermachen, aber wie sich herausgestellt hat, war das Ganze dann doch eine Nummer zu groß für mich.«

Von einem befreundeten Polizisten hatte er erfahren, dass die Untersuchung des Falles auf Betreiben einer höheren Stelle eingestellt worden war. Offiziell hieß es, Elina sei von ihrem Vater nach Tschechien zu ihren Großeltern gebracht worden, ihr Verschwinden sei ein bloßes Missverständnis gewesen.

»Ich bin sogar nach Písek gefahren, wo die Großeltern und der Vater angeblich wohnten, aber – Überraschung – dort sind weder Elina noch ihr Vater jemals aufgetaucht. Der einzige Mann, der hieß wie Elinas angeblicher Vater, war ein sechzigjähriger Querschnittgelähmter, der die Stadt noch nie in seinem Leben verlassen hat. Da ist mir die Geschichte zu heiß geworden.«

Lahmingers gekünsteltes Lachen verursachte Leah eine Gänsehaut.

»Ich sehe mich weder als James Bond noch als Mutter Teresa. In die Sache sind verdammt mächtige Leute involviert. Und ich habe nicht die Eier, mich mit denen anzulegen. Das nur zum Thema Berufsethos. Zu meiner Verteidigung sei angeführt, dass ich es nicht einmal schaffe, meiner Freundin die Stirn zu bieten. Deshalb haben wir auch ein Schlafzimmer mit rosa Wänden und Himmelbett.«

Bevor er ging, übergab er Leah noch einen prall gefüllten Umschlag.

»Das sind meine Unterlagen. Nur Ausdrucke, die Dateien habe ich gelöscht. Und noch etwas«, er zögerte einen Moment, »wir haben uns nie getroffen.«

Aus Lahmingers Notizen ging hervor, dass Kateryna in der Rotlichtbar *Wolfs Mädchen* gearbeitet hatte. Der Inhaber der Bar hieß Gregor Vukovits, war einschlägig vorbestraft, aber nie für längere Zeit inhaftiert gewesen. Es hieß, er hätte einflussreiche Gönner, die ihm den Rücken freihielten. Ein nicht unwichtiges Rädchen im Getriebe, jedoch ohne das Zeug zum Drahtzieher.

»Befehlsempfänger! Hintermänner?«, entzifferte Leah Lahmingers nachlässig-krakelige Handschrift.

Kurz zögerte sie, dann rief sie Philipp an. Sie nahm Lahmingers Warnungen ernst. Doch das Schicksal des Mädchens ließ ihr keine Ruhe. Sie musste zu Vukovits. Allerdings nicht ohne Rückendeckung.

»So unvernünftig bin ich auch wieder nicht«, murmelte sie, während sie darauf wartete, dass Philipp abhob.

»Als Frau werde ich in diesen Kreisen nicht ernstgenommen. Männer wie Vukovits sehen mich bestenfalls als ein Stück Fleisch. Falls er irgendetwas über Elina weiß, wird er es mir sicher nicht verraten.«

»Deshalb schickst du mich vor. Ich hasse es, wenn Frauen mich benützen.«

»Also bist du dabei?«

Leah ging nicht auf Philipps Geplänkel ein.

»Alibimann Plaha meldet sich um 20 Uhr zum Dienst.«

»Ich schulde dir was.«

»Das will ich hoffen.«

Der Fremde

Freitag, 9. September des Vorjahres

Den Daumen im Mund steht das Mädchen im Dunkeln. Sein Blick ist auf den schmalen Lichtstreifen unter der Türe gerichtet. Es lauscht auf die Stimme seiner Mutter, die aus dem Nebenraum dringt. Das sanfte Gurren, das sich sonst mit den tiefen Männerstimmen vermischt, ist schrill, angsterfüllt.

»Sie ist mein Kind!«, hört das Mädchen.

»Nie im Leben!«

Die Antwort des Mannes versteht es nicht. Die fremde Stimme ist laut und hart. Das Mädchen hört ein Klatschen. Die Mutter schreit auf. Die linke Hand des Kindes umklammert einen der Holzstäbe seines Gitterbettes, für das es längst zu alt ist. Ein Prinzessinnenbett hat ihm die Mutter versprochen, ein Bett für große Mädchen. Mit einer rosa Decke und ganz vielen Polstern. Aber die Mutter ist da draußen bei der harten Stimme und das Mädchen ist alleine.

Ein Poltern. Das Mädchen zuckt zusammen. Der Daumen rutscht ihm aus dem Mund. Seine Mundwinkel zittern, es beginnt zu weinen. Mit zunehmender Verzweiflung steigert sich die Lautstärke seines Schluchzens.

Jemand reißt die Türe auf. Eine dunkle Gestalt füllt den Türrahmen fast vollständig aus. Eine Hand tastet nach dem Lichtschalter, findet ihn. Die plötzliche Helligkeit lässt das Kind die Augen zukneifen. Schwere Schritte dröhnen auf dem Holzboden. Mit einem Ruck wird das Mädchen aus dem Bett gezerrt. Es reißt die Augen auf und sieht das

Gesicht eines Mannes. Er lächelt nicht. Sein Atem riecht scharf, sticht in der Nase. Sein Griff ist hart. Das Kind gerät in Panik. Es windet sich, stemmt sich gegen die Brust des Fremden. Eine raue Hand legt sich über seinen Mund, dämpft seine Schreie. Der Mann trägt es aus dem Zimmer, durch die Küche, in der es nach der Kartoffelsuppe riecht, die es zum Abendessen gegeben hat. Das Mädchen sieht seine Mutter auf dem Boden liegen. Es tritt um sich, streckt ihr die Arme entgegen, ruft nach ihr. Die Mutter bewegt sich nicht.

Der Mann trägt das Kind aus der Wohnung in die Nacht. Die Kälte durchdringt seinen dünnen Pyjama, es zittert und wimmert vor Angst. Der Mann legt es auf die Rückbank eines Autos, die muffig riecht, sich feucht anfühlt. Er wirft eine Decke über das Mädchen, das vor Schreck verstummt. Die Wagentüre wird zugeschlagen, der Motor angelassen. Das Auto fährt los.

Kapitel 8

Dienstag, 22. Februar

»Hier ist es.«

Leah deutete auf den in rotem Neon gehaltenen Schriftzug *Wolfs Mädchen.* Ein lüstern grinsender Wolf zierte das Schild über dem Eingang eines nicht sonderlich einladenden Etablissements. Die straßenseitigen Fenster waren mit Folie beklebt, auf denen die Schattenrisse nackter Mädchen vor einem als Untier stilisierten Wolf zurückschraken.

Philipp grinste. »Nicht subtil, aber immerhin originell.«

Er öffnete die Türe und deutete eine Verbeugung an.

»Nach Ihnen, Gnädigste.«

Als Leah an ihm vorüberging, flüsterte er ihr mit drohendem Unterton ins Ohr: »Gewarnt worden seid Ihr.«

Leah tat seine Bemerkung mit einer ungeduldigen Handbewegung ab, dennoch bildete sich auf ihren Armen eine Gänsehaut.

Wolfs Mädchen lockte sein Publikum mit plüschigem Interieur und protzigen Lampen, die ihrer Omnipräsenz zum Trotz nur schummriges Licht verbreiteten. Die Opulenz des ersten Eindrucks entpuppte sich bei näherer Betrachtung als verschlissene Schäbigkeit, die selbst durch die düstere Beleuchtung nicht verborgen blieb.

Hinter dem Tresen stand eine junge Frau, fast noch ein Mädchen, deren hellblaue Augen einen reizvollen Kontrast zu ihrem streng geschnittenen schwarzen Bob bildeten. Nach einem prüfenden Blick auf Philipp bemühte sie sich um einen lasziven Gesichtsausdruck.

»Was kann ich für Sie tun?«, hauchte sie mit erkennbar russischem Akzent, während sie sich vorbeugte, um ihm einen ungehinderten Blick in ihr üppiges Dekolleté zu ermöglichen. Nicht, dass das nötig gewesen wäre, war sie doch nur mit einem Korsett und einem kaum existenten Minirock bekleidet, unter dem ihre Strapse deutlich sichtbar waren. Ihr Aufzug und das Ambiente waren so klischeehaft, dass Leah sich des Gefühls nicht erwehren konnte, in einer Filmkulisse gelandet zu sein.

»Ist Herr Vukovits zu sprechen?«

Philipp ignorierte das aufreizende Äußere seiner Gesprächspartnerin geflissentlich.

In diesem Moment öffnete sich eine verspiegelte Türe in der Wand hinter der Bar. Als hätte er nur auf sein Stichwort gewartet, trat ein Mann neben die Kellnerin. Was ihm an Körpergröße fehlte, kompensierte er durch Muskelmasse. Jeans und ein eng anliegendes weißes T-Shirt betonten seinen übertrainierten Körper. Das kurzgeschorene hellbraune Haar und die durchdringende Art, mit der er Philipp musterte – Leahs Anwesenheit nahm er nicht zur Kenntnis – ließen ihn wie einen aggressiven Schlägertypen wirken. Obwohl die Szene durchinszeniert wirkte, war Leah überzeugt, dass der Schein in diesem Fall nicht trog.

»Sie suchen mich?«

»Falls Sie Herr Vukovits sind, dann ja.«

»Gregor Vukovits, mir gehört die Bar«, antwortete der Mann.

»Was wollen Sie?« Es klang wie ein Knurren.

»Ich hätte einige Fragen bezüglich ihrer verstorbenen Angestellten Kateryna Karazin.«

Aus dem Augenwinkel nahm Leah wahr, dass die junge Frau bei der Erwähnung Katerynas zusammenzuckte.

»Bulle oder Schreiberling?«

»Journalist.«

»Und sie?«

Vukovits deutete mit dem Kinn in Richtung Leah.

»Freundin«, antwortete Philipp, sich Vukovits' Wortkargheit anpassend.

»Gib ihr was zu trinken. Aufs Haus«, wies Vukovits das Barmädchen an und öffnete die Spiegeltür. »Mein Büro.«

»Wodka Orange, bitte«, bestellte Leah den ersten Drink, der ihr in den Sinn kam.

Die junge Frau, die Leah auf höchstens Anfang zwanzig schätzte, reichte ihr das Getränk.

»Danke.«

Leah nippte und stellte das Glas ein wenig zu heftig wieder ab. Das Klirren klang trotz der einschmeichelnden Musik, die die Bar wie penetrantes Parfüm vernebelte, überlaut.

»Mein Name ist Leah«, stellte sie sich vor, was sich in Anbetracht des Ambientes merkwürdig unangebracht anfühlte.

»Oxana.«

Sie vermied Leahs Blick.

»Sie kannten Kateryna Karazin?«

»Sie meine Kollegin.«

Oxana stellte ein Schälchen Erdnüsse neben Leahs Glas und beugte sich dabei wie zufällig zu ihr.

»Kateryna meine Freundin«, flüsterte sie.

Leah senkte ebenfalls die Stimme.

»Was ist mit ihrer Tochter passiert?«

Oxanas Augen weiteten sich. Fast unmerklich schüttelte sie den Kopf. Dann drehte sie sich um, und begann mit den hinter ihr aufgereihten Flaschen zu hantieren.

Leah konnte die Angst der jungen Frau fast körperlich spüren. Oxana würde nichts sagen, dazu war sie zu eingeschüchtert. Frustriert nahm Leah einen großen Schluck und bereute diese Übersprungshandlung sofort. Sie trank kaum Alkohol, selten etwas Stärkeres als Wein, und der Wodka brannte in ihrer Kehle. Leah hustete. Ob Philipp bei Vukovits erfolgreicher war? Sie bezweifelte es. Vukovits schien nicht sonderlich gesprächig zu sein.

Oxana polierte die Theke. Dabei stieß sie Leahs Glas um. »Verzeihung«, murmelte sie, nahm eine Handvoll Papierservietten und wischte das Verschüttete auf.

»Warten Sie, ich helfe Ihnen«, bot Leah an, der es unangenehm war,

Oxana verschreckt zu haben.

Mit einem flehenden Gesichtsausdruck reichte ihr diese einige Servietten und flüsterte: »Danke.«

Verblüfft bemerkte Leah, dass unter die Servietten ein zusammengefaltetes Blatt Papier geschoben worden war. Möglichst unauffällig ließ sie es in ihre Tasche gleiten. Halbherzig wischte sie über die bereits saubere Theke und reichte Oxana danach die Servietten.

Einige Minuten später, in denen Leah das unbehagliche Schweigen mit unverfänglichem Smalltalk zu brechen versuchte, kamen Philipp und Vukovits zurück.

»Los Süße, ab nach Hause!«

Philipp legte Leah seinen Arm um die Schulter und bugsierte sie in Richtung Ausgang.

»Meine Kleine muss ins Bett!«

Er gab Leah einen Klaps auf den Po und zwinkerte Vukovits verschwörerisch zu, der ihren Abgang mit steinerner Miene verfolgte.

»Musste das sein?«

Kaum hatten sie die Bar verlassen, wand sich Leah aus Philipps Griff.

Der zog sie wieder an sich und raunte: »Spiel einfach mit.«

Widerstrebend folgte Leah ihm zum Auto.

Philipp reihte sich in den Feierabendverkehr auf dem Gürtel ein. Es hatte wieder zu schneien begonnen und auf allen Spuren der innerstädtischen Hauptverkehrsader kam man nur im Schritttempo voran.

»Der Name Vukovits kommt angeblich von Wolf, deshalb hat er die Bar *Wolfs Mädchen* genannt.«

Frustriert kaute Philipp auf seiner Unterlippe.

»Das war die einzige Information, mit der er herausgerückt ist. Gesprochen hat er nicht viel und gesagt noch weniger. Aber er weiß viel mehr, als er zugibt. Kateryna hat für ihn gearbeitet. Angeblich nur als Barmädchen. Er behauptet, dass er nicht gewusst hat, dass Kateryna eine Tochter hatte. Das hat er erst nach ihrem Unfall erfahren.«

Philipp verzog angewidert das Gesicht.

»Was gelogen ist. Typen wie er wissen alles, was um sie herum vorgeht. Das gehört zum Geschäft.«

»Glaubst du, dass er etwas mit Elinas Verschwinden zu tun hat?«

»Hundertpro. Würde mich nicht wundern, wenn er daran auch noch verdient hätte. Aber noch schlimmer sind die Kunden. Wie pervers muss man sein?«

»Anscheinend nicht besonders, sonst gäbe es keinen so großen Markt für Kinderprostitution und Gewaltpornos. Für alles gibt es Käufer.«

Leah redete sich in Rage. »Aber wieso wundert uns das eigentlich? Sexualisierte Minderjährige sind in der Werbung ja inzwischen dauerpräsent. Die Models werden immer androgyner, immer jünger.«

Sie machte eine Pause, um Luft zu holen, die Fassung wiederzuerlangen, was ihr jedoch misslang. »Und Typen wie Rosei lachen sich ins Fäustchen und schieben der Gesellschaft den Schwarzen Peter zu. Ist doch alles total normal, oder?«

»Das ist jetzt aber etwas überspitzt dargestellt, meinst du nicht?«

»Nicht sehr. Genaugenommen bleibt einem nichts anderes übrig, als drastisch zu werden. Wer nicht schreit, wird heutzutage überhört.«

Sie wandte sich Philipp zu. »Wie geht es dir eigentlich damit, wenn der ach so überwältigende männliche Sexualtrieb als Ausrede herhalten muss, um Übergriffe jedweder Art bis zur Vergewaltigung von Kleinkindern zu rechtfertigen? Schließlich seid ihr Männer triebgesteuert und werdet von euren Hormonen zu Dingen gezwungen, die ihr eigentlich gar nicht tun wollt.«

»Gerade widert es mich ziemlich an, ein Mann zu sein,« Philipp schlug auf das Lenkrad. »Manchmal könnte ich kotzen!«

»Tu's doch!«

Die aufgestaute Spannung entlud sich in hysterischem Gelächter. Es dauerte etliche Minuten, bis sie sich wieder gefasst hatten.

Inzwischen war das Schneetreiben in eisigen Regen übergegangen, der die Häuserfluchten noch grauer erscheinen ließ. Philipp hielt in zweiter Spur vor Leahs Haustüre.

»Danke, dass du mitgekommen bist.«

»Keine Ursache.«

Leah kramte in ihrer Handtasche nach ihrem Schlüssel, als ihr Oxanas Nachricht in die Hände fiel. Hastig entfaltete sie das Papier.

»Fruh morgen 7.00, Kalwarenbergkirche.«

Oxanas kindlich-krakelige Schrift betonte die Dringlichkeit der Botschaft.

Wortlos reichte Leah Philipp den Zettel. Fragend zog dieser eine Augenbraue hoch.

»Von Oxana, dem Mädchen in der Bar. Sie hat also doch etwas zu sagen.«

»Ich hole dich um zehn nach sechs ab.«

»Dann bis morgen!«

Durch den Graupelschauer lief Leah zur Haustüre. Der Schlüssel zitterte in ihrer Hand. Erst beim dritten Versuch fand er sein Ziel.

Mittwoch, 23. Februar

Oxana wartete bereits im Vorraum der barocken Pfarrkirche, als Leah und Philipp kurz vor sieben eintrafen. Sie war ungeschminkt und verschwand fast in ihrer überdimensionalen Daunenjacke. Ohne Make-up wirkte sie richtig kindlich.

Der Geruch nach Weihrauch und die beinahe unwirklich anmutende Stille betonten die Erhabenheit des Gotteshauses. Wie die meisten Sakralbauten verströmte auch die Hernalser Pfarrkirche eine Atmosphäre Ehrfurcht gebietender Zeitlosigkeit, der sich selbst die überzeugte Atheistin Leah nicht völlig entziehen konnte.

»Nicht viel Zeit. Gregor wartet. Ich beten, dann muss zuruck«, flüsterte Oxana, der die Anspannung deutlich anzumerken war. Immer wieder vergewisserte sie sich, dass niemand sie beobachtete. Mit gesenkter Stimme sprach sie so schnell, dass sich ihre Worte zu überschlagen drohten. Mit jedem ihrer Sätze wuchs Leahs Beklemmung.

Auch Philipp war sichtlich blass um die Nase, als Oxana zwanzig Minuten später mit einem gemurmelten Gruß aus der Kirche verschwand.

»Glaubst du ihr?«

Eine rhetorische Frage. Die Gewissheit, dass Oxana die Wahrheit gesagt hatte, war ihm ins Gesicht geschrieben.

»Was tun wir jetzt?« Leahs Kopf war wie leer gefegt.

»Jetzt fahren wir zu dir, ich koche uns einen ordentlichen Kaffee und dann reden wir in Ruhe über alles.«

»Aber zuerst besorgen wir uns etwas Süßes. Für die Nerven.«

Leah vergrub die Hände in den Manteltaschen. Ihr war eiskalt.

Oxana war überzeugt davon, dass Kateryna nicht verunglückt war.

»Kateryna gemordet worden ist«, hatte sie geflüstert.

»Gregor das getan. Ich weiß, er hat.«

Vor acht Jahren war Kateryna aus der Ukraine nach Österreich gekommen, um hier als Kellnerin zu arbeiten. Ihr damaliger Freund hatte sie mit einem Jobangebot nach Wien gelockt. Kaum angekommen hatte sich Katerynas große Chance als teuflische Falle entpuppt. Dass sie nicht in einem Kaffeehaus Torten servieren, sondern in *Wolfs Mädchen* Kunden animieren und ihnen mit vollem Körpereinsatz zur Verfügung stehen sollte, hatte ihr Freund ihr verschwiegen gehabt. Noch am Tag ihrer Ankunft nahm er ihr ihren Pass ab und verkaufte sie an Vukovits. Dieser wollte seine Investition abgegolten haben und verfrachtete Kateryna in eine winzige Ein-Zimmer-Wohnung, die sie sich mit drei seiner Mädchen teilen musste. Um Kateryna gefügig zu machen, schlug und vergewaltigte Vukovits sie. Er drohte ihr, dass ihre Familie darunter leiden würde, wenn sie nicht spurte. Eine Gefahr, der Kateryna ihre Verwandten nicht aussetzen wollte.

Ihre Gutgläubigkeit war ihr zum Verhängnis geworden, die Schande, ihr Scheitern zugeben zu müssen, wog ungleich schwerer. Schließlich schlug sich Katerynas Mutter mehr recht als schlecht mit Gelegenheitsjobs durch und war froh, nicht mehr für ihre Tochter sorgen zu müssen. Kateryna selbst hoffte auf die Chance eines Neubeginns und wollte nichts weniger als zurück in die Perspektivenlosigkeit ihrer Heimat. Wenn sie ihre Schulden abgearbeitet habe, werde man weitersehen, hatte Vukovits ihr zugesichert. Und Katerynas Verzweiflung war groß genug, auf das Versprechen einer selbstbestimmten Zukunft zu vertrauen.

»Das er sagt allen Mädchen. Wir glauben, sonst nix Hoffnung.«

Oxana lächelte resigniert.

»Alle Mädchen gewusst, dass Lüge, aber wir kein Geld, also brauchen Träume.«

Kateryna arrangierte sich mit ihrem Schicksal. Da sie schnell Deutsch lernte und nicht zuletzt deswegen bei den Freiern gut ankam, hatte sie bald einige finanziell gut gestellte Stammkunden. Ihre Schwangerschaft verheimlichte sie. Zunächst geschockt, freute sie sich schon bald auf ihr Baby, dem sie ein besseres Leben ermöglichen wollte. Gemeinsam mit Oxana fantasierte sie von einem Neuanfang. Als Vukovits herausfand, dass Kateryna ein Kind erwartete, tobte er, wurde handgreiflich. Er wollte sie zu einem Abbruch zwingen, doch dieses eine Mal setzte Kateryna sich gegen ihn durch.

»Sie wie Löwin. Hat gekämpft und geschrien. Gesagt, sie tötet sich, wenn sie Baby nicht haben darf.«

In Oxanas Worten schwang Bewunderung für den Mut ihrer Freundin mit.

Leah versuchte sich vorzustellen, was Kateryna empfunden haben musste. Verzweifelte Liebe zu ihrem ungeborenen Kind. Und eine unnachgiebige Entschlossenheit, die stärker gewesen sein musste als ihre Angst. Stark genug, dass sie sich zum ersten Mal in ihrem Leben zur Wehr gesetzt hatte.

Vukovits hatte ihr schließlich erlaubt, das Kind zu behalten. Zudem war Katerynas Schwangerschaft inzwischen zu weit fortgeschritten, als dass eine erzwungene Abtreibung ohne Risiko gewesen wäre.

»Kateryna liebt Elina. Sie für Elina gelebt.«

Oxanas Stimme brach. »Und für Elina gestorben.«

Vukovits war nicht nur als Zuhälter junger Osteuropäerinnen ohne Aufenthaltsgenehmigung tätig, deren illegalen Status er ausnutzte, um die Mädchen zu erpressen.

»Er auch Kinder nimmt. Für Sex und Filme.«

Entsetzt starrte Leah Oxana an.

»Sind Sie sicher?«, fragte sie. »Haben Sie Beweise?«

Oxana schüttelte den Kopf.

»Nein, nix Beweis, aber alle wissen. Auch Kateryna, darum sie Elina vor Gregor beschutzt. Jetzt sie tot und Gregor hat Elina.«

Am Tag nach Katerynas Tod hatte Vukovits Oxana befohlen, Katerynas Wohnung aufzuräumen. Es müsse aussehen wie ein Unfall, hatte er ihr eingeschärft. Und Oxana hatte gehorcht.

»Ich Angst, er mich auch töten«, flüsterte sie.

»Die Polizei hat den Fall sicher auch nicht besonders gründlich untersucht«, sagte Philipp.

»Kateryna war illegal in Österreich und Prostituierte stehen auf der Prioritätenliste unserer Freunde und Helfer nicht an der prominentesten Stelle.«

Oxana bestätigte seine Vermutung. Rasch war Katerynas Tod als Unfall deklariert worden. Elinas Verschwinden schien niemanden zu interessieren. Weder Oxana noch andere Kolleginnen Katerynas waren befragt worden.

»Was hat es mit Elinas angeblichem Vater auf sich? Dem aus Tschechien?«

»Ich weiß, wer Vater von Elina.«

Oxana beugte sich noch näher zu Leah und Philipp und flüsterte kaum hörbar: »Sein Name Konrad Habern. Viel Geld, viel Macht.«

Kateryna hatte Oxana anvertraut, dass Habern, ein ranghoher Beamter im Außenministerium, und einer ihrer Stammkunden, Elinas Vater war. Wie dieser hatte auch Elina ein charakteristisches Feuermal in Herzform am rechten Oberarm. Verstohlen steckte Oxana Leah ein Foto zu. Leahs Herzschlag setzte für einen Moment aus. Sie hatte den Beweis. Elina war das Mädchen aus dem Video.

Kateryna hatte panische Angst gehabt, Habern könnte von Elinas Existenz erfahren.

»Sie gesagt, er ihr Elina wegnehmen und sie nach Ukraine schicken.« Eindringlich sah Oxana Leah in die Augen.

»Habern gefährlicher Mann. Schlimmer als Gregor. Viel schlimmer. Bitte Sie helfen Elina. Bitte.«

Leah zögerte nicht eine Sekunde.

»Ich tue, was ich kann.«

Prüfend musterte Oxana sie ein letztes Mal.

»Ich jetzt muss los.«

Vor dem Ausgang drehte sie sich um und hob die Hand zum Gruß. Zurück blieben Leah und Philipp und mit ihnen die Ungeheuerlichkeit des Gehörten.

»Willst du dir das wirklich antun?«

Besorgt runzelte Philipp die Stirn.

»Ich kann mir nicht vorstellen, dass du etwas erreichst. Außer, dass du die falschen Leute auf dich aufmerksam machst. Und wenn stimmt, was Oxana erzählt, dann wäre das sträflicher Leichtsinn.«

»Aufmerksamkeit haben wir doch schon in dem Moment auf uns gezogen, als wir in *Wolfs Mädchen* einmarschiert sind.«

»Bei Vukovits, ja, aber der ist nur eine Charge mittlerer Ebene. Von dem ausgehend, was wir bisher wissen, ist er ein Zulieferer und zuständig fürs Grobe. Habern ist ein ganz anderes Kaliber.«

»Deshalb muss ich ja zu ihm. Keine Ahnung, ob er seine Finger im Spiel hat, oder bloß gerne mit Professionellen verkehrt. Falls er noch einen Funken Anstand im Leib hat, kann ihm doch nicht egal sein, was mit seiner Tochter passiert.«

»Glaubst du wirklich, dass einen ehrbaren Familienvater interessiert, was mit seiner illegitimen Brut geschieht?«

»Ich wünsche es Elina. Deshalb muss ich es zumindest versuchen. Vielleicht irrst du dich, und nicht alle Männer sind Schweine.«

»Das ist kein Witz«, fauchte Philipp.

»Du musst Habern ernst nehmen! Man schafft es nicht von ungefähr in eine derart hohe Position. Habern ist ein Machtmensch, ein nicht zu verachtender Gegner. Und wenn du ihm in die Quere kommst, ...«

»Du klingst wie eine Mischung aus Mafiapate und Verschwörungstheoretiker. Gut, Habern ist, wie wir – Google sei Dank – wissen, Sektionschef im Außenministerium. Außerdem pflegte er regelmäßigen Verkehr mit einer illegalen Prostituierten. So weit, so unspektakulär. Schließlich betrügen etwa ein Drittel aller Ehemänner ihre Frauen und geschätzte sieben Prozent aller Nachkommen sind Kuckuckskinder, das habe ich erst unlängst in irgendeiner Zeitschrift gelesen. Dass Habern es mit der Treue nicht allzu ernst genommen hat, spricht nicht für seinen Charakter, macht ihn aber nicht automatisch zum Mörder.«

»Aber Oxana hat bestätigt, dass Kateryna Angst vor ihm hatte«, warf Philipp ein.

»Wir wissen nur, dass Kateryna befürchtet hat, dass er sie ausweisen lässt, wenn sie ihm von Elina erzählt«, berichtigte Leah.

»Sie hat schließlich gewusst, wo er arbeitet. Vielleicht hat er ihr auch mit der Abschiebung gedroht, und damit ihren Preis gedrückt, ihr Schweigen erkauft oder was weiß ich. Deine Besorgnis in Ehren, aber ich finde, du übertreibst. Ich habe nicht vor, ihn zu erpressen. Im Gegenteil, ich will ihm eine für ihn wertvolle Information zukommen lassen. Über seine Tochter!« Ohne es zu wollen, war Leah laut geworden.

»Bitte reg dich nicht auf, aber einer muss doch den Advocatus Diabolo spielen. Und da du von deinem Plan überzeugt bist, fällt mir dieser Part zu.«

Leah hatte keine Lust auf Sperenzchen.

»Entweder du unterstützt mich oder du bist aus der Sache raus.«

»Du kannst auf mich zählen. Versprich mir aber, dass du vorsichtig bist. Wir wissen nicht, mit wem wir es zu tun bekommen werden. Du darfst dich auf gar keinen Fall von deinen Gefühlen leiten oder von Habern provozieren lassen. Gib dir eine Blöße und du bist leichte Beute.«

So übertrieben Leah Philipps Warnungen im Moment erschienen, verursachten sie ihr dennoch ein ungutes Gefühl in der Magengrube.

»Versprochen.«

Kapitel 9

Freitag, 25. Februar

Um Punkt zehn geleitete Konrad Haberns Assistent Thomas Launz Leah ins Büro des Sektionschefs. Das überkorrekte Auftreten des jungen Mannes konnte die in seinem Habitus mitschwingende Herablassung nicht kaschieren.

Überheblichkeit in der Ausstattung inbegriffen, dachte Leah, der Jungjuristen in Döblinger Uniform nicht von ungefähr ein Dorn im Auge waren. Karrieregeilheit, latenter Sexismus und die Attitude, zu Höherem geboren worden zu sein, waren eine Mischung, die jedem vernünftigen Menschen zuwider sein sollte. Schon oft hatten Vertreter dieser speziellen Gattung Speichellecker ihr das journalistische Leben schwer gemacht. Launz hätte als Prototyp zur Serienfertigung dienen können. Sein maßgeschneiderter Dreiteiler passte wie die Tom-Cruise-Frisur und sein strahlend weißes Lächeln ins Bild. Sie verbiss sich ein Grinsen und wappnete sich für die Begegnung mit Elinas Vater.

Überraschend schnell hatte sie einen Termin bei Habern bekommen. Vorgeschützt hatte sie ein Interview für ein politisches Magazin, für das sie seit Jahren als freie Journalistin tätig war. Sie hatte auf den bei politischen Funktionären üblichen Geltungsdrang gesetzt, und war davon ausgegangen, dass Habern sich nicht in der Redaktion rückversichern würde. Eine Internetrecherche hätte ihre tadellose Reputation ergeben. Wahrscheinlich hatte sie deshalb bereits am Mittwochnachmittag eine E-Mail mit der Terminbestätigung für heute erhalten.

»Herr Sektionschef Dr. Habern. Leah Sebelia«, verkündete Launz mit einer Blasiertheit, die einem Hofmarschall zur Ehre gereicht hätte.

Konrad Habern war ein gepflegter Mann Anfang fünfzig und durchaus nicht unattraktiv. Ihn umgab eine Aura der Macht, die nicht alleine in seinem selbstbewussten Auftreten begründet war. Trotz der scheinbaren Freundlichkeit, mit der er sie begrüßte, strahlte er etwas angespannt Lauerndes aus.

Er bat Leah zu einer eleganten Ledergarnitur und wartete, bis sie auf einem der dunkelbraunen Sessel Platz genommen hatte. Dann setze er sich ihr gegenüber und wies seinen Assistenten an, Kaffee zu servieren.

»Wie trinken Sie Ihren?«, fragte er Leah.

Gar nicht, lag ihr auf der Zunge, aber sie verbiss sich die Replik. Sie wollte Habern nicht die Genugtuung bereiten, auf sein demonstratives Machtspielchen einzusteigen.

»Schwarz, ohne alles«, antwortete sie und registrierte, dass seine linke Augenbraue nach oben schnellte. Ein Punkt für sie.

Mit einer Handbewegung, die eines Monarchen würdig gewesen wäre, entließ Habern seinen Assistenten, der leise, aber nachdrücklich die Türe hinter sich ins Schloss zog.

Dann lehnte er sich zurück und musterte Leah einen Hauch zu lange, um noch als höflich durchgehen zu können.

»Nun, Frau Sebelia, was kann ich für Sie tun?«

»Ich bin hier, um Ihnen einige Fragen zu stellen.«

»Davon gehe ich aus, junge Dame, schließlich wurde ein Interviewtermin vereinbart.«

»Das stimmt, allerdings sind meine Fragen nicht für eine Veröffentlichung bestimmt.« Leah beobachtete Habern, konnte in seinem Gesicht jedoch keine Regung erkennen.

»Eine überraschende Wendung, wenn ich so frei sein darf, dies anzumerken. Sie haben sich also unter Vorspiegelung falscher Tatsachen hier eingeschlichen. Kann ich davon ausgehen, dass es kein Interview gibt?«

Mit einem leichten Kopfschütteln bestätigte Leah seine Vermutung.

»Ich gestehe, dass Sie mich neugierig machen, Leah. Ich darf Sie doch Leah nennen, nun, wo wir gleichsam privat miteinander verkehren?« Ohne eine Antwort abzuwarten, sprach Habern weiter.

»Auch wenn ich kein Freund unorthodoxen Vorgehens bin, beeindruckt mich Ihre Chuzpe.«

Demonstrativ gelassen lehnte er sich zurück.

Leah öffnete ihr Notizbuch und entnahm ihm das Foto von Elina, das ihr Oxana überlassen hatte. Sie legte das Bild vor Habern auf den gläsernen Couchtisch.

»Ihr Name ist Elina. Sie ist Kateryna Karazins Tochter.«

Habern betrachtete das Foto, rührte es aber nicht an. Unbeeindruckt wandte er sich Leah zu.

»Warum zeigen Sie mir das Bild eines Kleinkindes? Oder um meine Frage zu präzisieren: eines mir unbekannten Kleinkindes?«

»Es ist ein Bild Ihrer Tochter«, erwiderte Leah.

Für den Bruchteil einer Sekunde entgleisten Haberns Gesichtszüge, ebenso schnell hatte er sie wieder unter Kontrolle.

»Sie erdreisten sich, mir zu unterstellen, ich sei der Vater dieses Kindes?«

»Ich weiß, dass Sie Katerynas professionelle Dienste regelmäßig in Anspruch genommen haben.«

Habern setzte an, Leah zu unterbrechen, aber sie ließ sich nicht beirren. »Vor ihrem Tod hat Kateryna sich einer Freundin anvertraut. Sie wollte nicht, dass Sie von Elinas Existenz erfahren. Sie hatte Angst vor Ihnen.«

Haberns Fassade hatte Sprünge bekommen. Abscheu, Hass und Wut blitzten durch seine mühsam aufrechterhaltene Gelassenheit.

»Jetzt ist Kateryna tot – ein angeblicher Unfall – und Elina verschwunden.«

»Wie können Sie es wagen, zu behaupten, ich würde Kontakt mit Prostituierten pflegen? Von der Impertinenz, mir ein Kind unterschieben zu wollen, ganz zu schweigen?«

Obwohl Habern seine Stimme nicht erhoben hatte, zuckte Leah zusammen. Durch die Schärfe seines Tonfalls hatten Haberns Worte denselben Effekt, als wären sie gebrüllt worden.

»Ich bin nicht Ihretwegen hier, sondern um Elinas willen.«

Leah legte das zweite Foto auf den Tisch. Es war ein Standbild vom Beginn des Videos. Elina war bis zum Bauch zu sehen. Ihr leerer Blick und das Wissen darum, was ihr angetan worden war, – und womöglich immer noch angetan wurde –, machten es Leah unmöglich, das Foto anzusehen. Ihr entging deshalb nicht, dass Haberns Blick kurz auf dem Bild seiner Tochter verharrte, und sich seine Augen entsetzt weiteten.

Leah deutete auf den rechten Arm Elinas. »Kateryna vertraute ihrer Freundin an, Elina hätte dieses Feuermal von Ihnen geerbt.«

»Ich kenne weder eine Kateryna, noch bin ich der Vater dieses Kindes«, entgegnete Habern. Ein wenig überzeugendes Dementi, angesichts der Tatsache, dass sein Blick immer wieder zum Foto zurückkehrte.

»Wie gesagt, bin ich nicht Ihretwegen hier«, wiederholte Leah.

»Ich erwarte kein Geständnis von Ihnen und habe nicht vor, das, was heute hier gesagt wird, zu veröffentlichen oder gegen Sie zu verwenden. Darauf haben Sie mein Wort.«

»Und was wollen Sie dann?«

Der Ton geschäftsmäßig, Habern hatte seine Contenance zurückerlangt.

»Elina, Ihre Tochter, wurde entführt. Die polizeilichen Ermittlungen waren mehr als schlampig. Angeblich ist Elina bei ihrem Vater in Tschechien, der nicht auffindbar ist, weil er gar nicht existiert. Das Bild hier«, sie zeigte auf das zweite Foto, »stammt aus einem Video, in dem Elina brutal vergewaltigt wird. Das Material ist erst seit Kurzem in Umlauf, Elina ist allerdings bereits seit September verschwunden. Deswegen bin ich hier. Sie sind Ihr Vater und ein einflussreicher Mann. Sie könnten anregen, dass Elinas Fall wieder aufgenommen wird, dafür sorgen, dass die Monster, die ihr das antun, ins Gefängnis kommen.«

»Eine interessante Verschwörungstheorie, die Sie sich zusammengereimt haben.«

Seine Finger zur Hilfe nehmend, zählte Habern auf:

»Erstens: Ich bin der Vater des Kindes einer Prostituierten. Zweitens: Die Prostituierte wurde ermordet, das Kind entführt. Drittens: Die Polizei hat in beiden Fällen – und im Gegensatz zu Ihnen«, Habern grinste süffisant, »falsche Schlüsse gezogen. Viertens: Kinderschänder haben Elina und drehen pornographische Filme mit ihr. Habe ich etwas vergessen?«

Leah schüttelte den Kopf.

»Frau Sebelia, Ihre Schlüsse sind nicht nur an den Haaren herbeigezogen, sondern erfüllen auch den Tatbestand übler Nachrede. Sollten Sie es wagen, mich diesbezüglich erneut zu belästigen, werde ich nicht umhinkommen, Anzeige zu erstatten. Und damit wir uns nicht missverstehen, ich habe ein ausgezeichnetes Verhältnis zum Polizeipräsidenten.«

»Dann könnten Sie ihn doch bitten ...«

»Sie haben mehr als genug gesagt. Mein Assistent wird Sie hinausbegleiten.«

Er stand auf, ging zu seinem Schreibtisch und drückte einen Knopf am Telefon.

»Herr Launz, Frau Sebelia möchte gehen.«

Er sah Leah an und deutete Richtung Couchtisch, auf dem die beiden Fotos lagen.

»Vergessen Sie Ihre Unterlagen nicht. Wenn Sie mich nun entschuldigen.«

Er verließ das Büro durch eine Tapetentüre, die Leah bisher nicht bemerkt hatte.

Keine fünf Sekunden später betrat Launz das Büro und eskortierte Leah zum Aufzug.

Fast schon rennend verließ Leah das Außenministerium. Sie kochte vor Wut. Im Gespräch mit Habern hatte sie sich beherrschen müssen, um weder verbal noch körperlich auf ihn loszugehen. Wie konnte er so herzlos sein? Es ging schließlich um ein Kind, sein Kind! Frustriert stöhnte sie auf.

Ihr Blick fiel auf die den Platz dominierende Minoritenkirche. Das gotische Gotteshaus mit dem charakteristischen roten Satteldach war für seine Replik von Leonardo da Vincis Wandfresko »Das letzte Abendmahl Jesu Christi« bekannt. Max liebte das Mosaik, das einst für Napoleon gefertigt worden und auf verschlungenen Pfaden in der Wiener Innenstadtkirche gelandet war. Er hatte es sich nicht nehmen lassen, es Leah während einer ihrer ersten Verabredungen stolz zu präsentieren. Leah lächelte bei der Erinnerung an den eifrigen Ernst, mit dem Max ihr jedes

Detail des Bildes erklärt hatte. Sehnsucht schnürte ihr die Kehle zu. Wie gerne würde sie mit ihm über die Geschehnisse der letzten Zeit sprechen. Aber er hatte ihr deutlich zu verstehen gegeben, dass er mit ihrer Arbeit nichts zu tun haben wollte. Sie nahm ihr Handy und scrollte durch das Telefonbuch bis zu seinem Namen. Lange starrte sie den Eintrag an. Sie konnte sich weder dazu durchringen, anzurufen, noch das Telefon wieder einzustecken.

Eine Ironie des Schicksals, dass ihre Recherche sie hierhergeführt hatte. Zur zweiten Kirche innerhalb weniger Tage. Ein dezenter Hinweis, göttlichen Beistand zu erbitten? In diesem Moment meldete ihr Handy den Empfang einer SMS.

»Das nenne ich eine prompte Reaktion«, murmelte Leah.

Maras Nachricht war kurz und bündig: »Zeit für eine Privatstunde?«

Kapitel 10

»Möchtest du noch was?«

Mara zeigte mit dem Schöpflöffel auf den Topf mit Erdäpfelgulasch, aus dem sie sich gerade nachgenommen hatte.

Dankend verneinte Leah. Mehr als zwei Portionen waren für sie auch mit gutem Willen nicht zu schaffen.

»Das war mit Abstand das beste Gulasch, das ich je gegessen habe.«

»Das Rezept stammt von meiner, naja, eigentlich unserer Großmutter. Sie hat es bis aufs Sterbebett eifersüchtig gehütet.«

»Und du hast es ihren erkaltenden Händen entrissen?«

Mara lachte.

»Sie hat es mir, ihrer *einzigen* Enkelin, vererbt.«

»Aber auch nur, weil sie nichts von mir gewusst hat. Sonst hättest du einpacken können.«

»Mach nur so weiter, dann kannst du dir abschminken, dass ich dir die geheime Zutat jemals verrate.«

Leah duckte sich, als ein zusammengeknülltes Geschirrtuch auf sie zugeflogen kam.

»Zeig mir doch mal die Gebärde für ‚Hör auf!'«

Mara streckte ihr die offene Handfläche entgegen.

»Manche Gebärden sind intuitiv, die benützen sogar Hörende.«

Sie grinste Leah an.

»Fühlst du dich einer echten Herausforderung gewachsen?«

»Du bist nicht bei der Sache«, kommentierte Mara Leahs halbherzige

Versuche, ihre Gebärden nachzuahmen.

Resigniert hob Leah die Hände.

»Tut mir leid, ich kann mich nicht konzentrieren. Ich hab momentan einfach zu viel um die Ohren.«

»Du kannst dich gerne bei mir ausheulen. Ich hab gehört, das soll ein Schwesternding sein.«

Erwartungsvoll sah Mara sie an. Das genügte als Anstoß.

Leah schilderte ihr, was sie über das Forum, Elina und Habern herausgefunden hatte.

Zwischendurch nahm sie den bereitliegenden Notizblock zu Hilfe, um schwieriger von den Lippen abzulesende Worte, Namen und Nicknames aufzuschreiben.

»Und dann hat er mich hochkant hinausgeworfen!«

Bei dem Gedanken an Haberns Selbstgefälligkeit spürte Leah die Wut wieder hochkochen.

»Du bist dir sicher, dass das Mädchen seine Tochter ist?«

»Ja, bin ich, aber ich habe keine Beweise.«

Sie biss sich auf die Unterlippe.

»Habern ist gerissen, an den komme ich in hundert Jahren nicht ran.«

»Und über das Forum? Hast du nicht gesagt, du glaubst, dass er dort auch seine Finger im Spiel hat?«

Mara beugte sich näher zu Leah, ihre Augen leuchteten.

»Was dagegen, wenn ich ein bisschen recherchiere?«

»Recherchieren? So nennst du das also?«

Leah hob eine Augenbraue.

»Ich dachte, du bist raus aus dem Business?«

»Was nicht heißt, dass ich es nicht mehr draufhabe. Ich spiele zwar nicht mehr in der Oberliga mit, bin aber immer noch im Training«, erwiderte Mara mit einer Selbstverständlichkeit, die nur den Schluss zuließ, dass sie ihre Hackerkarriere keineswegs an den Nagel gehängt hatte.

Leah schüttelte den Kopf. Mara auch nur der geringsten Gefahr auszusetzen, kam nicht in Frage. Die außergewöhnliche junge Frau mit dem überaus speziellen Sinn für Humor war ihr inzwischen viel zu sehr ans Herz gewachsen.

»Keine Chance! Habern ist gefährlich. Ich will mir gar nicht vorstellen, wozu er oder die Typen aus dem Forum fähig sind, wenn sie herausfinden, dass wir ihnen auf der Spur sind.«

»Das werden sie aber nicht.«

»Wie kannst du dir da sicher sein? Immerhin bist du ja schon einmal erwischt worden.«

»Damals war ich überheblich.«

Nonchalant zuckte Mara mit den Schultern.

»Ich war stolz auf meine Arbeit. Ich wollte allen zeigen, dass ich es draufhabe. Die coolen Checker aus der Community sollten sehen, dass ich richtig, richtig gut bin. Nix, von wegen, die ist ein Mädchen und taub dazu, die brauchen wir nicht ernst zu nehmen. Keine Sorge, auf diese Form der Bestätigung kann ich inzwischen verzichten.«

»Willst du behaupten, dass ich ein Hackergenie mit Profilierungsdrang zur Schwester habe?«

»Ich bin ein verwandtschaftliches Überraschungsei: süß, schlau und verspielt.«

»Na dann hoffe ich, dass zumindest der Part mit der Schlauheit zutrifft.«

Diesmal segelte ein Polster auf sie zu.

»Besondere Reife kann ich dir jedenfalls nicht attestieren.«

Mara zeigte ihr die Zunge.

Leah lachte. »Euer Ehren, die Beweisführung ist somit abgeschlossen.«

Schweigend hackte Mara mit zunehmender Vehemenz auf die Tastatur ein. Leah hatte den Versuch aufgegeben, nachzuvollziehen, was genau Mara machte. Stumm wühlte sie sich durch Codes, die Leah auch nicht weniger gesagt hätten, wären sie auf Suaheli verfasst worden.

»Die Schweine schnappen wir uns«, hatte Mara durch zusammengebissene Zähne herausgepresst und seitdem keinen Ton mehr von sich gegeben.

Fasziniert und gelangweilt zugleich saß Leah neben ihr. Mara hatte ihr Bens Bürostuhl angeboten, ein futuristisch designtes Möbelstück, in dem Leah sich wie die chronisch unterbeschäftigte Oberbefehlshaberin einer Weltraumflotte fühlte.

»Hab ich dich!«

Maras triumphierender Aufschrei riss Leah aus ihren Überlegungen über mögliche Verbindungen zwischen Katerynas Zuhälter und Habern.

»Wen hast du?« Neugierig beugte sie sich zu Maras Computer. Was sie sah, erschien ihr ähnlich kryptisch wie zuvor.

»*rumpelstilzchen*!« Mara grinste.

»*rumpelstilzchen* heißt im echten Leben Udo Lassa. Der saubere Herr gehört wie *baloo* zum inneren Kreis.«

Mara unterbrach sich. »Habe ich den Namen richtig ausgesprochen?«

Leah bejahte.

»Namen und Adressen sind besonders tricky, da frage ich sicherheitshalber lieber nach.«

»Und du hast seine Identität einfach so geknackt?« Ungläubig starrte Leah ihre Schwester an.

»Die Sicherheitsvorkehrungen sind zwar streng, aber unser *rumpelstilzchen* war nachlässig. Es hat sich in seinem exklusiven Perversenkränzchen zu sicher gewähnt. Die anderen sind zwar besser abgeschirmt, aber ich kann dir garantieren, dass ich sie über kurz oder lang auch noch drankriege!«

»Das heißt, wir haben einen Namen!«

Leah wurde klar, dass sie Mara gewaltig unterschätzt hatte.

»Wenn du noch ein paar Minuten warten kannst, bekommst du als Draufgabe alles, was es im Netz über ihn zu finden gibt. Das gehört zum Service.«

Mara strahlte eine fiebrige Angespanntheit aus. Sie war in ihrem Element. Aber auch Leah hatte die Jagdlust gepackt. Unstillbare Neugier lag anscheinend in der Familie.

»Ich darf vorstellen: *rumpelstilzchen* alias Dr. Udo Lassa, 68 Jahre, Hofrat a.D., hat vor seiner Pensionierung ausgerechnet im Familienministerium Dienst geschoben, wohnhaft im 19. Bezirk.«

Mit großer Geste deutete Mara auf das Foto eines dicklichen älteren Mannes, dessen hervorstechendsten Eigenschaften seine weiße Löwenmähne und der farblich harmonierende gewaltige Schnauzbart waren.

»Optisch ein Dauergast beim Münchner Oktoberfest«, stellte Leah fest. »Fehlen nur noch Lederhose und Gamsbart.«

»Nach außen hin Biedermann und im Privaten ...«

Mara verzog angewidert das Gesicht.

»Und das ist *rumpelstilzchens* schmuckes Eigenheim.« Sie deutete auf das Foto einer schönbrunnergelb gestrichenen Gründerzeitvilla, die von einer akkurat gestutzten Hecke umgeben war.

»Wenn er die nicht geerbt hat, dann muss er Dreck am Stecken haben, ein solches Häuschen kann sich kein Hofrat leisten.«

Leah stimmte zu. Ein Haus dieser Größe in einer solch guten Lage war sicher mindestens eineinhalb Millionen wert.

Erwartungsvoll sah Mara sie an.

»Wie geht es weiter, Schwesterherz? Jetzt, da wir wissen, wer *rumpelstilzchen* ist? Soll ich ihm einen fiesen Virus verpassen? Wollen wir ihn im Netz an den Pranger stellen? Oder verpfeifst du ihn bei deinem Freund von der Polizei?«

»Zuerst würde ich unserem *rumpelstilzchen* gerne einen Besuch abstatten. Mir anhören, was er zu seiner Verteidigung vorzubringen hat. Vielleicht weiß er ja etwas über Elina. Und wenn ich ihn unter Druck setze, ihm damit drohe, ihn auffliegen zu lassen ...«

»Ob das eine gute Idee ist?«

»Ich schreibe Geer eine Mail, in der ich ihm erkläre, was ich vorhabe. Und dem sauberen Herrn Hofrat werde ich Bescheid stoßen, dass die Polizei über meinen Besuch informiert ist. Das wird ihn davon abhalten, irgendwelche Dummheiten zu machen. In seinen Postings wirkt er wie ein Schreibtischtäter, faul, feig und rückgratlos.«

»Nichts gegen Schreibtischtäter – ich fühle mich vor dem Bildschirm auch wohler als in der Welt da draußen.«

»Aber nur, weil dein Genie erst am Computer richtig zur Geltung kommt.«

»Wenigstens bin ich genial.«

Mara grinste, wurde aber sofort wieder ernst.

»Wohl ist mir bei der Sache nicht.«

»Mach dir keine Sorgen. Was soll schon großartig passieren? Mehr als rausschmeißen kann er mich nicht.«

Mara gab sich geschlagen.

»Sei aber bloß vorsichtig. Und lass mich wissen, was er gesagt hat.«
»Ja, Mama«, erwiderte Leah artig.
Mara verdrehte die Augen.
So viel zum Thema Reife.

Kapitel 11

Samstag, 26. Februar

Obwohl es bereits später Vormittag war, brannten die Straßenlaternen noch. Hochnebel hüllte die Stadt in diffuses Licht, wie es für November typisch, Ende Februar eher ungewöhnlich war. Die hohe Luftfeuchtigkeit und Temperaturen knapp über dem Gefrierpunkt taten ihr Übriges, um eine so unwirtliche Atmosphäre zu schaffen, dass sich kaum jemand ins Freie verirrte. Was Leah nur recht sein konnte, war sie doch schon ohne das Gefühl, unter Beobachtung durch vorbeikommende Passanten zu stehen, angespannt genug. Sie klappte den Mantelkragen hoch und zog ihre Haube tiefer ins Gesicht. Sie war mit der Straßenbahn gekommen. Von der Station bis zu Lassas Haus hatte Leah keine zehn Minuten gebraucht, dennoch war sie bis auf die Knochen durchfroren.

Ihre Nervosität verursachte ihr ein flaues Gefühl im Magen. Etwas, das Leah bei Interviews seit dem Beginn ihrer Journalistinnenlaufbahn nicht mehr erlebt hatte. Ihre Abscheu darüber, was Elina angetan worden war, und ihre Vermutung, dass Lassa zumindest indirekt daran beteiligt gewesen war, machten sie zornig und angriffslustig. Sie gestand sich ein, dass ihr die für ihre journalistische Arbeit unabdingbare objektive Distanz in diesem Fall vollkommen abhandengekommen war. Der Mangel an Professionalität war durch ihre emotionale Involviertheit verursacht worden und würde sich auch durch stundenlanges Herumlungern vor Lassas Haus nicht beheben lassen. Nach einem letzten

Moment des Zögerns gab sie sich einen Ruck und betrat Lassas gepflegten Vorgarten. Als sie auf den Klingelknopf neben dem auf Hochglanz polierten Messingschild »Hofrat Dr. Udo Lassa« drücken wollte, bemerkte sie, dass die Haustüre einen Spalt weit offen stand. Ihre Nackenhärchen sträubten sich. Ihr Instinkt brüllte »Horrorfilmklischee«, doch sie ignorierte die warnende Stimme. Vorsichtig schob sie die Türe weiter auf.

Vom Vorzimmer, in dem Licht brannte, gingen drei Türen in Nebenräume ab. Um Eleganz bemühte Porzellanplaketten verkündeten Besuchern, wo die Toilette, das Badezimmer und die Küche zu finden waren. Ein Durchgang führte in einen großen Raum, der als Wohnsalon konzipiert war und in einen Wintergarten mündete. Auch hier waren sowohl der überdimensionierte Deckenluster als auch eine extrem hässliche Stehlampe mit Samtschirm in Betrieb. Leah blieb an der Schwelle stehen.

»Herr Lassa, mein Name ist Leah Sebelia, ich bin hier, um Ihnen einige Fragen zu stellen!«

Keine Antwort.

»Die Haustüre war offen ...«

Ein Scharren ließ sie zusammenzucken.

»Herr Lassa, ich ...«

Weiter kam sie nicht. Aus ihrem toten Winkel schoss eine dunkel gekleidete Gestalt auf sie zu und drängte sich mit brutaler Gewalt an ihr vorbei. Leah knallte mit der Seite gegen den Türstock und prellte sich den Ellbogen. Schmerz und Schreck ließen sie für einige Sekunden erstarren. Als sie sich schließlich umdrehte, erhaschte sie nur einen kurzen Blick auf eine behandschuhte Hand, mit der die Haustüre krachend ins Schloss gezogen wurde. Verstört betrat Leah den Salon, der, wie sie erst jetzt sah, nach links hin L-förmig angelegt war. Sie wandte sich in die Richtung, aus der ihr Angreifer gekommen war, und verharrte mitten im Schritt. Lassa lag am Boden. In seiner Stirn war ein harmlos aussehendes Loch, das von einer Schusswunde zu stammen schien. Überraschend wenig Blut hatte sich unter seinem Hinterkopf gesammelt. Entsetzt schnappte Leah nach Luft und nahm im selben

Moment einen leicht metallischen Geruch wahr.

Lassa war tot. Ermordet. Als ihr bewusst wurde, dass sie seinen Mörder auf frischer Tat ertappt hatte, wurden ihr die Knie weich. Mehr taumelnd als gehend schleppte sie sich aus dem Haus. Vor der Türe stützte sie sich auf ihren Oberschenkeln ab und versuchte ihren fliegenden Atem zu beruhigen. Ihr war übel, aber sie unterdrückte den Drang, sich zu übergeben, mit aller Kraft. Die kalte Luft half ihr, sich wieder in den Griff zu bekommen. Als sie sich ein wenig gefasst hatte und nicht mehr Gefahr lief, in hysterisches Schreien oder Schluchzen auszubrechen, holte sie ihr Handy aus der Manteltasche und wählte den Notruf.

Noch nie in ihrem Leben hatte sie sich so irreal gefühlt wie in dem Moment, als sie sagte: »Ich möchte einen Mord melden.«

Nachdem sie das Gespräch beendet hatte, trat sie aus dem Vorgarten und wartete auf die Polizei.

»Du hast was?«

Philipp brüllte derart laut, dass Leah das Handy instinktiv vom Ohr weghielt.

»Schrei mich nicht an, das halte ich jetzt nicht aus.«

Leahs Stimme zitterte.

Sie war eben erst nach Hause gekommen. Noch vor Ort war ihre Aussage aufgenommen worden. Sie solle erreichbar bleiben, war ihr beschieden worden, man werde Kontakt mit ihr aufnehmen.

»Ich verstehe nicht, wie du so leichtsinnig sein konntest! Hast du eine Vorstellung davon, was alles hätte passieren können?«

Philipp brüllte zwar nicht mehr, aber in seinen Worten lag eine Schärfe, die seine Besorgnis deutlich machte.

»Danke der Nachfrage, aber ich habe nicht damit gerechnet, einen Mörder auf frischer Tat zu ertappen.«

»Das ist typisch für dich. Anstatt zuzugeben, dass du einen Fehler gemacht hast, flüchtest du dich in Sarkasmus. Verfluchte Scheiße, du hättest draufgehen können!«

Jetzt brüllte er wieder.

»Bin ich aber nicht!« Auch Leah wurde laut.

»Dein Ich-hab's-dir-ja-gleich-gesagt kannst du dir sonst wohin stecken und psychoanalysieren lasse ich mich von dir erst recht nicht!«

Sie beendete das Gespräch, ohne ihn zu Wort kommen zu lassen. Langsam wurde ihr das zur Gewohnheit.

Ein Lachen, das einem Schluchzen erschreckend ähnelte, entfuhr ihr. Sie ging ins Badezimmer und kühlte ihr Gesicht mit kaltem Wasser. Nur langsam kam sie zur Ruhe. Wo war sie hier bloß hineingeraten? Warum lief ihr Leben plötzlich dermaßen aus dem Ruder?

Sehr viel später schickte sie Mara eine SMS, dass alles in Ordnung sei, und schaltete das Handy aus. Auf menschliche Gesellschaft, in welcher Form auch immer, legte sie heute keinen Wert mehr. Sie griff nach der Fernbedienung des Fernsehers. Wenn sie Glück hatte, fand sie etwas Ablenkung.

Sonntag, 27. Februar

Es klingelte. Leah, die versuchte, die Erlebnisse des Vortags mit viel heißem Wasser abzuduschen, zuckte zusammen. Sie erwartete niemanden. In Bademantel und mit Handtuchturban ging sie zur Tür. Sie ließ die Sicherheitskette eingehängt und öffnete.

»Leah Sebelia?«, fragte ein weißblonder Mittvierziger, der seine unmodisch gelbbeige Lederjacke offen trug. Sein über die Jeans quellender Bauch war in einen mindestens eine Nummer zu kleinen mintgrünen Pullover gezwängt.

Leah nickte.

»Mordkommission, Huber und Krallinger.«

Er zeigte auf sich und dann auf seine brünette Kollegin, die neben ihm erschreckend mager wirkte.

»Wir dürfen doch?« Mit dem Kinn deutete er in Richtung Wohnung.

»Zuerst möchte ich bitte Ihre Ausweise sehen.«

Stirnrunzelnd nestelte er ein Ledaretui aus der Innentasche seiner Jacke und hielt es ihr hin. Leah verglich das sicher schon einige Jahre alte Foto auf dem Dokument mit ihrem Besucher. Eine entfernte Ähnlichkeit war gegeben, aber mehr war von einem Passbild auch nicht zu erwarten. Sie seufzte und bat die beiden herein.

Als die Beamten am Küchentisch Platz genommen hatten, bot sie ihnen etwas zu trinken an. Beide lehnten dankend ab. Auch ihre Jacken behielten sie an, was Leah hoffen ließ, dass sie nicht planten, allzu lange zu bleiben.

»Wenn Sie mich einen Augenblick entschuldigen würden.«

Leah zeigte auf ihren Bademantel.

Der Dicke wedelte ungeduldig mit der Hand. Im Schlafzimmer schlüpfte Leah rasch in Jeans und Pullover und richtete den Handtuchturban. Sie wollte die Geduld der beiden nicht überstrapazieren, ihnen aber auch nicht mit nassen Haaren gegenübersitzen. Ein zweifelnder Blick in den Spiegel, dann stellte sie sich dem Unvermeidlichen.

»Was wissen Sie über …«, umständlich blätterte der Dicke in seinem Notizblock, den er zwischenzeitlich aus den Untiefen seiner Jacke geholt hatte, »*rumpelstilzchen*?«

»Das war Udo Lassas Nickname in einem Pädophilenforum. Dort bin ich auf ihn gestoßen.« Leah redete schnell, um die Kriminalbeamten möglichst rasch wieder loszuwerden.

»Ich schreibe ein Buch«, schob sie nach.

Die Brünette runzelte die Stirn.

»Über Kinderpornographie«, ergänzte Leah.

»Deswegen recherchiere ich in dem Forum, in dem Lassa als *rumpelstilzchen* aktiv war. Wie übrigens auch Hannes Rosei aka *sindbad*, der soviel ich weiß, ebenfalls erschossen worden ist.«

»Woher wissen Sie das?«

»Aus der Zeitung. Und ich habe meine Quellen.«

Leah verschränkte die Arme. Den Teufel würde sie tun und mehr preisgeben als nötig. Schlimm genug, dass es durch das Forum eine Verbindung zu ihr gab.

»Hatten Sie persönlichen Kontakt mit einem der Opfer?«

»Nein! Ich kenne keinen der beiden.«

»Sie haben also weder Udo Lassa noch Hannes Rosei jemals lebend gesehen?«

Die Brünette musterte sie auf eine Weise, die Leah das Gefühl gab, von ihrem Blick seziert zu werden.

»Wollen Sie damit etwa andeuten? Aber ich würde nie ...«

»Na, na, na«, väterlich tätschelte der Dicke Leahs Hand.

»Niemand verdächtigt Sie, machen Sie sich da mal keine Sorgen.«

Sein Lächeln sollte wohl beruhigend wirken, hatte auf Leah aber den gegenteiligen Effekt.

»Es ist nur so«, übernahm seine Kollegin, »dass Sie mit beiden Opfern bekannt waren.«

»Bekannt?« Abwehrend schüttelte Leah den Kopf.

»Nur im Rahmen meiner Recherche.«

»Wie auch immer«, fiel ihr die Polizistin ins Wort, »können Sie uns noch irgendetwas über die Opfer sagen?«

»*sindbad*, das erste Opfer, hat mir ein Video geschickt.«

»Ein Video?«, echote die Brünette, was ihr etwas Papageienhaftes verlieh.

»Einen Kinderporno. Ein kleines Mädchen, etwa drei Jahre alt, wurde vergewaltigt und dabei gefilmt.«

Die Erinnerung verursachte ihr Übelkeit.

»Als ich es gesehen habe, musste ich mich übergeben.«

Der Dicke sah sie mitfühlend an. »Das passiert schon mal.«

»Dieses Video«, wieder die Brünette, »was haben Sie damit gemacht?«

»Ich habe es an die Meldestelle Kinderpornographie weitergeleitet.«

Dass sie die Identität des Mädchens herausgefunden hatte, behielt sie für sich. Ihre mangelnde Kooperationsbereitschaft entschuldigte sie vor sich damit, dass die Mordkommission in Elinas Fall sowieso nicht zuständig war.

»Waren Sie nicht Ende der 90er-Jahre Biathlon-Jugendmeisterin?«

Die Frage des Dicken brachte Leah aus dem Konzept.

»Also sind Sie eine gute Schützin, nicht wahr?«

»Ich habe vor Jahren aufgehört zu trainieren. Zum Langlaufen komme ich zwar noch ab und zu, geschossen habe ich aber vor etwa fünfzehn Jahren das letzte Mal. Ich bezweifle, dass ich überhaupt noch ins Ziel treffen würde.«

Sie erwiderte seinen forschenden Blick und verspürte ein leises Triumphgefühl, als er es war, der den Augenkontakt abbrach.

»Warum waren Sie gestern in Udo Lassas Haus?«, übernahm seine Kollegin.

»Ich wollte ihn bezüglich seiner Forumsaktivitäten zur Rede stellen.«

»Woher kannten Sie *rumpelstilzchens* Identität?«

»Ich konnte ihn im Zuge meiner Recherche enttarnen.«

»Wie das, wenn ich fragen darf? Sind Sie etwa auch noch eine Computerspezialistin?« Die Brünette ließ nicht locker.

»Redaktionsgeheimnis«, konterte Leah, die nicht vorhatte, Mara bloßzustellen.

Die Kriminalbeamtin schien zu ahnen, dass Leah entscheidende Details verheimlichte. Der Blick, mit dem sie Leah bedachte, zeigte, dass sie ihr nicht über den Weg traute.

»Sie wollten Lassa also zur Rede stellen. Wie haben Sie sich das vorgestellt? Sie spazieren in sein Haus und er packt auf Ihre freundliche

Nachfrage hin einfach aus? Oder hatten Sie vor, ihn zu bedrohen?«

»Nein, wie auch? Allerdings wollte ich ihn durch seine Enttarnung dahingehend unter Druck setzen, dass er sich für ein anonymes Interview zur Verfügung stellt.«

Leahs Erklärung klang selbst in ihren Ohren an den Haaren herbeigezogen. Dennoch sträubte sich etwas in ihr dagegen, Elina ins Spiel zu bringen. Haberns »guter Kontakt zum Polizeipräsidenten« hatte ihr latentes Misstrauen gegenüber der Exekutive verstärkt. Einzig bei Geer war sie sich sicher, dass er sich nicht von Habern hatte korrumpieren lassen.

»Zum Interview erpressen, interessante Arbeitsmethoden haben Sie, Frau Sebelia.«

Der süffisante Unterton in der Stimme der Brünetten machte Leah deutlich, dass die Antipathie auf Gegenseitigkeit beruhte.

Der Dicke räusperte sich vernehmlich, nickte seiner Kollegin zu und rappelte sich umständlich hoch.

»Bitte halten Sie sich zu unserer Verfügung. Falls sich noch Fragen ergeben, werden wir uns mit Ihnen in Verbindung setzen.«

Als auch Leah Anstalten machte, sich zu erheben, bedeutete er ihr, sitzen zu bleiben.

»Machen Sie sich bitte keine Umstände. Wir finden selbst hinaus. Einen schönen Sonntag noch.«

Ohne ein weiteres Wort an Leah zu verschwenden, folgte die Brünette ihrem Kollegen. Erst als die Wohnungstüre hinter den beiden ins Schloss gefallen war, wagte Leah, aufzuatmen.

Sie ging ins Badezimmer und entledigte sich ihres Turbans. Während sie sich die Haare föhnte, rekapitulierte sie die Befragung. Ihre Besucher hatten die aus Film und Fernsehen sattsam bekannte Good-Cop-Bad-Cop-Taktik angewandt, wobei die Brünette in ihrer Rolle aufgegangen war. Krallinger hatte ihr Partner sie vorgestellt. Den Dicken, Huber, konnte Leah nicht einschätzen. Zufall oder Absicht, dass die Namen das Verhalten der beiden so passend unterstrichen? Ob der Dicke als Kommissar Krallinger eher Zähne gezeigt hätte?

Leahs Überlegungen wurden vom Läuten des Telefons unterbrochen. Sie war nicht sonderlich erstaunt, Peter Geers Büronummer auf dem Display zu sehen. Dienst nach Vorschrift zu leisten, passte irgendwie nicht zu ihm.

»Ich habe soeben Ihre Nachricht erhalten und rate Ihnen dringend davon ab, Herrn Lassa aufzusuchen.«

»Ihre Warnung kommt leider zu spät«, erwiderte Leah.

»Udo Lassa ist tot.«

Geer zog hörbar die Luft ein.

Ihren Bericht über den Mord an Lassa, ihren Zusammenprall mit seinem Mörder und das Verhör, dem sie unterzogen worden war, ließ er unkommentiert.

»Und deshalb bin ich jetzt wohl die Hauptverdächtige«, schloss Leah. »Schon weil ich verschwiegen habe, wie ich auf Lassa gekommen bin.«

»Verdächtig gemacht haben Sie sich, das steht fest, aber ich bin mir sicher, es werden sich bald andere Spuren ergeben.«

»Und wenn nicht?«

»Soweit wird es nicht kommen, zudem könnten Sie dann immer noch alle Fakten offenbaren.«

»Mache ich mich, wenn ich zugebe, nicht alles gesagt zu haben, nicht noch verdächtiger?«

»Dass Sie die Ergebnisse Ihrer Recherche für sich behalten und Ihre Quellen schützen wollten, ist verständlich und macht Sie nicht automatisch suspekt. Dennoch sollten Sie sorgfältig abwägen, wie Sie in Zukunft vorzugehen gedenken. Schließlich haben wir es hier mit Mord zu tun.«

»Ich muss weitermachen.« Leah antwortete, ohne nachzudenken.

»Sie verstehen das doch, oder?«

»Auch wenn ich es nachvollziehen kann, möchte ich Sie bitten, sich in Bezug auf das Forum zurückzunehmen. Zwei Tote hat es ja bereits gegeben.«

Die in seinen Worten mitschwingende Besorgnis rührte Leah.

»Sie wissen, dass ich Ihnen das nicht versprechen kann?«

»Das ist mir klar.«

Leah meinte, in seiner Stimme ein leises Lachen zu hören.

»Wenn Sie Hilfe brauchen, können Sie sich jederzeit an mich wenden. Sie wissen, wo Sie mich finden.«

»Schön, dass Sie mich nicht für eine kaltblütige Mörderin halten.«

»Ich halte Sie für vieles, als Scharfrichterin kann ich Sie mir beim besten Willen nicht vorstellen.«

Vom Telefonat mit Geer merkwürdig aufgekratzt, wollte Leah nicht alleine zu Hause bleiben. Sie verabredete sich mit Philipp für den frühen Abend in einem karibischen Restaurant, zu dessen Vorteilen in ihren Augen nicht nur die exzellente Küche, sondern auch der Standort ums Eck ihrer Wohnung zählten. Einer Eingebung folgend, schickte sie Mara eine SMS. Es war an der Zeit, dass ihre beiden Mitverschwörer einander kennenlernten.

Noch bevor die Vorspeisen – Bohnen-Kokos-Suppe für Leah, Avocadosalat für Philipp und Garnelen für Mara – serviert wurden, entbrannte eine lebhafte Debatte. Der Schlagabtausch wurde zwar mitunter auf Maras obligatorischem Notizblock ausgeführt, büßte dadurch jedoch kaum an Tempo und Witz ein. Thema war Leahs Leichtsinn, den sie zwar heftig bestritt, über den sich die anderen jedoch von Beginn an einig gewesen waren.

»Zwei gegen einen, das ist unfair!«

»Selbst schuld, wenn du einem Mörder in die Arme läufst!«

Für ihren Konter wurde Mara von Philipp abgeklatscht.

»Im Nachhinein ist jeder der Schlaue!«

»Du hättest getötet werden können.«

Philipps Einwurf stoppte das Geplänkel.

»Spielverderber«, murmelte Mara.

Noch bevor Leah etwas erwidern konnte, wurde der Hauptgang serviert. Alle drei hatten sich für Red Snapper in Kokos-Mandel-Sauce entschieden. Während sie weitgehend schweigend dem Fisch zu Leibe rückten, genoss Leah das in warmen Farben gehaltene Ambiente. Tische aus dunklem Holz, knallbunte Bilder und der offene Kochbereich unterstrichen die heimelige Atmosphäre.

Mit einem zufriedenen Seufzer legte Mara ihr Besteck ab.

»Das war herrlich.«

»Die Nachspeisen sind hier übrigens auch ganz hervorragend.«

Leah deutete auf den Küchenchef, der über offenem Feuer soeben die süße Spezialität des Hauses, Rum-Bananen, flambierte.

»Führ mich bloß nicht in Versuchung«, stöhnte Mara.

»Darf ich dir eine indiskrete Frage stellen?«

Philipp beugte sich in Maras Richtung.

»Solange du nicht meine supergeheimen Passwörter wissen willst, bin ich ein offenes Buch.«

»Ich kenne einige Gehörlose, aber du bist die erste, der ich es nicht angemerkt habe. Wie kommt es, dass deine Aussprache so perfekt ist?«

»Du bist der erste Hörende, der sich traut, mir diese Frage zu stellen.«

Mara grinste gutmütig.

»Es hat sicher auch damit zu tun, dass ich nicht von Geburt an gehörlos war. Als ich ertaubt bin, konnte ich bereits sprechen, sodass ich nur noch am Erhalt meiner Sprachfähigkeit arbeiten musste. Deshalb nehme ich Unterricht. Eine Logopädin betreut mich seit Jahren. Alle paar Wochen gehe ich zur Nachjustierung.«

»Faszinierend.«

»Fehlt nur noch die spockmäßig hochgezogene Augenbraue«, stichelte Leah.

Die Hand zum Vulkaniergruß erhoben, deklamierte Philipp: »Lebe lang und in Frieden.«

»Darf ich mitspielen, wenn ich auf Klingonisch antworte?«

Mara bedachte ihn mit einem betörenden Augenaufschlag.

»Bist du sicher, dass ihr verwandt seid?«, fragte er Leah.

»Sicher bin ich mir bei gar nichts mehr.«

»Du bist doch nur neidisch, weil ich mich intergalaktisch verständlich machen kann«, stichelte Mara.

»Wenn die Klingonen Kontakt aufnehmen, werde ich mich vertrauensvoll an dich wenden. Über deine Computerskills würde ich allerdings gerne schon jetzt verfügen.«

»Die nächsten Tage wirst du leider auf meine Fähigkeiten verzichten müssen. Ich habe am Mittwoch eine Prüfung über fehlertolerante Systeme, was leider nicht heißt, dass Fehler toleriert werden.«

»Klingt kompliziert. Was studierst du denn?«, fragte Philipp, der im technischen Bereich ein ebenso unbeschriebenes Blatt war wie Leah.

»Elektrotechnik, im Masterstudium Computertechnik.«

»Pass auf, sonst bekommt er noch Angst vor dir.«

Leah zwinkerte ihrer Schwester zu.

»Ich liebe es, wenn harte Kerle vor mir zittern.«

»Na, jetzt schmeichelst du mir aber.«

»Zur Sache Kinder!«, mahnte Leah.

»Melde dich, sobald du wieder Zeit hast. Inzwischen gönne ich mir eine Pause vom Forum. Ein paar Tage ohne fehlgeleitete Kinderliebhaber habe ich dringend nötig. Solange die Krallinger mich auf dem Kieker hat, möchte ich mich bedeckt halten.«

»Glaubst du, dass sie dich ernsthaft verdächtigt?«

»Mangels Alternativen, ja.«

»Dann solltest du ihr eine liefern.«

»Vielleicht mache ich das sogar«, murmelte Leah.

Ihre Worte gingen in der Geräuschkulisse des Restaurants unter.

Der Lauf der Kugel

Er muss Kontakt aufnehmen. Er hat sie ins Spiel gebracht, nun liegt es an ihm, ihr die Richtung zu weisen. Noch ist er nicht sicher, dass sie sich über ihre Rolle im Klaren ist. Weiß sie, was gespielt wird? Ahnt sie bereits, dass sie die Kugel ist, die er in den Kessel geworfen hat? Wie wird sie sich entscheiden? Rot oder Schwarz? Gerade oder Ungerade? Oder lässt sie die Bank gewinnen? Nein, das kann und wird er nicht zulassen. Das Spiel ist zu wichtig, er hat auf sie gesetzt. Versagt sie, verliert er alles.

Die Fäuste geballt, starrt er aus dem Fenster in die Dunkelheit, die in der Stadt nie vollständig ist. Wie nichts hier hält, was es verspricht. Schein, der trügt. Er hasst den Winter, die endlosen Nächte, in denen die Gewissenlosen Schutz finden. Nachtschattenexistenzen ohne Ehrgefühl, Abschaum, den er aus seiner Stadt vertreiben wird. Er hat in menschliche Abgründe geblickt, das wahrhaft Böse in der Gleichgültigkeit der Profitgier erkannt. Die Ausbeutung der Schwächsten, der Hilflosesten mitansehen zu müssen, hat ihn in seinem Vorsatz bestätigt. Es liegt an ihm, aufzuräumen. Das ist die Aufgabe, der er sich verschrieben hat, der er sie verschrieben hat.

Seine Fingernägel graben sich tief ins empfindliche Fleisch seiner Handflächen. Er spürt es nicht. Sein Zorn schirmt ihn von körperlichen Empfindungen ab. Er kann keine Rücksicht auf sich selbst nehmen. Es ist zu spät, umzukehren, zu spät, den Lauf der Kugel abzuändern. Was nun geschieht, darauf hat er kaum noch Einfluss. Er kann nur abwarten. Hat er die richtige Wahl getroffen? Ist sie der Aufgabe gewachsen? Hat sie die Willenskraft, die Charakterstärke, die dafür notwendig sind? Wird sie Partei für die Unschuldigen ergreifen?

Sein Blick klärt sich. Er weiß, was er zu tun hat. Er wird sie leiten, sie auf Spur bringen, ohne dass sie es bemerkt.

Es ist Zeit, Kontakt aufzunehmen. Er ist bereit. Sie wird es sein.

Er geht zum Schreibtisch und fährt den Computer hoch.

Neben dem Fenster sprenkeln winzige Blutstropfen den Boden.

Kapitel 12

Mittwoch, 2. März

Im ersten Moment hielt Leah die E-Mail für einen Scherz, doch dann wurde ihr klar, dass sie soeben Post von Lassas Mörder erhalten hatte.

Datum: Mi 02.03. 10:49
Von: amzug@x1xzyx.com
Betreff: Puzzlesteine
An: leah.sebelia@gmail.com

Leah,

verzeihen Sie mir die persönliche Anrede, aber da sich unsere Lebenswege auf fast schon intime Art gekreuzt haben, erscheint mir eine förmlichere Ansprache unpassend.

baloo hat Ihnen einen Blick in die Abgründe der menschlichen Perversionen offenbart. Möglicherweise erscheinen Ihnen meine Methoden als zu extrem, der Tod als Strafe zu endgültig, aber ich bin mir sicher, dass auch Sie manches Mal mit drakonischen Sanktionen geliebäugelt haben.

Nun ist es meine Aufgabe, mir die Hände schmutzig zu machen, doch Sie sind ein wichtiges Teil in diesem Puzzle. Nur durch Sie lässt sich das Gesamtbild erkennen.

Ich stehe in Ihrer Schuld.

Obwohl sie wusste, dass ihr die Aufmerksamkeit, die ihr der Mörder entgegenbrachte, gefährlich werden konnte, verspürte Leah den Nervenkitzel, der mit der Entdeckung einer vielversprechenden Spur einherging. War es ihr journalistischer Instinkt, der auf die Botschaft weniger mit Entsetzen als vielmehr mit Neugier reagierte? Oder hatte ihr Drang, das Buch fertig zu stellen, ihr Urteilsvermögen getrübt, sodass sie blind für die Gefahr war? Was war sie bereit, für die Story ihres Lebens zu riskieren?

Kurz überlegte sie, die Mail den ermittelnden Beamten zukommen zu lassen, verwarf die Idee jedoch sofort wieder. Krallinger & Co würden sie für eine Fälschung halten, einen plumpen Versuch Leahs, den Verdacht von sich abzulenken. Durch die Mail war sie in der einzigartigen Position, in Kontakt mit einem aktiven Serienmörder treten zu können. Womöglich konnte sie sogar seine Beweggründe erfahren und dadurch einen Einblick in die Psyche des selbsternannten Rächers erhalten. Es wäre in höchstem Maße unprofessionell, diese Chance verstreichen zu lassen, redete sie sich ein. Beinahe glaubte sie es auch.

Ein Telefonat mit Peter Geer später, fühlte Leah sich in ihrem Vorhaben bestärkt, die Motivation des Täters auszuloten und ihn auf diese Weise möglicherweise zu enttarnen. Denn Geer hatte ihr nicht nur seine Unterstützung zugesichert, sondern sie auch in ihren Vorbehalten gegenüber seinen Kollegen aus der Mordkommission bestätigt.

Zwar war er nicht konkret geworden, doch aus seinen Äußerungen über Dietrich Huber, den leitenden Ermittler, schloss Leah, dass die beiden eine unerfreuliche Vorgeschichte hatten. Denn auch Geer traute Huber die Aufklärung des Falles offensichtlich nicht zu.

»Er mag sich für Columbo halten, aber seine Aufklärungsquote spricht eine andere Sprache. Huber verrennt sich blind in eine Theorie und ignoriert sämtliche Indizien, die in andere Richtungen weisen«, lautete sein nicht sonderlich freundliches Urteil über seinen Kollegen.

Datum: Mi 02.03. 11:54
Von: leah.sebelia@gmail.com
Betreff: AW: Puzzlesteine
An: amzug@x1xzyx.com

Warum haben Sie mir Zugang zum Forum ermöglicht? Ich bin mehr als ein Puzzlestein. Helfen Sie mir, das Bild zu erkennen.

Die Antwort ließ nicht lange auf sich warten. Leah ignorierte die warnende Stimme, die sie mit zunehmender Dringlichkeit darauf hinwies, dass es nicht unbedingt die klügste Entscheidung war, mit einem Mörder in Kontakt zu treten. Sie öffnete die E-Mail.

Datum: Mi 02.03. 12:07
Von: amzug@x1xzyx.com
Betreff: AW: AW: Puzzlesteine
An: leah.sebelia@gmail.com

Leah,

ich kenne Ihre Arbeit und bewundere Ihre Hartnäckigkeit. Dies war zwar nicht der einzige Grund, Ihnen baloo anzubieten, jedoch der meines Erachtens nach wichtigste.

Sie sind eine geborene Jägerin. Sie nehmen Witterung auf und folgen der Fährte. Hartnäckig, zielstrebig, unbestechlich. Sie verstehen, was ich tue. Heißen Sie es gut? Das spielt keine Rolle. Sie sind Teil eines größeren Ganzen.

Eine Jägerin. Wie er. Sah er sie als Verbündete? Oder war sie für ihn nicht mehr als ein Spielstein, den er beliebig positionieren konnte? Wie konnte sie sein Interesse an ihr nützen?

Er manipulierte sie. War es ein für ihn glücklicher Zufall, oder hatte er es darauf angelegt, den Verdacht auf sie zu lenken? Hätte er ihr die Rolle des Sündenbocks zugedacht? Den Gefallen, sich für seine Taten belangen zu lassen, würde sie ihm allerdings nicht tun.

Es war furchterregend, Teil dieses perfiden Plans zu sein. Hieße es doch, dass er über alles, was sie unternahm, Bescheid wusste. Wie kam er zu seinen Informationen? Leah bekam eine Gänsehaut bei der Vorstellung, von ihm überwacht zu werden.

Datum: Mi 02.03. 12:16
Von: leah.sebelia@gmail.com
Betreff: AW: AW: AW: Puzzlesteine
An: amzug@x1xzyx.com

Wenn Sie mit Jägerin meinen, dass ich versuche, den Dingen auf den Grund zu gehen, stimme ich Ihnen zu. Was Sie tun, kann ich trotz der Abscheu, die Pädokriminalität bei mir auslöst, jedoch nicht gutheißen.

Ihre Form der Selbstjustiz ist ein ähnlich gefährliches Übel wie die Todesstrafe. Kein Mensch sollte über Leben und Tod entscheiden dürfen.

Sie agieren als Richter und Henker zugleich. Wie können Sie sich das Recht dazu herausnehmen?

Fühlen Sie sich irgendjemanden oder etwas verpflichtet?

Warum haben Sie mich involviert?

Welchen Part haben Sie mir zugedacht?

Datum: Mi 02.03. 12:21
Von: amzug@x1xzyx.com
Betreff: Geduld
An: leah.sebelia@gmail.com

Leah,

Richter und Henker zu sein, bereitet mir kein Vergnügen. Dennoch betrachte ich mein Vorgehen als einen Akt der Zivilcourage.

Eine Pflicht, die mir mehr abverlangt, als Sie es sich vorstellen können.

Die Polizei ist machtlos, der Justiz sind die Hände gebunden und auf der Strecke bleiben die Kinder. Ich bin kein Vater, aber wäre ich einer, wäre ich dankbar für jeden Pädosexuellen, der seine Perversion nicht mehr ausleben kann.

Was Ihre Frage zu Ihrer Rolle betrifft, muss ich Sie leider vertrösten. Haben Sie noch ein wenig Geduld. Schon bald werde ich Sie wieder kontaktieren und Ihnen eine Antwort geben können.

Leah klappte das Notebook zu. Die Intimität der Mails von *amzug* erfüllte sie mit Unbehagen.

Bis ihr Plan, Lassas Mörder aus der Reserve zu locken, Früchte trug, würde sie Geduld brauchen. Die Sache zu überstürzen, könnte sich als kontraproduktiv erweisen. Und als gefährlich.

Diese Einschätzung teilten auch Philipp und Mara, die Leah zu einer abendlichen Krisensitzung bei Antipasti und italienischem Wein zu sich bestellt hatte.

»Ich halte es für äußerst riskant, den Kontakt mit ihm aufrechtzuerhalten.«

Philipp spielte mit der Zigarette, die er ständig bei sich trug, seit er aufgehört hatte zu rauchen. Wann immer sich sein aktuelles Exemplar aufgelöst hatte, besorgte er sich Ersatz. Die permanente Konfrontation mit seinem Suchtmittel half ihm dabei, abstinent zu bleiben. So zumindest seine Theorie.

»Was bezweckt er damit?«

Während er sprach, klopfte Philipp mit der Zigarette auf den Küchentisch.

»Ich bin Teil seines Plans. Was mir im Übrigen ebenso missfällt wie dir.«

Mit dem Zeigefinger pickte Leah winzige Tabakkrümel von der Tischplatte.

»Den Absender zu identifizieren ist quasi unmöglich.«

Bedauernd schüttelte Mara den Kopf.

»Der Mann weiß, was er tut. Er ist um einiges vorsichtiger, als Rosei es war. Ich werde mich dransetzen, aber macht euch keine allzu großen Hoffnungen.«

»Lieber wäre es mir, du würdest dich da ganz raushalten. Nicht, dass er dich auch noch ins Visier nimmt.«

»Hör auf, mich zu bemuttern! Das ist mit Abstand das Spannendste, das mir seit Ewigkeiten passiert ist. Ich werde mich ganz sicher nicht ausschließen lassen. Außerdem bist du meine Schwester. Und du brauchst jede Hilfe, die du bekommen kannst.«

»Da muss ich unserem Neuzugang leider recht geben.«

Philipp zwinkerte Mara zu.

»Wie ich unsere Leah kenne, wird sie auch weiterhin mitmischen wollen, anstatt die Polizei ihre Arbeit machen zu lassen.«

»Meine Güte, was bist du heute wieder witzig.«

»Kein Grund, gleich die Krallen auszufahren. Angiften kann ich mich auch zu Hause lassen.«

»Hört auf zu streiten!«

Entnervt hob Mara die Hände.

»Wenn ihr euch an die Kehle geht, bringt uns das auch nicht weiter. Draußen läuft ein selbsternannter Rächer herum, der Leah zu seinem Robin erkoren hat. Da wir nicht wissen, welche Pläne er noch für sie hat, sollten wir ihn schleunigst ausfindig machen.«

»Auf gar keinen Fall! Das soll die Polizei übernehmen!«

»Schon vergessen? Die wissen bereits, wer es getan hat. Ich habe läuten hören, dass die ermittelnden Beamten nicht für ihre Effizienz bekannt sind.«

»Sag bloß, dein Kumpel Geer unterstützt diese Kamikaze-Aktion? Oder geht er davon aus, dass du seinen Kollegen die Arbeit abnimmst?«

Philipp stieß seine Zigarette so fest auf den Tisch, dass sie zerbrach. »Mist!«

Mit fahrigen Bewegungen kehrte er die Überreste in seine linke Hand, stand auf und entsorgte sie. Anstatt sich danach wieder zu setzen, begann er auf- und abzugehen.

»Ich finde es unverantwortlich von Geer, dich auf Mörderjagd zu schicken.«

»Er schickt mich nicht, aber er findet die Vorstellung, dass ich den Täter ausforschen könnte, nicht so abwegig wie du. Zu recherchieren ist mein Job und in dem bin ich zufälligerweise verdammt gut.«

»Ich weiß, was du draufhast, aber eine Recherche ist nun mal etwas anderes als eine Verbrecherjagd. Und dein Mailfreund hat schon mindestens zwei Menschen auf dem Gewissen.«

Leah lag bereits eine bissige Erwiderung auf der Zunge, als Mara dazwischenging.

»Könnten wir uns darauf einigen, dass wir uns nicht einig sind?«

Ohne eine Antwort abzuwarten, fuhr sie fort: »Dann sollten wir jetzt Leahs beziehungsweise unser weiteres Vorgehen besprechen. Schließlich müssen wir nicht nur einen Killer fangen, sondern auch ein Mädchen in Not retten.«

Trotz ihrer Anspannung brachte Maras Zusammenfassung Leah zum Lachen. Wenn alle Stricke rissen, blieb ihnen immerhin noch ihr Galgenhumor.

Wieder alleine räumte Leah Gläser und Teller in den Geschirrspüler. Sie war müde, überreizt und gestresst. Der Streit mit Philipp ging ihr an die Nieren. Sie hasste es, von ihm bevormundet zu werden, und derzeit übertrieb er es mit seiner Fürsorglichkeit gewaltig. Er hatte immer schon gerne den Beschützer hervorgekehrt. Normalerweise störte sie seine Großer-Bruder-Attitüde nicht. In ihrer momentanen Lage empfand sie sie jedoch als unerträglich. Es hatte sie große Überwindung gekostet, ihm nicht an die Gurgel zu gehen. Zum Glück hatte Mara die Wogen glätten können, bevor die Situation aus dem Ruder gelaufen war.

Doch weder er noch ihr mörderischer Mailfreund waren momentan ihr vordringlichstes Problem. Heute Nacht kehrte Anna aus Kenia zurück. Morgen würde sie Leah Rede und Antwort stehen müssen. Ihr erklären, warum sie ihr den Vater vorenthalten hatte. Welche Beweggründe Anna auch gehabt haben mochte, Leah war klar, dass die zu erwartende Konfrontation unerfreuliche Wahrheiten ans Licht bringen würde. Allerdings war die Wahrheit alles, was sie sich noch erhoffen konnte.

Kapitel 13

Donnerstag, 3. März

Ihren ganzen Mut zusammennehmend, rammte Leah ihren seit Jahren unbenutzten Schlüssel ins Schloss, stieß die Wohnungstüre auf und stürmte in die Küche. Anna legte das Messer, das sie in der Hand gehalten hatte, neben einen Berg Kartoffeln und wischte sich die Hände im Geschirrtuch ab.

»Ist alles in Ordnung? Geht es dir nicht gut?«

Stumm knallte Leah die Zeitungsseite auf den Küchentisch.

Als Anna die Todesanzeige sah, wurde sie blass.

»Wo hast du das her?«

»Das siehst du doch, aus der Zeitung«, fauchte Leah.

»Ich weiß, dass das mein Vater war. Der, der angeblich schon seit Jahren tot ist. Du kannst zufrieden sein, jetzt ist er es wirklich.«

Anna reagierte nicht. Sie starrte auf den Zeitungsausschnitt. Ihre Hände zitterten. Sie tastete das Papier ab, als müsste sie sich der Realität des Geschriebenen versichern.

»Du musst mit mir reden! Das bist du mir schuldig!«

Anna schüttelte den Kopf und nickte dann, ohne Leah anzusehen.

»Warum hast du das getan? Was hast du dir dabei gedacht? Du hast mir meinen Vater gestohlen!«

Leah fuhr sich mit dem Handrücken über das Gesicht, drängte die aufkommenden Tränen zurück.

»Ich hatte keine andere Wahl.«

Anna sprach so leise, dass Leah Mühe hatte, sie zu verstehen.

»Ich habe es für dich getan.«

»Was hast du für mich getan?«, brüllte Leah.

Anna sank in sich zusammen, machte sich klein.

Scham wallte in Leah auf. Sie unterdrückte sie. Sie wollte Antworten. Wenn sie jetzt nachgab, würde sie nie welche bekommen.

»Er war nicht gut für dich.« Ein Flüstern.

»Wie kannst du das beurteilen? Ich habe ihn nie kennengelernt. Findest du nicht, dass ich das Recht hätte haben sollen, mir selbst eine Meinung zu bilden?«

»Nein!« Heftig schüttelte Anna den Kopf.

»Du hast keine Ahnung, wie er war. Ich habe dich beschützt! Er war ein Monster!«

»Was soll das heißen? Ein Monster?«

»Er war ein schlechter Mensch.« Annas Stimme klang belegt.

»Ein schlechter Mensch?« Leah umkreiste den Küchentisch wie eine ausgehungerte Raubkatze.

»Ich kann nicht. Versteh doch.« Bittend sah Anna sie an.

»Verstehen? Ich soll dich verstehen?«

Ein abfälliges Grinsen verzerrte Leahs Gesicht.

»Ich will nichts verstehen. Ich will Antworten! Nichts anderes. Kein Verständnis, keine Ausflüchte – Antworten!«

Die letzten Worte brüllte sie.

Anna wich vor ihr zurück. Rote Flecken zeichneten sich auf ihren Wangen ab. Sie stützte die Ellbogen am Tisch auf und vergrub das Gesicht in ihren Händen.

Leah blieb stehen, lehnte sich an den Kühlschrank und verschränkte die Arme. Stille füllte den Raum.

Das leise Brummen des Kühlschranks und das monotone Ticken der Uhr waren minutenlang die einzigen Geräusche in der Küche. Bis Anna Leahs Blick suchte und das Schweigen brach.

»Ich wollte es dir schon lange sagen«, flüsterte sie.

»Aber ich hatte nicht den Mut, dir weh zu tun.«

Leah krallte die Finger in ihre Oberarme.

»Und seit du an diesem Buch schreibst ...«

Annas Stimme verlor sich, gewann wieder an Kraft.

»Ich habe es nicht über mich gebracht. Du bist mein Kind. Ich bin dafür da, dich zu beschützen.«

»Ich bin 35 Jahre alt. Ich brauche keinen Schutz. Alles, was ich will, ist die Wahrheit.«

»Die Wahrheit.« Anna zerdehnte das Wort, versuchte, Zeit zu schinden. Zeit, die Leah ihr nicht geben wollte. »Ja, die Wahrheit.«

»Du warst noch ein Baby, vier Monate alt. Du hast dich durchs Zimmer gerollt. Ziemlich schnell, wenn du etwas haben wolltest.«

Anna lächelte. Ihre Stimme wurde fester.

»Schon damals warst du stur.«

Sie knetete ihren rechten Daumen mit der linken Hand. Das machte sie immer, wenn sie sich aufregte. Als sie zu Leahs Volksschuldirektorin vorgeladen worden war, weil Leah einen Mitschüler gebissen hatte, war ihr Daumen nach dem Gespräch wund gerieben gewiesen.

»Ich war mit einer Freundin im Kino. Das erste Mal nach deiner Geburt. Mitten im Film ist mir die Milch eingeschossen, weil ein weinendes Baby vorgekommen ist.« Die Erinnerung ließ sie lächeln.

Leah blinzelte die aufkommenden Tränen weg, konzentrierte sich auf ihre Wut.

»Meine Bluse war klatschnass. Das war mir furchtbar peinlich.«

Annas Lachen klang aufgesetzt. Hysterie schwang mit.

»Komm zum Punkt, Mama.« Leahs Nerven waren zum Zerreißen gespannt.

»Ich bin früher als geplant nach Hause gekommen«, sagte Anna.

»Zu früh für ihn. Er hat sich an dir zu schaffen gemacht. Ich habe ihn dabei erwischt.«

Sie hörte auf, ihren Daumen zu malträtieren.

»Zu schaffen gemacht?« Leah wurde übel. Sie wollte nur noch weg. Weg von hier, weg von dem, was sie zu erfahren fürchtete.

Anna begann zu weinen.

»Es war entsetzlich, widerlich. Du warst winzig und hilflos und ...«

Leah wollte sie in den Arm nehmen. Wollte von ihr in den Arm genommen werden, aber Annas Worte standen zwischen ihnen. Hatten die Gestalt von Leahs Vater angenommen. Sein Lächeln war nicht länger liebevoll, sondern lüstern.

»Ich habe auf ihn eingeprügelt, ihn angeschrien, ihn angespuckt, ihm büschelweise Haare ausgerissen.«

Annas Gesicht spiegelte ihre Qual.

»Ich habe ihn hinausgeworfen. Und vor die Wahl gestellt. Entweder er verschwindet aus unserem Leben und nimmt nie, niemals Kontakt zu dir auf oder ich zeige ihn an.«

Sie sah Leah an. »Er hat seine Wahl getroffen. Ich habe meine Entscheidung nie bereut. Das tue ich auch jetzt nicht. Ich wollte dich beschützen. Und das ist mir gelungen.«

»Warum hast du nichts gesagt? Warum hast du mir nicht erzählt, was passiert ist.«

»Weil ich deine Mutter bin. Es ist meine Aufgabe, auf dich aufzupassen.«

»Du kannst niemanden vor der Wahrheit beschützen. Jedes Geheimnis kommt irgendwann ans Licht. Und das ist schlimmer, als von Anfang an Bescheid gewusst zu haben. Ist dir nie in den Sinn gekommen, dass du auch ihn beschützt hast? Dass er das, was er mir angetan hat, auch anderen Kindern antun könnte?«

»Natürlich habe ich daran gedacht, aber du warst mir wichtiger. Ich wollte, dass du eine glückliche Kindheit hast. Dass diese schreckliche Geschichte nicht dein ganzes Leben überschattet.«

»Aber das tut sie doch. Das hat sie immer getan. Ich habe mich nach einem Vater gesehnt, den es nie gegeben hat. Und immer, immer war ich mir sicher, dass irgendetwas nicht stimmt. Es war nur ein Gefühl, aber ich habe gespürt, dass du mir etwas verheimlichst. Und dafür habe ich mir die Schuld gegeben.«

Leah fühlte sich wie ein Ballon, dem langsam, aber stetig die Luft entwich. Sie sank auf einen Sessel.

»Du hast gelogen. Mein ganzes Leben lang hast du mich angelogen. Und ich habe es aus der Zeitung erfahren. Aus der Zeitung!«

Ihre Stimme kippte, floss über. Schluchzen beutelte Leah. Sie wischte Tränen und Rotz mit der Hand weg. Stunden oder Minuten später schob ihre Mutter ein Taschentuch in ihr verschwommenes Blickfeld. Das zartblaue Blumenmuster am Rand ließ Leah noch heftiger weinen. Es war eines der Stofftaschentücher ihres Großvaters. Gebügelt und gestärkt, wie er es am liebsten gehabt hatte. Sie atmete den blumigen Duft des Waschmittels ein, das ihre Mutter verwendete, so lange Leah sich erinnern konnte. Irgendwann fühlte sie Annas Hand auf ihrer Schulter, leicht wie ein Streicheln.

»Es tut mir leid. Es tut mir unendlich leid. Ich wünschte, ich hätte ihn durchschaut. Ich wünschte, ich hätte dir das ersparen können.«

Kapitel 14

Leah zog die Türe zu Annas Wohnung hinter sich ins Schloss. Der Boden war ihr unter den Füßen weggezogen worden.

Ihr Vater hatte sie missbraucht. Ihr Vater war wie die Männer, die sich im Forum über die Restriktionen einer ihrer Meinung nach aufoktroyierten Moral ausließen, die Kindern den Zugang zu ihrer natürlichen Sexualität verwehrten. Ob auch ihr Vater der Meinung gewesen war, ihre kindliche Sexualität zu unterstützen? Sie hatte eine ziemlich genaue Vorstellung davon, was er mit ihr gemacht hatte – und gemacht hätte – wäre ihm ihre Mutter nicht auf die Schliche gekommen. Leah spürte die Galle hochkommen. Mit Mühe erreichte sie den Randstein und erbrach sich.

Übelkeit durchdrang ihren Körper, jede Zelle schien in Aufruhr, sie fühlte sich zerschunden und von innen nach außen gewendet. Nichts stimmte mehr. Wahrheiten, die ihr unumstößlich erschienen waren, waren ins Wanken geraten. Sie war in Auflösung begriffen, hatte den Halt verloren. Ihre Möglichkeiten hatten sich in brutale Tatsachen verkehrt. Die unerfüllte Liebe zu ihrem totgeglaubten Vater war besudelt, zu einer ekelerregenden Anstößigkeit mutiert.

Was an ihr war noch real?

Wie viel von ihm steckte in ihr?

Schlummerte in ihr ein solches Ungeheuer, wie er es gewesen war?

Was bedeutete dieser vergessene, verdrängte Teil ihrer Biographie für ihre Arbeit? War sie nur deswegen vom Thema Kindesmissbrauch besessen, weil ein unbewusster Teil ihres Selbst sich immer im Klaren darüber gewesen war, was ihr angetan worden war? Hatte das Tun ihres Vaters ihren Lebensweg bereits im Säuglingsalter vorgezeichnet? Welche ihrer Entscheidungen konnte sie noch als selbstbestimmt ansehen?

Wer war sie?

Mara! Der Strudel ihrer Gedanken, der sie in die Tiefe zu reißen drohte, stoppte. Was, wenn? Einmal war er damit davongekommen. Was hätte ihn davon abhalten sollen, es wieder zu tun? Es Mara anzutun? Mit zitternden Fingern tippte sie eine SMS an ihre Schwester: »Ich muss mit dir reden. Dringend!«

Nur wenige Sekunden später erhielt sie eine Antwort.

»Und jetzt fragst du mich allen Ernstes, ob unser Vater mich auch missbraucht hat?«

Es fehlte nicht viel und Mara hätte gebrüllt.

Beschwichtigend hob Leah die Hände und wechselte einen hilflosen Blick mit Ben, den sie gebeten hatte, zu dolmetschen. Er schüttelte leicht den Kopf. Wie versprochen, hielt er sich aus dem Gespräch völlig heraus. Leah wünschte, sie könnte schon gut genug gebärden, um dieses verstörende Thema mit Mara unter vier Augen besprechen zu können.

»Bitte versteh mich nicht falsch, aber der Verdacht liegt nahe. Und nachdem, was meine Mutter mir erzählt hat, ...«

»Deine Mutter, die dir 35 Jahre lang verschwiegen hat, dass dein Vater noch am Leben ist, hat dir etwas erzählt, das du ihr einfach so glaubst?«

»Warum sollte ich ihr nicht glauben? So etwas denkt sich doch kein Mensch aus!«

»Was, wenn er sie verlassen hat, für eine andere oder sogar ohne Grund? Wenn sie eine solche Wut auf ihn gehabt hat, dass sie dich aus Rache von ihm ferngehalten hat, dir erzählt hat, dass er tot ist – und jetzt eine Ausrede braucht, um es sich nicht auch noch mit dir zu verscherzen?«

Jetzt wurde auch Leah laut.

»So etwas Gestörtes würde meine Mutter nie tun!«

»Ich halte die Todesgeschichte auch nicht für ganz normal!«

Mara redete sich in Rage. »Meine Mutter spinnt nach jeder Trennung rum. Wenn man ihr dann zuhört, könnte man glauben, dass ihre

Männer eine Mischung aus Jack the Ripper und Quasimodo gewesen sind. Wahrscheinlich tickt deine Mutter genauso!«

»Auch wenn du die implizierten Konsequenzen für dich nicht wahrhaben willst, musst du zugeben, dass die Geschichte Sinn macht. Und ich habe das Gefühl, dass Anna die Wahrheit sagt.«

»Der Scheiß, den du verzapfst, wird auch nicht wahrer, wenn du dich geschraubt ausdrückst!«

»Lenk nicht ab! Das ist übrigens eine typische Verleugnungsreaktion. Das nur in puncto Klugscheißerei.«

»Okay, dann zum Mitschreiben: Deine Mutter spinnt, und ich bin nicht missbraucht worden!«

»Es tut mir leid, dass ich dich damit überfallen habe. Alles, woran ich denken konnte, warst du. Dass dir dasselbe angetan worden sein könnte wie Elina und ...«

»Kann es nicht sein, dass du etwas übersensibel reagierst, wenn das Thema Kindesmissbrauch aufkommt und deshalb überall nur noch Täter und Opfer siehst?«

»Vielleicht sehe ich jetzt genauer hin, aber zumindest sehe ich nicht weg.«

»Womit sich die Katze in den Schwanz beißt!«

Unwillkürlich musste Leah lächeln. Mit ihrer schnoddrigen Bemerkung hatte ihr Mara den Wind aus den Segeln genommen. Es war sinnlos, auf einer weiteren Diskussion zu beharren. Emotionen waren im Spiel, die Gefahr eines Zerwürfnisses groß. Und nichts wollte Leah weniger, als sich mit ihrer Schwester zu zerstreiten.

War sie mit der Tür ins Haus gefallen? Zwar war sie auf Maras anfängliches Geplänkel über ihr anscheinend sehr dringendes Bedürfnis, eine vernünftige Sprache zu lernen, nicht eingegangen, doch hatte sie sich einige Gebärden zeigen lassen. Diplomatisch, hatte sie jedenfalls gedacht, war sie danach auf Maras Beziehung zu ihrem gemeinsamen Vater zu sprechen gekommen. Mara hatte von ihrem freundlichen, wenn auch etwas distanzierten Verhältnis erzählt, das nicht zuletzt dem Umstand zuzuschreiben war, dass Maras Eltern sich schon früh getrennt hatten. Differenzen hätten ihr Vater und Mara keine gehabt, jedoch sei ihre Beziehung von ihrer Hörbehinderung belastet gewesen.

»Dass ich so gut wie taub geworden bin, hat ihn aus dem Haus getrieben«, hatte Mara mit einer Selbstverständlichkeit gesagt, die ihre Verletzung nicht kaschieren konnte.

Hier hatte Leah eingehakt und von ihrem Gespräch mit Anna erzählt. Im Nachhinein fragte sie sich, wie sie so unsensibel hatte sein können. Wut, Ekel und Angst um Mara hatten sich in ihr aufgestaut und ein Ventil gebraucht. Keine Entschuldigung, aber eine Erklärung.

Nachdem Leah sich von Mara und Ben, der schützend den Arm um seine Freundin gelegt hatte, verabschiedet hatte, war ihr nicht mehr nach der Gesellschaft von anderen Menschen zumute – und sei es auch nur in der Straßenbahn. Zu Fuß machte sie sich auf den Weg nach Hause. Immer wieder ließ sie die Gespräche mit Anna und Mara Revue passieren. Jedes Detail in Erwägung ziehend, kam sie zu dem Schluss, dass Maras Argumentation weniger aus der Luft gegriffen war, als sie ihr vorgeworfen hatte. Ihr war selbst schon aufgefallen, dass sie in letzter Zeit regelrecht paranoid reagierte und sich bei jedem Vater, der mit seinem Kind schäkerte, fragte, ob er Hintergedanken hegte. Insofern war es nur logisch, dass sie Annas Erklärung unhinterfragt Glauben geschenkt hatte, obwohl diese sie über ihren Vater belogen hatte. Da das Thema Kindesmissbrauch durch ihre Arbeit omnipräsent war, erschien ihr Annas Geständnis fast schon zu perfekt getimt.

Andererseits war Anna nicht der Typ Frau, der Expartner verteufelte. Im Gegenteil. Zu den beiden Männern, mit denen sie vor ihrem Lebensgefährten Theo Beziehungen geführt hatte, hatte sie auch nach den Trennungen ein beinahe freundschaftliches Verhältnis. Jemanden Kindesmissbrauch anzudichten, war mit Annas Persönlichkeit nicht zu vereinbaren. Und doch. Sie hatte Leahs Vater für tot erklärt und sich in all den Jahren seither nie auch nur die geringste Blöße gegeben. Auch das hätte Leah ihrer Mutter nicht zugetraut. Nicht Anna, die ihr wie ein offenes Buch erschienen war.

In Gedanken versunken hatte Leah den Weg zu Annas Wohnung eingeschlagen, statt nach Hause zu gehen. Ohne ihre Entscheidung zu überdenken, klingelte sie Sturm. Als Anna die Türe öffnete, drängte sie sich an ihr vorbei ins Vorzimmer.

»Ich habe mit Mara gesprochen!«, platzte es aus ihr heraus.

»Wer ist Mara?«

»Meine Schwester!« Leahs Stimme überschlug sich.

»Die ich dank deiner Lügen erst jetzt kennengelernt habe.«

»Du vergreifst dich im Ton!« Anna verschränkte die Arme vor der Brust.

»Im Ton? Du hast Nerven! Du hast mir meinen Vater gestohlen! Und meine Schwester!«

»Nenn ihn nicht Vater! Nicht nachdem, was er dir angetan hat!«

»Was hat er mir denn angetan? Wieso soll ich dir ausgerechnet das glauben? Du hast mich doch mein ganzes Leben lang belogen!«

Anna wurde blass. »Wie kannst du auch nur eine Sekunde lang glauben, dass ich mir das alles nur ausdenke!«

»Ich weiß nicht mehr, was ich glauben soll. Oder wem.«

»Mir kannst du glauben.«

Anna machte einen Schritt auf Leah zu, stoppte aber, als diese zurückwich.

»Was ich getan habe, war falsch, aber ich habe immer nur versucht, dich zu beschützen. Und was hätte es gebracht, es dir zu erzählen? Wozu alte Wunden aufreißen?«

»Wenn er mich missbraucht hat, wieso hast du ihn nicht angezeigt?«

»Was hätte das gebracht? Ein Prozess hätte kaum Aussicht auf Erfolg gehabt. Damals schon gar nicht. Es hätte Aussage gegen Aussage gestanden, und im Zweifel wurde und wird im Sinne des Angeklagten entschieden. Ich hatte keine Beweise und wollte nicht, dass diese Geschichte deine Kindheit überschattet.«

Anna schob das Kinn vor.

»Ich wollte ihn von dir fernhalten. Also habe ich ihn erpresst. Ich bin darauf nicht stolz, aber ich würde es wieder tun.«

»Toll hast du dir das zurechtgelegt. Passt ja alles wunderbar zusammen.«

»Er hat mir das Herz gebrochen.«

»Das glaube ich dir sogar! Und weil er dich verletzt hat, hast du überreagiert und ihm das Schlimmstmögliche unterstellt!«

»Hältst du mich für so bösartig?«

»Wofür ich dich halte, ist irrelevant. Ich stelle nur Vermutungen an. Und ich vermute, dass das Missbrauchsthema dir ein bisschen zu gelegen kommt. Mara hält dich übrigens für verbittert und rachsüchtig. Wer weiß, vielleicht liegt sie damit gar nicht einmal falsch.«

»Raus!«

Anna war aschfahl, ihre Stimme klang flach und tonlos.

Als Leah nicht reagierte, wiederholte Anna ihre Aufforderung und deutete Richtung Tür.

»Ich wollte sowieso gerade gehen.«

Schon während Leah sie aussprach, bereute sie ihre schnippische Antwort. Zu einer Entschuldigung konnte sie sich dennoch nicht überwinden. Im letzten Moment konnte sie sich davon abhalten, die Türe zuzuknallen wie in ihrer Teenagerzeit.

Kapitel 15

Zitternd vor Zorn ballte Leah die Fäuste. Sie wollte schreien, um sich schlagen, jemandem wehtun. Gleichzeitig hatte sie das Bedürfnis, sich in ihrem Bett zu verkriechen und zu einem kleinen Ball zusammenzurollen. Sie klammerte sich an ihre Wut auf Anna. Sich in ihren Zorn zu verbeißen wie ein tollwütiger Hund, bewahrte sie davor, sich mit den Zweifeln auseinanderzusetzen, die Annas Worte in ihr gesät hatten. Sie musste sich eingestehen, dass sie Maras Version der Geschichte unbedingt glauben wollte. Nein! Sie biss die Zähne so fest zusammen, dass sie ihren Kiefer knacken hörte. Sie musste sich ablenken, mit jemandem reden, der nicht involviert war.

Sie wählte Philipps Nummer, erreichte aber nur seine Mailbox. Verzweifelt durchforstete sie ihr Gedächtnis und landete beim einzigen Menschen, der ihr Vertrauen noch nie enttäuscht hatte. Ein Blick auf die Uhr verriet ihr, dass es bereits nach sechzehn Uhr war. Max verließ die Kanzlei spätestens um drei, um danach zu Hause weiterzuarbeiten. Um sich konzentrieren zu können, wanderte er in der Wohnung auf und ab, wobei er halblaute Selbstgespräche führte, was er seinen Kollegen nicht zumuten wollte. Leah beschloss, es auf gut Glück bei ihm zu versuchen.

Max ließ sich seine Überraschung kaum anmerken und bat sie herein.

»Warte, ich sperre nur kurz Herrn Richter ins Schlafzimmer.«

Leahs schwieg irritiert.

»Herr Richter ist mein Kater. Ein Klient hat ihn mir sozusagen vererbt. Früher hätte ich abgelehnt, doch weil das mit uns nicht mehr aktuell ist …«

Max räusperte sich unbehaglich.

»Ich mag Katzen und hatte als Kind immer welche, aber du bist ja allergisch und deshalb ist das Thema nie zur Debatte gestanden. Aber, bitte, leg doch ab, während ich ihn wegsperre.«

Er ließ Leah im Vorzimmer stehen. In ihrem Magen bildete sich ein Klumpen enttäuschter Erwartung. Nicht, dass sie mit einer Versöhnung gerechnet hatte. Doch die Endgültigkeit ihrer Trennung in seiner Entscheidung, sich eine Katze zuzulegen, Realität werden zu sehen, setzte ihr zu. Als Max zurückkam, hatte sie sich einigermaßen gefasst, erkannte an seinem Blick jedoch, dass sie ihn nicht täuschen konnte. Noch nie hatte sie sich in seiner Gegenwart so nackt gefühlt. Doch wie unangenehm ihr die Situation auch war, im Moment hatte sie keine große Auswahl an Gesprächspartnern. Max würde ihr zuhören. Er würde sie verstehen.

Max bot ihr Tee an und setzte sich auf die Couch. Leah hatte sich in ihrem Lieblingssessel aus knautschigem dunkelgrauem Leder gekuschelt, die Knie angezogen, die Arme um die Beine geschlungen. Wieder hier zu sein, löste widersprüchliche Empfindungen in ihr aus. Sehnsucht nach Max, Trauer über den Verlust der Freundschaft, die ihrer Beziehung zugrunde lag, aber auch Enttäuschung über seine Unfähigkeit, sich in jeder Hinsicht auf sie einzulassen.

Fragend sah Max sie an. Sie wusste, dass er sie nicht drängen wollte. Dass er warten würde, bis sie bereit war zu reden, gab den Ausschlag. Sie erzählte ihm alles über ihren Vater, über Mara, den Streit mit ihrer Mutter. Geduldig lauschte er ihrem etwas verworrenen Bericht und fragte nur nach, wenn sich ihm die Zusammenhänge nicht von selbst erschlossen. Sie hatte beinahe schon vergessen gehabt, welch wunderbarer Zuhörer Max war. Seine Kommentare waren tröstlich und hilfreich. Nicht eine Sekunde lang ließ er sie spüren, dass er Besseres zu tun haben könnte, als seine hysterische Exfreundin zu trösten. Himmel, wie sie ihn vermisste!

Sie widerstand der Versuchung, auch über das Forum und Elina zu erzählen. Ihre familiäre Situation war kompliziert genug. Außerdem hatte ihr Max mehr als deutlich gemacht, dass ihre Arbeit ihn belastete.

Umso erstaunter war sie, als Max sich nach dem Stand ihrer Recherchen erkundigte. Da Leah vermutete, dass er die Frage nur aus Höflichkeit gestellt hatte, fasste sie sich kurz. Doch Max zeigte sich interessiert, hakte nach und wollte jedes Detail wissen. Fühlte sie sich zunächst von seinem neu erwachten Interesse an ihrer Arbeit geschmeichelt, wurde sie bald von Frage zu Frage ärgerlicher. Wieso nicht gleich so? Warum dann überhaupt die Trennung?

»Und was hast du jetzt vor? Wie willst du Elina finden?«

Max beugte sich zu ihr vor.

»Ich hoffe, dass Habern etwas unternimmt. Sie ist schließlich seine Tochter.«

»Aber damit kannst du nicht rechnen. Du hast doch sicher noch das eine oder andere Ass in der Hinterhand.«

»Mara versucht, die restlichen Mitglieder des harten Kerns zu identifizieren. Womöglich finden wir durch einen der Männer etwas über die Macher des Videos heraus.«

»Das klingt gefährlich.« Besorgt runzelte Max die Stirn.

»Mit solchen Typen ist nicht zu spaßen.«

»Mit Plattitüden um sich zu werfen, ist echt nicht hilfreich.«

Leah knallte ihre Tasse mit dem längst kalt gewordenen Tee, an dem sie in der letzten halben Stunde immer wieder genippt hatte, auf den gläsernen Couchtisch. Max zuckte zusammen.

»Entschuldige, das war ein bisschen zu heftig. Hast du was zum Aufwischen?«

Leah deutete auf den auf der Glasplatte verspritzten Tee.

»Bleib sitzen, ich hol schnell ein Geschirrtuch aus der Küche und schaue bei Gelegenheit auch nach Herrn Richter. Nicht, dass der mir zur Strafe noch das Schlafzimmer zerlegt.«

Als Max das Wohnzimmer verlassen hatte, sah Leah sich um. Sie suchte nach Anzeichen für die Anwesenheit einer anderen Frau in Max' Leben und schalt sich innerlich für diese masochistische Anwandlung. Viel hatte Max seit ihrer Trennung nicht verändert. Es fehlten vor allem die Dinge, die sie in seine Wohnung mitgebracht gehabt hatte. Einige ihrer Bücher, eine Steinschale, die sie von Freunden geschenkt bekommen hatten und die Max ihr zugesprochen hatte. Sie stand auf und schlenderte zum Bücherregal. Max' Bibliothek umfasste mehrere tausend Bände, die über die ganze Wohnung verteilt waren. Leah ließ ihren Blick über Buchrücken schweifen, philosophische Abhandlungen, moderne Klassiker und Fachbücher zur Ur- und Frühgeschichte fanden sich hier neben skandinavischen Krimis und amerikanischen Psychothrillern. Max war ein Schnellleser mit einem beinahe fotografischen Gedächtnis, um das ihn Leah beneidete.

Sie fragte sich, ob es seltsam wirken würde, sich einige der aktuellen Thriller auszuborgen, als ihr Blick an einer bunten Plastikfigur hängenblieb. Allem Anschein nach stammte sie aus einem Überraschungsei, was schon insofern erwähnenswert war, weil Max keine Schokolade mochte. Was Leah völlig aus der Fassung brachte, war, dass die Figur ein etwa fünf Zentimeter großer Puuh-Bär mit Honigtopf im rechten Arm war.

Sämtliche Alarmsignale in ihrem Kopf sprangen auf Rot. Die Härchen in ihrem Nacken stellten sich auf. Das konnte kein Zufall sein. Leah wurde eiskalt. In ihren Ohren dröhnte es. Ihr Herz klopfte einen wilden Rhythmus. Sie hatte Angst. Angst vor Max.

WinniederPuuh war der Nickname eines Forummitgliedes, das zum innersten Kern gehörte. Deshalb hatte Max alles über das Forum wissen wollen, hatte nachgebohrt, sie dazu gedrängt, ihr Wissen preiszugeben. Max war *WinniederPuuh!* Und sie war auch noch freiwillig zu ihm gekommen! War ihm in die Falle getappt.

Hatte er ihr mit der Figur einen Hinweis geben wollen? Oder war er überheblich genug, dass es ihm gar nicht in den Sinn gekommen war, sie könnte einen Zusammenhang herstellen? Hatte er auf die Figur vergessen? Konnte es sein, dass Max einfach nur gedankenlos war?

Sie schluckte schwer, ihr Mund war ausgetrocknet. Max konnte jeden Moment zurückkommen. Er kannte sie gut genug, um ihr auf den ersten Blick anzumerken, dass sie Bescheid wusste. Wie er auf seine Enttarnung reagieren würde, wollte sie gar nicht erst herausfinden. In die Enge getriebene Tiere bissen zu, auch wenn sie sonst nicht aggressiv waren. Ihr blieb nur die Flucht.

So leise wie möglich schlich Leah ins Vorzimmer. Mit angehaltenem

Atem lauschte sie auf verräterische Geräusche. Ihre Schritte mit Bedacht setzend, arbeitete sie sich in Richtung Ausgang vor. Bei jedem Knarren des Parkettbodens schrak sie zusammen. Auf ihrer Stirn bildeten sich Schweißtropfen. Sie schlüpfte in ihre Stiefel, zog ihren Mantel vom Kleiderhaken und schnappte sich Schal und Haube, als sie Max nach ihr rufen hörte. Panik durchflutete sie. Ohne auch nur eine Sekunde nachzudenken, floh sie aus der Wohnung. Erst einige Straßen weiter nahm sie sich die Zeit, ihren Mantel anzuziehen. Sie zitterte, weniger vor Kälte als aus Angst. Wohin jetzt? Nach Hause konnte sie nicht, dort würde er zuerst nach ihr suchen. Auch Anna, Mara und Philipp waren keine Optionen. Nicht auszudenken, sie in Gefahr zu bringen.

Sie brauchte jemanden, der der Situation gewachsen war. Jemanden, von dem Max nichts wusste. Einen Profi. Mit tauben Fingern scrollte sie zu Peter Geers Nummer. Er nahm den Anruf noch vor dem zweiten Läuten an.

Kapitel 16

»Ich brauche Ihre Hilfe!«

Hysterie und Angst ließen Leahs Stimme gepresst klingen. Mehr stotternd als in zusammenhängenden Sätzen erzählte sie ihm von ihrer Entdeckung.

»Gehen Sie ins nächstgelegene Kaffeehaus oder Restaurant und warten Sie dort auf mich. Ich hole Sie ab.«

Geers Unaufgeregtheit half Leah, sich zu beruhigen.

»Ein paar Blocks die Schopenhauer Straße hinauf ist ein Café. Ich bin gleich dort. Und bitte, kommen Sie schnell!«

Leah suchte sich einen Platz, von dem aus sie die Türe im Auge behalten konnte, und bestellte sich eine Melange. Sie mochte das Kaffeehaus, das mit seinen rotgestreiften Polsterbänken und den schwarzen Stühlen seinen Altwiener Vorstadtcharme erhalten hatte. Als sie noch mit Max zusammen gewesen war, waren sie einige Male gemeinsam hier gewesen. Heute fühlte sie sich jedoch wie auf dem Präsentierteller. Was, wenn Max auf die Idee kam, hier nach ihr zu suchen? *Unsinn,* schalt sie sich. Max würde es nicht riskieren, ihr in der Öffentlichkeit eine Szene zu machen. Sie war unter Menschen und demzufolge in Sicherheit. Und Geer war bereits auf dem Weg zu ihr. Ein Gesetzeshüter, einzig zu ihrem Schutz abbestellt. Bisher hatte sich Leah nicht für ein hilfloses Geschöpf gehalten, das gerettet werden musste. Dennoch wartete sie jetzt auf ihren ganz persönlichen Freund und Helfer. Person gewordene Paranoia, die vor ihrem Exfreund floh.

Um sich auf andere Gedanken zu bringen, nippte Leah an ihrem Kaffee. Prompt verbrannte sie sich die Zunge. Emotional angeschlagen wie sie war, kamen ihr die Tränen. Über ihre Schwäche verärgert, biss sie sich in die Innenseite ihrer Wangen. Sie war dankbar für den Schmerz, der sie für einige Sekunden ablenkte. Wenn nur Geer auftauchen würde. Nervös klopfte sie mit dem Kaffeelöffel auf den Tassenrand.

Geer brachte einen Schwall kalter Luft mit herein. Er nahm Leah gegenüber Platz und gab der Kellnerin ein Zeichen. Als sie zum Tisch kam, orderte er Kaiserschmarrn und dazu ein alkoholfreies Bier, eine Kombination, die Leah am ehesten noch als interessant beschreiben würde. Obwohl sie seit dem Frühstück nichts mehr gegessen hatte, wusste sie, dass sie jetzt keinen Bissen hinunterbringen würde. Ihr Magen war vor Nervosität wie zugeschnürt. Die emotionale Achterbahnfahrt, zu der sich der heutige Tag entwickelt hatte, hatte ihr den Appetit verdorben.

Während sich Geer mit erkennbarem Genuss seinem Schmarrn widmete, erzählte ihm Leah, was sie über Max herausgefunden hatte. Geer unterbrach sie nicht.

»An einen Zufall glauben Sie nicht?«

Leah verneinte.

»Es passt alles viel zu gut zusammen. Auch sein plötzliches Interesse für meine Arbeit. Obwohl ich mir nichts mehr wünschen würde, als dass ich mich irre. Wie habe ich mich nur so in ihm täuschen können?«

»Auch wenn Sie nichts beweisen können, sollten Sie sich von ihm fernhalten. Sicher ist sicher.«

Geer trank einen großen Schluck, trocknete sich danach mit seiner Serviette sorgfältig den Mund ab und räusperte sich umständlich.

»Ich bin ungern der Überbringer schlechter Nachrichten – schon gar nicht, da bei Ihnen einiges im Argen zu liegen scheint –, aber es ist etwas geschehen, von dem Sie wissen sollten.«

Leah widerstand der Versuchung, sich die Ohren zuzuhalten, und wappnete sich innerlich gegen einen weiteren Schlag.

»Oxana Andruchowytsch, eine von Kateryna Karazins Kolleginnen, ist von ihrem Zuhälter brutal zusammengeschlagen worden. Sie weigert sich, Anzeige zu erstatten und hat die Aussage widerrufen, die sie im Krankenhaus gemacht hat. Als sie noch mit Schmerzmitteln vollgepumpt war, hat sie erzählt, Vukovits hätte sie nach einem Kirchgang abgepasst. Er habe sie dabei ertappt, mit zwei Journalisten gesprochen zu haben. Gehe ich Recht in der Annahme, dass Sie eine davon waren?«

Leah nickte stumm. Ihr war entsetzlich elend zumute. Nicht nur, dass Oxana ihretwegen schwer verletzt worden war, sie schwebte immer noch in großer Gefahr. Sie hatte Oxana in Vukovits' Blickfeld manövriert. Dass er vor nichts zurückschreckte, wusste sie ja bereits. Warum also hatte er Oxana am Leben gelassen? Es wäre ihm ein Leichtes gewesen, sie verschwinden zu lassen. Die Erkenntnis traf Leah wie ein Schlag. Dass Oxana noch lebte, war eine Botschaft. Eine Drohung, die Leah galt. Ob Habern die Aktion abgesegnet hatte?

»Sie dürften sich in letzter Zeit einige Feinde gemacht haben.«

Geer musterte sie neugierig.

»Ihnen ist sicher bekannt, dass Vukovits einflussreiche Gönner hat, zu denen auch Konrad Habern zählen dürfte?«

»Mit Herrn Habern hatte ich bereits das Vergnügen.«

»Kein sehr angenehmer Zeitgenosse. Wir sind seit einiger Zeit an ihm dran, aber er verwischt seine Spuren zu gut. Seine Geschäfte wickelt er über Mittelsmänner und Handlanger ab – und Vukovits ist einer seiner Männer fürs Grobe.«

Leah dachte an den abschätzig-verschlagenen Blick, mit dem Vukovits sie bedacht hatte. Das flaue Gefühl in ihrem Magen verstärkte sich. Dass Haberns Schläger ihr eine unmissverständliche Nachricht zukommen ließ, fügte sich perfekt ins Bild. In einem Anflug von Zynismus fasste sie ihre Situation zusammen: »Ein Mörder hat mich zur Brieffreundin auserkoren, mein Exfreund ist Mitglied eines Pädophilenforums und die Wiener Version eines Mafiapaten lässt mir nicht sonderlich subtile Botschaften zukommen. Scheint, als hätte ich gerade verdammt beschissenen Karten.«

»Könnten Ihr Exfreund und der Mörder dieselbe Person sein?«

»Möglicherweise, und ich bin mir nicht sicher, welche Version von

Max mir lieber wäre. Perverser Kinderschänder oder selbsternannter Rächer. Beides keine wünschenswerten Alternativen.«

Sie griff nach ihrer Tasse und hielt inne, als sie realisierte, dass sie ihren Kaffee schon vor einer geraumen Weile ausgetrunken hatte.

Geer sah sie eindringlich an. Seine grauen Augen waren von winzigen Fältchen umrahmt. *Lachfalten*, dachte Leah, die ihn bisher noch nicht anders als ernst oder besorgt erlebt hatte. Worüber ein Mann wie Geer, der in seiner Arbeit mit dem Bodensatz der menschlichen Spezies konfrontiert wurde, lachen konnte? Sie war versucht, ihn darauf anzusprechen, tat die Frage dann aber doch als zu persönlich ab. Ertappt zuckte sie zusammen, als Geer das Wort ergriff.

»Ich hoffe, ich mache Ihnen keine Angst, aber meiner Meinung nach sollten Sie sich aus der Schusslinie begeben.«

»Sie denken also, dass ich in Gefahr bin?«

Sich in ihren Befürchtungen bestätigt zu sehen, verursachte Leah eine Gänsehaut.

»Vermutlich nicht in unmittelbarer Gefahr, aber es empfiehlt sich, mögliche Bedrohungsszenarien ernst zu nehmen.«

»Wozu raten Sie mir?«

»Haben Sie die Möglichkeit, einige Tage irgendwo unterzukommen?«

»Ich soll untertauchen?«

»Wenn es sich einrichten lässt, würde ich es Ihnen nahelegen.«

Leah überlegte, bei wem sie Asyl beantragen konnte, doch ihr fiel niemand ein, von dem Max nichts wusste. Auf unabsehbare Zeit ein Hotelzimmer zu finanzieren, konnte sie sich nicht leisten.

Ihren ratlosen Gesichtsausdruck richtig deutend, bot Geer ihr an, sie bei seiner Mutter einzuquartieren. Die vermietete in ihrem Haus im Burgenland Fremdenzimmer und war auf Gäste eingerichtet.

»Dort sind Sie erstmal sicher. Wenn Sie wollen, begleite ich Sie in Ihre Wohnung, damit Sie packen können, und bringe Sie dann heute noch zu meiner Mutter.«

»Das ist sehr großzügig von Ihnen.«

»Es ist mir ein Vergnügen.«

Geer signalisierte der Kellnerin, dass er zu zahlen beabsichtigte, und winkte ab, als Leah nach ihrem Portemonnaie griff.

»Geht auf Spesen, ich bin schließlich dienstlich unterwegs.«

Warum sie darüber enttäuscht war, wollte Leah gar nicht erst zu ergründen versuchen.

Es war kurz vor zweiundzwanzig Uhr, als sie Bernstein erreichten. Dominiert wurde der Ort, in dem Geers Mutter lebte, von der gleichnamigen Burg aus dem 13. Jahrhundert, die als Hotel geführt wurde. Da die Besitzerfamilie auf eine Modernisierung weitgehend verzichtete, war im Aufenthalt eine Zeitreise inkludiert, erklärte Geer, der sich in der Rolle als Fremdenführer wohl zu fühlen schien. Auch die »Weiße Frau«, die angeblich in der Burg spukte, seit sie vor Jahrhunderten von ihrem eifersüchtigen Ehemann ermordet worden war, vergaß er nicht, zu erwähnen.

Leah war froh, dass Geer das unbehagliche Schweigen gebrochen hatte, in dem die Fahrt bisher verlaufen war. Die gespannte Atmosphäre war hauptsächlich darauf zurückzuführen, dass sich Leah in Geers Gegenwart seltsam befangen fühlte. Ein Zustand, dem sie keine Bedeutung beimessen wollte.

Hinzu kam die drängende Sorge um Philipp und Mara, die sie beide telefonisch nicht hatte erreichen können. Zwar hatte sie Nachrichten hinterlassen, in denen sie ihren Verdacht gegenüber Max erwähnte und erklärte, warum sie für einige Tage untertauchen würde, wohl war ihr bei der Vorstellung, die beiden im Stich zu lassen, trotzdem nicht. Ihre Verunsicherung über Max' Rolle in Bezug auf das Forum und die Morde hatten sie dünnhäutig werden lassen. Düstere Vorahnungen durchbrachen ihre Verteidigungslinien. In ihrem Kopf liefen Schreckensszenarien ab, denen sie mit Logik nicht beikommen konnte. Aber welche Logik ließe sich auch den Vertrauensbrüchen abgewinnen, die ihr Leben momentan bestimmten? Da war es bedeutend angenehmer, sich auf Geers Ausführungen über eine sagenhafte Spukgestalt zu konzentrieren.

Silvia Geer hatte sie schon erwartet. Herzlich begrüßte die resolute kleine Frau Leah und umarmte ihren Sohn, der sie um mehr als

Haupteslänge überragte. Sie bat die beiden ins Haus und zeigte Leah das für sie vorbereitete Zimmer, nachdem Geer sie in knappen Worten über Leahs Situation in Kenntnis gesetzt hatte. Der betont feminin gehaltenen Raum überwältigte Leah im ersten Moment mit seiner Blumen-, Rüschen- und Nippeslastigkeit. Ein wahr gewordener Laura-Ashley-Traum. Das weiße Holzbett, auf dem sich rosafarbene Polster und eine mit zarten Blütenmuster dekorierte Bettdecke einladend türmten, übte eine immense Anziehungskraft auf Leah aus. Sie war erschöpft, emotional und körperlich.

Geer, der ihren Zustand bemerkte, verabschiedete sich schon nach wenigen Minuten von ihr. Obwohl sie sich in seiner Gesellschaft sicher fühlte, war Leah dennoch erleichtert. Die Geschehnisse der letzten Stunden forderten ihren Tribut, selbst eine simple Unterhaltung zu führen, erschien ihr wie ein Kraftakt. Sie musste alleine sein, um Ordnung in das Chaos ihrer Gedanken bringen zu können.

Geer schrieb ihr seine private Mobilnummer auf und nahm ihr das Versprechen ab, sich jederzeit bei ihm zu melden, sollte sie Hilfe oder eine Rückfahrgelegenheit nach Wien benötigen. Als er gegangen war, erkundigte sich Leah bei seiner Mutter, was sie für den Aufenthalt zu bezahlen hätte. Silvia, die darauf bestand, dass Leah sie duzte, reagierte beinahe empört.

»Die Freunde vom Peter sind mir immer willkommen. Wär ja noch schöner, wenn ich dafür was verlangen tät!«, mokierte sie sich.

»Und du Mädel kannst bleiben, solange du magst. Mein Sohn hat mir ja g'sagt, dass du in Schwierigkeiten bist. Jetzt schau ma' mal, dass du dich wieder derfangst, dann red'ma weiter! Frühstücken tu ich um acht, wennst Gesellschaft magst, kommst halt um die Zeit runter. Und jetzt schlaf dich aus, du schaust ja aus, als wär dir die Weiße schon erschienen.«

Leah keine Chance auf eine Erwiderung bietend, zog die Hausherrin die Türe zu Leahs neuem Domizil nachdrücklich ins Schloss.

Silvias resche Freundlichkeit gab Leah den Rest. Sie zog sich bis auf die Unterwäsche aus, vergrub sich im nach Waschmittel duftenden rosa Blütentraum und weinte, bis sie irgendwann vor Erschöpfung einschlief.

Zumindest in ihren Träumen war die Welt noch in Ordnung.

Kapitel 17

Freitag, 4. März

Leah erwachte kurz vor Sonnenaufgang. Sich in den gigantischen Kissenberg kuschelnd, versuchte sie, wieder einzuschlafen. Es funktionierte nicht. Zu gerne hätte sie der Realität noch eine Zeitlang den Rücken gekehrt. Sie beschloss, das Unvermeidliche bis nach dem Frühstück aufzuschieben, und gab weder dem Impuls nach, ihr Handy auf eingegangene Nachrichten zu überprüfen, noch ihr Notebook hochzufahren. Ein wenig fühlte sie sich wie eine Süchtige, die ihrem Rauschmittel widerstand.

Als Leah um halb acht in die Küche kam, um Silvia für ihre Gastfreundschaft durch tatkräftige Hilfe zu entschädigen, traf sie diese am bereits fertig gedeckten Frühstückstisch an.

»Ich hab die Dusche gehört und mir gedacht, dass du bald kommen wirst.«

Silvia reichte Leah eine frische Semmel.

»Danke! Das sieht herrlich aus.« Leah deutete auf die liebevoll arrangierten Teller mit Wurst, Schinken, Käse und Gemüse. Neben kleinen Schüsseln mit unterschiedlichen Marmeladen fand sich auf der üppig bestückten Tafel sogar ein Honigtöpfchen, stilecht mit einem gedrechselten Honiglöffel.

»Es ist zwar Fastenzeit, aber da mach ich nicht mit. Ich habs gern schön – und eine große Auswahl.«

Silvia lächelte stolz.

»Greif zu Mädel, du bist dünn wie ein Strich und hast es nötig!«

Leah musste grinsen. Wenn sie Geers Mutter hörte, vermeinte sie, ihre eigene Großmutter sprechen zu hören. Und wie diese war Silvia eine überaus gesprächige Frau. Während des Frühstücks erfuhr Leah, dass Silvias Mutter eine Burgenlandkroatin gewesen war, die gegen den Willen der beiden Familien einen Sinto geheiratet hatte.

»Damals hat man ja noch Zigeuner gesagt. Als Zigeuner ist er dann auch vergast worden, schon bald nach dem Anschluss. Ein halbes Jahr, nachdem sie ihn ins Lager gebracht haben, ist meine Mutter mit mir niedergekommen.«

Gedankenverloren sortierte Silvia die Paprika- und Gurkenstückchen auf dem Gemüseteller um.

»Sie hat ihn lebendig gehalten, meinen Vater. Ich hab ihn zwar nie kennengelernt, weiß aber alles über ihn.«

Leah verschluckte sich. Der Bissen Honigsemmel, an dem sie soeben noch genussvoll gekaut hatte, schmeckte mit einem Mal schal. Der Appetit war ihr vergangen. Verlorene Väter vertrugen sich derzeit nicht mit ihrem Magen.

»Er war ein guter Mensch, mein Vater. Ich habe meine Söhne immer dazu angehalten, seinem Vorbild zu folgen. Jetzt ist nur mehr der Peter da. Mein Jüngerer und mein Mann sind schon vor Jahren von uns gegangen, Gott hab sie selig. Aber aus dem Peter ist was geworden, der ist einer von den Guten.«

Bestätigung suchend, sah Silvia Leah an, die ihr in diesem Punkt reinen Gewissens zustimmen konnte.

»Wär halt schön, wenn er ein bisserl zur Ruhe käm. Immer nur Arbeit, das kann's auch nicht sein.«

Silvia begann, den Tisch abzuräumen. Leah, die gerne mehr über Geers Familie erfahren hätte, bot Silvia ihre Hilfe an, doch diese lehnte ihr Angebot freundlich, aber bestimmt ab.

»Ich hab meine eigene Ordnung und mein eigenes Tempo. Wenn ich nicht alles selber mach, kommt mir noch was durcheinander.«

Da ihr nun kein Aufschub mehr vergönnt war, kehrte Leah in ihr Zimmer zurück. Nachdem sie noch etwas auf Zeit gespielt hatte, richtete sich einen Arbeitsplatz ein. Direkt beim Fenster, das einen wunderbaren Blick auf die Burg bot, stand ein weiß lackierter Sekretär. Der altmodische Schreibtisch lud praktisch dazu ein, sich mit Briefpapier und Füllfeder an ihm niederzulassen und in wohlformulierten Worten von Reiseerlebnissen und Ferienbekanntschaften zu berichten. Mit leisem Bedauern baute Leah ihr mobiles Büro auf ihm auf. Laptop und Smartphone ließen das verschnörkelte Möbel rührend anachronistisch wirken. Leah gönnte sich noch einen sehnsüchtigen Blick aus dem Fenster, dann hörte sie ihre Nachrichten ab.

Philipp beschwor sie, vorsichtig zu sein, ermahnte sie, sich bedeckt zu halten, und bat sie, sich zu melden. Das Telefonat mit ihm war im Wesentlichen eine Wiederholung seiner Nachricht. Leah versicherte ihm mehrmals, sich in Acht zu nehmen. Als Patrizia Philipp im Hintergrund rüde aufforderte, nicht länger herumzutrödeln, war Leah ihr fast dankbar. So sehr ihr Patrizias herrische Art auf die Nerven ging, war sie dennoch froh, Philipps Besorgnis entkommen zu können.

Mara hatte sie gebeten, sich via Chat zu melden. Die Unterhaltung mit ihr war um einiges konstruktiver als das Gespräch mit Philipp. Mara versprach Leah, möglichst viel über Max' Internetaktivitäten in Erfahrungen zu bringen.

»Vielleicht irrst du dich«, schrieb Mara.

Leah lächelte über den Aufmunterungsversuch.

»Das hoffe ich«, tippte sie, »aber ich kann es mir nicht vorstellen.«

Nachdem sie darüber geschlafen hatte, erschien ihr ein Zufall als noch unwahrscheinlicher als am Vortag. Dass sie noch Gefühle für Max hatte, durfte ihr Urteilsvermögen nicht trüben. Blind vor Liebe zu sein, war in ihrer derzeitigen Lage einfach zu riskant.

Sie nahm Mara das Versprechen ab, sie auf dem Laufenden zu halten, und nahm sich vor, ihr unfreiwilliges Exil sinnvoll zu nutzen und intensiv an ihrem Buch zu arbeiten. Doch ihr Telefon machte ihr einen Strich durch die Rechnung, indem es den Erhalt einer Nachricht meldete. Als Leah sah, wer der Absender war, zog sich ihr Magen zusammen.

Warum bist du gestern so plötzlich verschwunden? Ich mache mir Sorgen um dich. Bitte melde dich. Lu, Max

Perplex starrte Leah auf das Display. Lu war ihre private Abkürzung für love you. Irritiert legte Leah das Handy zur Seite. Sollte sie ihm antworten? Ihn anrufen und mit ihrem Verdacht konfrontieren? Er würde alles abstreiten, und sie wäre genauso schlau wie vorher. Nur, dass er dann wüsste, was sie sich zusammengereimt hatte.

Und was, wenn sie doch nur Gespenster sah? Hatte ihre Arbeit sie tatsächlich übersensibilisiert? Was, wenn sie sich irrte und Max von ihrem Verdacht erfuhr? Er würde es zurecht als unverzeihlichen Vertrauensbruch empfinden. Jede Chance auf eine Versöhnung wäre dahin. Als ihre Überlegungen sich im Kreis zu drehen begannen, sandte sie ihm eine knappe Antwort. Sie schob vor, sich nicht wohlgefühlt zu haben. Was er damit anfing, blieb ihm überlassen.

Das Klingeln des Telefons schreckte sie auf. Drängte Max auf eine Aussprache?

Es war Geer, doch ihre Erleichterung darüber hielt nicht lange an. Er kam zum Punkt, ohne sich mit Nebensächlichkeiten aufzuhalten.

»Oxana Andruchowytsch ist gestern verstorben.«

Leah unterdrückte ein Stöhnen. »Was ist passiert? War es Vukovits?«

»Sie hatte eine Gehirnblutung, eine Spätfolge ihrer Verletzungen. Vukovits wird sich jedenfalls dafür verantworten müssen. Da Oxana gestorben ist, wird ihrer ursprünglichen Aussage über den Tathergang wohl Beweiskraft zugemessen werden können. Dass sie die Aussage später zurückgezogen hat, dokumentiert das Ausmaß der Bedrohung, die von Vukovits ausging.«

»Wird er angeklagt werden?«

»Das ist eine Entscheidung, die von der Staatsanwaltschaft getroffen werden muss. Obwohl ich kein Problem damit hätte, wenn das Schwein für alle Ewigkeit in einer Zelle verrotten würde.«

Verblüfft über den Gefühlsausbruch des sonst so beherrschten Polizisten, fragte sich Leah, ob auch Geer langsam an seine Grenzen stieß. Seine menschliche Reaktion machte ihn jedenfalls sympathisch.

Nach dem Telefonat war Leah zu aufgewühlt, um sich konzentrieren zu können. Außerdem fehlte ihr die Energie, sich auf ein Thema einzulassen, dem sie sich momentan psychisch nicht gewachsen fühlte. Noch hatte sie keine Gelegenheit gehabt, die Enthüllungen über ihren Vater und Max auch nur annähernd zu verarbeiten. Ihr war bewusst, dass es ein langer und schmerzhafter Prozess werden würde. Und manche Wunden würden wohl nie vollständig verheilen.

Nicht nur ihre Familie hatte sich als Lügenkonstrukt entpuppt. Sie selbst war in eine Reihe von Verbrechen verstrickt worden, hatte eine Leiche gefunden und Mailkontakt mit einem Mörder, der sich womöglich als ihr Exfreund entpuppte, für den sie immer noch mehr empfand, als ihr lieb war. Am meisten machte ihr zu schaffen, dass sich die beiden Menschen, denen sie bisher uneingeschränktes Vertrauen entgegengebracht hatte, als Lügner herausgestellt hatten.

Zudem war durch ihre Schuld eine junge Frau, fast noch ein Mädchen, ums Leben gekommen. Oxanas Tod war ebenso sinnlos, wie er vermeidbar gewesen wäre. Elina war, sofern sie nicht schon längst getötet worden war, immer noch in den Händen ihrer Folterknechte. Die Konfrontation mit Habern hatte nichts bewirkt, außer dass er jetzt wusste, was Leah herausgefunden hatte. Genauso gut hätte sie sich eine Zielscheibe aufmalen können. Seine Warnung, sich herauszuhalten, hätte deutlicher nicht sein können.

Je länger sie nachdachte, desto aussichtsloser erschien ihr die Situation. Blauäugig hatte sie sich in die Höhle des Löwen begeben und dadurch nicht nur sich selbst, sondern auch Oxana, Philipp und Mara in Gefahr gebracht. Oxana hatte Leahs unbedachte Impulsivität bereits mit dem Leben bezahlt. Konnte sie es verantworten, weitere Risiken einzugehen?

Was würde es ändern, wenn sie jetzt aufgab? Würde es sie und ihre Freunde aus der Schusslinie bringen? Würden Habern und Konsorten wieder zur Tagesordnung übergehen? Oder musste sie davon ausgehen, dass noch aufgeräumt werden würde?

Würde sie nicht vielmehr Oxana, Elina und auch deren Mutter Kateryna verraten? Hatte sie nicht die Pflicht, es wenigstens zu versuchen?

Für Elina? Für sich selbst? Wenn sie sich einschüchtern ließ, würde sie ihre journalistische Integrität, alles, woran sie glaubte und wofür sie ihr Leben lang gearbeitet hatte, mit Füßen treten. Sie würde sich selbst aufgeben. Aber hatte sie die Kraft und den Mut, den Kampf aufzunehmen? Sich gegen Habern zu behaupten – und sich damit auch ihren eigenen Dämonen zu stellen? Und die wichtigste Frage, die sie sich stellen musste: Wollte sie es überhaupt?

Je mehr sie sich eine Entscheidung abzuringen versuchte, desto unsicherer wurde sie. Ihre Gedanken rasten. Verfingen sich ineinander und verhedderten sich schließlich so sehr, dass Leah das Gefühl hatte, verrückt zu werden. Es gab nur einen Ausweg. Sie musste den Stecker ziehen.

Leah schaltete ihr Telefon auf stumm, rief keine Mails mehr ab. Sie lag im Bett und starrte an die Decke, deren Unebenheiten sie bald mit geschlossenen Augen noch vor sich sah. Sie weinte, bis ihre Augen zuschwollen, die Stimme rau war. Irgendwann versiegten die Tränen, fehlte ihr sogar zum Schluchzen die Kraft.

Sie dachte nicht, sie fühlte nicht. Sie dämmerte vor sich hin, reagierte einzig auf die rudimentärsten Bedürfnisse ihres Körpers. Sie trank literweise Wasser, leerte mechanisch die Teller, die ihr Silvia nach etlichen vergeblichen Versuchen, sie zu gemeinsamen Mahlzeiten zu bewegen, vor die Türe stellte. Sie registrierte weder den Geschmack noch die Konsistenz der Gerichte, aß gerade genug, um keinen Hunger mehr zu verspüren. Sie konnte sich nicht dazu aufraffen, zu duschen, die Zähne putzte sie sich erst, wenn sie den pelzigen Geschmack im Mund nicht mehr ertrug.

Ihr gesamtes System war heruntergefahren, ihre Psyche im Energiesparmodus. Sie verweigerte sich. Keine Entscheidungen, keine Tragödien.

Sie sperrte sich ein, schloss die Welt aus. Die Türe öffnete sie selbst dann nicht, als Peter Geer am zweiten Tag ihrer selbstgewählten Einzelhaft drohte, sie einzutreten. Es war ihr gleichgültig, so wie er ihr gleichgültig war und sie sich selbst gleichgültig geworden war.

Sie beobachtete sich selbst mit einer Distanziertheit, die sie als verstörend empfunden hätte, würde sie fühlen, wollte sie fühlen, könnte sie es. Mit einem entfernten Echo ihrer davor fast unstillbaren Neugier fragte sie sich, ob sie einen Nervenzusammenbruch erlitt oder bereits in eine Depression abgeglitten war. Doch sie dachte nicht lange darüber nach, denn im Grunde war es egal. Welches Etikett man ihrem Zustand verpasste, war unerheblich, solange die Benennung sie nicht wie durch Zauberhand aus ihm befreien würde.

Bleierne Müdigkeit hielt sie im Griff. Sie driftete zwischen Schlaf und Halbschlaf. Traum und Realität verschwammen. Wenn sie auf die Uhr sah, waren manchmal nur wenige Minuten vergangen. Dann wieder machte die Zeit einen Sprung und ihr fehlten etliche Stunden. Eingesponnen in einem Kokon aus Verdrängung und Hoffnungslosigkeit vegetierte Leah dahin. Tage wurden zu Nächten. Nächte zu Tagen.

Samstag.

Sonntag.

Montag.

Der Keller

Ihre Augen benötigen einige Sekunden, um sich an die düstere Umgebung zu gewöhnen. Der Kellerraum ist nicht groß, drei mal vier Meter, die Wände unverputzt, der Boden dunkelgrauer Estrich. Von der Decke baumelt eine verstaubte Glühbirne, die nur schwaches flackerndes Licht abgibt. In der linken hinteren Ecke steht eine schmuddelige Campingtoilette. Etwa einen halben Meter weiter vorne ist ein kalkfleckiges Waschbecken an die Wand montiert. Der Wasserhahn tropft. Ein überlaut wirkendes Geräusch, das mit seiner monotonen Regelmäßigkeit an den Nerven zerrt.

Der Raum ist kühl, fast schon kalt. Sie schätzt die Temperatur auf maximal fünfzehn Grad. Die Luft riecht modrig, unterlegt mit einem leichten Ammoniakgeruch. Eine schäbige Campingliege, die ihr vage bekannt vorkommt, steht an der rechten Wand. Auf der Liege zeichnet sich unter einer grobfasrigen grauen Wolldecke ein kleiner Hügel ab. Sie macht zwei Schritte auf die Liege zu und stoppt abrupt, als sich der Hügel bewegt.

Das Gesicht eines Kindes, eines kleinen Mädchens schiebt sich unter der Decke hervor. Sie schnappt nach Luft. Es ist Elina. Sie erkennt sie auf den ersten Blick, ihr Gesicht hat sich in ihr Gedächtnis eingebrannt. Nie wird sie die leeren Augen des Mädchens aus dem Video vergessen können.

Sie will zu ihr stürzen, sie aus diesem Alptraum befreien, doch sie kann sich nicht bewegen. Sie ist gelähmt. Obwohl sie mit aller Kraft dagegen ankämpft, verharrt sie wie festgeklebt auf der Stelle. Eine Marionette an festgezurrten stählernen Fäden. Elina sieht sie an, ihre Augen weiten sich. In ihnen spiegeln sich Angst und Hoffnung.

Ihr Blick trifft sie ins Mark, droht, sie zu zerreißen.

Sie will Elina sagen, dass sie sich nicht zu fürchten braucht, dass alles gut werden wird, dass sie sie in Sicherheit bringen wird. Doch sie bleibt stumm, unfähig einen Laut von sich zu geben oder sich auch nur zu bewegen. Festgefroren. Festgenagelt.

Elina setzt sich auf, die Decke gleitet von ihren Schultern, fällt zu Boden. Ihre Unterlippe zittert, ihr Mund verzieht sich. Doch sie weint nicht. Trotz flackert in ihren Augen auf. Sie schiebt den Daumen in den Mund, dessen Winkel eingerissen und nur zum Teil verschorft sind. Dunkle Flecken in unterschiedlichen Rot- und Blautönen zeichnen sich auf ihren Armen, dem Hals und in ihrem Gesicht ab. Ihr Haar ist verfilzt und schmutzig. Sie trägt ein fleckiges T-Shirt und eine Unterhose. Sie zittert.

Wut erfüllt sie. Wut auf diejenigen, die Elina quälen, Wut auf sich selbst. Ihre zur Untätigkeit verurteilte Hilflosigkeit angesichts des Elends des Mädchens macht sie rasend. Sie bäumt sich gegen die unsichtbaren Fesseln auf, kämpft wie noch nie zuvor in ihrem Leben. Sie formt Worte, die ihren Mund nur stumm verlassen. Dann endlich bahnt sich ein verzweifelter Schrei den Weg. Wild und wütend.

Kapitel 18

Dienstag, 8. März

Leah schreckte auf. Schweißgebadet, die Wangen tränennass, heiser geschrien. Ein Traum, es war nur ein Traum. Trotzdem wusste sie mit unbestreitbarer Gewissheit, dass das, was sie gesehen hatte, real war. Der Keller existierte.

Die Sorge um Elina holte Leah aus ihrer Lethargie. Sie hatte sich in Selbstmitleid gesuhlt, während Elina misshandelt und gequält wurde. Ihre wurde bewusst, dass sie schlecht roch. Peinlich berührt über ihr Verhalten in den letzten Tagen, verließ sie das Bett, obwohl es erst kurz nach fünf Uhr morgens war. Sie duschte, wusch sich die Haare und putzte ihre Zähne gefühlte zehn Minuten lang. Langsam begann sie, sich wieder wie sie selbst zu fühlen. Nachdem sie sich angezogen hatte, packte sie den Pyjama, in dem sie die letzten Tage verbracht hatte, in einen Plastiksack und verstaute ihn in ihrer Reisetasche. Sie riss das Fenster auf, um den muffig-säuerlichen Geruch loszuwerden. Dann zog sie das Bett ab und hängte die Decke zum Lüften aufs Fensterbrett.

Als sie das Zimmer wieder in einen halbwegs respektablen Zustand gebracht hatte, hatte sie keinen Grund mehr, sich vor dem unangenehmsten Part der Aufräumarbeit zu drücken. Sie hörte ihre Nachrichten ab, überprüfte ihren SMS-Posteingang und begann mit der Schadensbegrenzung.

Mara hatte kaum etwas über Max' Onlineaktivitäten herausgefunden. Seine Sicherheitsvorkehrungen nötigten ihr Respekt ab. Da es von

Mara kam, war das ein nicht zu unterschätzendes Lob.

Philipp hatte etliche Male versucht, sie zu erreichen. Die Nachrichten, die er hinterlassen hatte, klangen zunehmend besorgter.

»Mir geht es gut, ich melde mich zu einer vernünftigen Zeit«, schrieb sie ihm.

Das waren zwei von Dreien.

Sie seufzte und schrieb Geer eine SMS, in der sie ihren Zusammenbruch erklärte und sich für ihr Verhalten entschuldigte. Danach war ihr wohler.

Jetzt fehlte nur noch Silvia. Um 6:30 Uhr hörte sie diese in der Küche werken. Leahs Schuldbewusstsein erwachte, als ihr klar wurde, dass sie Silvia mit ihren frühmorgendlichen Aktivitäten aus dem Schlaf gerissen haben musste. Als sie die Küche betrat, hob Silvia überrascht den Blick.

»Es tut mir leid, dass ich Ihnen solche Unannehmlichkeiten bereitet habe.«

»Du musst dich nicht entschuldigen, Mädel. Jeder macht schlimme Zeiten durch. So ist das Leben.«

Sie reichte Leah einen Teller mit Wurst und Käse.

»Wir waren doch schon per du, oder?«

Das Frühstück verlief in entspannter Atmosphäre, was allein Silvia anzurechnen war. Leah aß mit großem Appetit. Mit ihrem Tatendrang war auch ihr Hunger zurückgekehrt. Zudem hinderte ein voller Mund sie am Sprechen, sodass Silvia ihre Teilnahme am Gespräch gar nicht erst erwartete. Dennoch war Leah erleichtert, als sie wieder alleine war. Trotz ihrer Liebenswürdigkeit hatte sie Silvias Gesellschaft als anstrengend empfunden. Durch die tagelange Einsamkeit war sie menschenscheu geworden.

Sie loggte sich ins Internet ein und checkte ihre Mails. Der Großteil war uninteressant, einige beruflich relevante Nachrichten legte sie für eine spätere Bearbeitung ab. Sie hatte soeben die Datei mit ihrem Manuskript geöffnet, als das Programm den Eingang einer neuen Mail meldete. Als Leah den Absender sah, stellten sich ihre Nackenhärchen auf. Sie hatte damit gerechnet, dass er wieder Kontakt aufnehmen würde, sogar darauf gehofft, ihn aus der Reserve locken zu können, doch jetzt hatte sie nur noch Angst. Vielleicht war Max ja *amzug*.

Datum: Di 08.03. 07:22
Von: amzug@x1xzyx.com
Betreff: Jagdsaison
An: leah.sebelia@gmail.com

Leah,

ich muss wieder auf die Jagd. Solange nur eines dieser Untiere noch frei herumläuft, habe ich eine Aufgabe zu erfüllen. Ich bin ihrer müde.

Doch nun ist ein tollwütiger Bär zum Abschuss freigegeben. Sie haben mich auf seine Spur gebracht. Ein weiteres Mal stehe ich in Ihrer Schuld.

Leah musste die Nachricht mehrmals lesen, bis sie ihre Bedeutung erfasste. *amzug* wusste von Max! Wahrscheinlich überwachte er ihre Mailkorrespondenz, womöglich sogar ihr Telefon. Wie hatte sie nur so naiv sein können? Was technisch machbar war, hatte ihr Mara doch schon bewiesen. Und sie posaunte Verdächtigungen in die Welt hinaus, ohne sich der Konsequenzen ihres Tuns bewusst zu werden.

Sie wählte Max' Nummer, landete aber in seiner Mobilbox. Sie bat ihn um sofortigen Rückruf, die Panik ließ ihre Stimme zittern. Dann versuchte sie, Geer zu erreichen, hatte aber ebenfalls keinen Erfolg. Einen Moment lang überlegte Leah, Philipp um Hilfe zu bitten, verwarf die Idee jedoch sogleich wieder. Sie konnte nicht riskieren, ihn auch noch in Gefahr zu bringen.

Leah packte Laptop und Handy in ihre Tasche, schnappte sich ihren Mantel und schlüpfte in ihre Stiefel. Sie polterte die Treppe ins Erdgeschoß hinunter und traf Silvia zeitungslesend in der Küche an.

»Wie komme ich am schnellsten nach Wien? Es ist wirklich dringend.«

»Schnell geht da gar nix. Zuerst musst mit'm Bus nach Oberwart, von dort mit einem anderen Bus nach Hartberg zum Bahnhof, dann mit dem Zug weiter nach Wiener Neustadt, umsteigen, und nach Wien rein. Mit zweieinhalb bis drei Stunden musst du mindestens rechnen.«

Leahs Entsetzen musste ihr deutlich anzusehen sein, denn Silvia runzelte nachdenklich die Stirn.

»Hast du einen Führerschein?«

»Ja, aber ich bin nicht sonderlich in Übung.«

»Fahren verlernt ma' net, das ist wie mit'm Schwimmen.«

Silvia stand auf und kramte vor sich hin murmelnd in einer Schublade. Dann hielt sie triumphierend einen Autoschlüssel in die Höhe.

»Wenn es dringend ist, dann kannst dir meinen Polo ausborgen. Der is noch aus den Achtzigern, aber zuverlässig. Der Peter haltet ihn mir in Schuss. Ich fahr ja nimmer oft, da brauch ich nix Neues. Sag dem Peter, wo'st ihn abgstellt hast, damit er ihn mir bei Gelegenheit z'rückbringen kann.«

»Das ist, ich weiß nicht, was ich sagen soll ...«

»Danke reicht.«

Silvia hielt ihr den Schlüssel hin. »Er steht vorm Haus.«

Es dauerte eine Weile, bis Leah sich hinter dem Steuer wieder einigermaßen sicher zu fühlen begann. Doch dann trieb sie den schon etwas schwächelnden Polo an seine Grenzen. Sie war vor Sorge und Angst um Max fast wahnsinnig. Was Max auch getan hatte, wer auch immer er tatsächlich war, er hatte es nicht verdient, zu sterben. Nicht so. Nicht durch die Hand eines selbsternannten Henkers.

Leah betete zu jeder ihr bekannten Gottheit, sie flehte, verhandelte, bettelte, weinte. Alle paar Minuten betätigte sie die Wahlwiederholung. Jedes Mal landete sie in seiner Mailbox. Sie hinterließ keine Nachrichten. Was sie ihm zu sagen hatte, wollte sie nicht auf Band sprechen.

Sie fuhr deutlich schneller als erlaubt und missachtete die meisten Verkehrsregeln. Trotzdem erreichte sie Max' Wohnung erst kurz vor neun.

Rien ne va plus

Er senkt die Waffe. Der Mann starrt ihn an. Die Augen angstgeweitet, wagt er nicht, sich zu rühren, einen Ton von sich zu geben. Er registriert die flache Atmung des Mannes, den er töten wird. Ein Kraftakt, zu dem er sich noch nicht bereit fühlt.

Er ist müde. Ist der Männer müde, die er bestraft, bestrafen muss, dafür ist er ausersehen, das ist seine Aufgabe. Und doch ist er müde. Unfassbar müde.

Die Pistole liegt schwer in seiner Hand, ein Bleigewicht, das ihn zu Boden zu ziehen droht. Loszulassen ist eine verlockende Möglichkeit. Zu verlockend. Der Verdruss, der ihn erfüllt, scheint sich in seinem Gesicht widerzuspiegeln, denn in den Augen des Mannes erkennt er einen Funken Hoffnung, der sich zu Widerstand zu entwickeln droht. Der Mann beobachtet ihn, lauert auf einen Fehler, auf eine Chance zu fliehen, auf einen Augenblick der Schwäche. Er muss dem Wunsch, aufzugeben, widerstehen. Er kann es sich nicht leisten, den Mann entkommen zu lassen. Denn das Spiel ist nicht zu Ende. Noch rollt die Kugel und sein Einsatz ist bereits gemacht. Wenn er jetzt aufgibt, ist alles verloren.

Er wünschte, sie wäre hier. Würde den Kampf mit ihm gemeinsam ausfechten, doch ihr Platz ist an einer anderen Front. Sie hat ihre eigenen Schlachten zu schlagen.

Langsam hebt er die Pistole. Der Mann stößt einen leisen Laut aus, eine Mischung aus Wimmern und Stöhnen. In einer flehenden Geste hebt er die Hände, setzt an, zu sprechen. Er bedeutet ihm, zu schweigen, hat die Ausreden, das Flehen satt.

Alle beteuern ihre Unschuld, bekennen ihre Verbrechen selbst im Angesicht des Todes nicht. Auch der Mann hat versucht, ihn davon zu überzeugen, dass er den Falschen beschuldigt, einen tödlichen Fehler begeht.

Das feige Gewinsel des Mannes hat ihn in seinem Urteil bestärkt. Er hat nicht das Zeug zum Beichtvater, fühlt sich nicht zum Therapeuten berufen. Er hat sein eigenes Kreuz zu tragen. Schon bald wird er vor seinen Richter treten müssen. Er hat sich geschworen, standhaft zu bleiben, seine Strafe anzunehmen. Dasselbe erwartet er von jenen, deren Urteil er vollstreckt.

Er sieht dem Mann in die Augen. Er vermeint, in ihnen Absolution zu lesen. Dann drückt er ab. Der Schalldämpfer verfremdet das Geräusch des Schusses, sodass es dem einer Fehlzündung gleicht. In dem Sekundenbruchteil, bevor der Mann zu Boden fällt, das Loch in seiner Stirn so unscheinbar wie endgültig, erlebt er einen Moment der Unsicherheit. Er wehrt die Zweifel ab, weiß, dass er im Recht ist. Er lebt das Recht, er tötet im Namen des Rechts. Wenn er beginnt, darüber nachzudenken, was er getan hat, wozu er sich verpflichtet hat, was er noch tun wird, riskiert er, den Glauben an die Sache zu verlieren.

Er verlässt die Wohnung, ohne gesehen zu werden.

Kapitel 19

Dienstag, 8. März

Leah zitterte am ganzen Körper. Sie klingelte Sturm, doch Max öffnete ihr nicht.

»Bitte lass ihn schon in der Kanzlei sein! Bitte mach, dass es nicht Max ist!«

Tränen liefen ihr über die Wangen, ihre Nase war verstopft, sie bekam kaum noch Luft. Stoßweise atmete sie durch den Mund. Sie kramte ihren Schlüsselbund aus der Tasche, dankbar, dass sie den Schlüssel, den Max ihr überlassen hatte, noch nicht zurückgegeben hatte. Erst nach mehreren Anläufen schaffte sie es, ihn ins Schloss zu stecken. Vorsichtig schob sie die Türe auf. Das Vorzimmer war leer. Langsam tastete sich vor, die Luft anhaltend, um sich nicht durch ihren keuchenden Atem zu verraten. Zu präsent war die Erinnerung an die Geschehnisse in Lassas Haus. Die Türe zum Wohnzimmer war geschlossen. Es kostete sie unendlich viel Überwindung, sie zu öffnen.

Sie sah ihn sofort. Ihr Schrei war der eines verwundeten Tieres. Ein wildes Heulen, auf- und abschwellend, bis ihre Stimme brach, den Dienst versagte. Sie fiel auf die Knie und kroch auf allen Vieren zu Max, griff nach seinem Handgelenk, tastete nach seinem Puls, fand keinen. Er fühlte sich warm an. Und gleichzeitig falsch. Entsetzlich falsch.

Sie kroch näher, legte ihren Kopf auf seine Brust. Lauschte auf seinen Herzschlag, den sie nie mehr hören würde.

Sie hatte das Loch in seiner Stirn, das Blut gesehen. Den leicht metallischen Geruch wahrgenommen, der sich mit anderen Gerüchen vermischte, die sie zu ignorieren versuchte, weil sie zu registrieren eine Kettenreaktion des Begreifens auslösen könnte, die sie zerstören würde.

Sie schmiegte sich an den Körper, der Max gewesen war, umschlang ihn mit ihren Armen. Sie wollte ihn wärmen, warmhalten, am Leben halten. Rotz und Tränen durchnässten sein Hemd, der feuchte Fleck fühlte sich verstörend kühl an. Sie schob ihre Wange ein wenig zur Seite, sich nur halb bewusst, was sie tat.

Ein Teil Leahs beobachtete sich selbst, verfolgte die hilflosen Verleugnungsversuche mit distanziertem Desinteresse wie die ergebnislosen Bemühungen eines Käfers, aus einem Glas zu entkommen. Dieser analytische Part beschäftigte sich mit einer emotionslosen Untersuchung der Situation, deren Ergebnis an die zunehmend brüchiger werdende Mauer aus Verleugnung prallte. Noch hielt die Abwehr.

Bis die Erkenntnis sie mit aller Macht traf und die letzten Dämme selektiver Wahrnehmung brachen. Sie hyperventilierte, schnappte nach Luft. Ihre Finger wurden taub. Ihr Blickfeld verengte sich, dann wurde alles dunkel.

Als sie wieder zu sich kam, fiel ihr Blick auf Max' Leichnam und sie wusste es. Max war tot. Sie hatte ihn nicht retten können. Er war tot und es war ihre Schuld. Sie hatte ihn umgebracht.

Wie lange sie neben ihm saß, seine Hand haltend und ihn um Verzeihung bittend, wusste sie nicht. Sie reagierte nicht, als die Polizei eintraf. Später würde sie von Geer erfahren, dass ein Nachbar ihre gequälten Schreie gehört und die Polizei verständigt hatte. Doch noch nahm sie nichts anderes wahr als Max' Hand, die viel zu schwer in der ihren lag.

Irgendjemand zog sie von ihm weg. Sie kreischte, schlug um sich und hatte dennoch keine Chance. Es wurde auf sie eingeredet, doch sie verstand kein Wort. Stimmen und Geräusche vermischten sich. Alles war Lärm und Schmerz. Ein Einstich, Kühle, die sich in ihr ausbreitete und dann nichts.

Krankenhaus. Nein, kein Krankenhaus. Desorientiert versuchte Leah herauszufinden, wo sie war. Ein weißer Raum, an der Wand über ihr eine anatomische Abbildung des Verdauungstraktes. Ein nicht mehr ganz junges Frauengesicht, umrahmt von dunkelbraunen Locken, schob sich in ihr Blickfeld.

»Mein Name ist Birgit Geigen. Ich bin Allgemeinmedizinerin. Der Notarzt hat Sie in meine Praxis bringen lassen. Sie haben in der Nachbarwohnung einen Zusammenbruch erlitten und ein Beruhigungsmittel erhalten.«

Die Ärztin musterte Leah aufmerksam.

»Es bestand keine Notwendigkeit, Sie ins Krankenhaus zu bringen, aber er wollte Sie auch nicht unbeaufsichtigt lassen.«

Also ein Behandlungszimmer. Leah nahm kühles Plastik unter ihrer Hand wahr. Sie lag auf einer Untersuchungsliege. Sie richtete sich auf.

»Ist Ihnen schwindlig?«

Leah schüttelte den Kopf, der sich dumpf anfühlte, wie mit Watte ausgestopft.

»Wissen Sie, was geschehen ist?«

Leah spürte Tränen aufsteigen.

»Soll ich jemanden für Sie anrufen?« Das Mitgefühl in der Stimme der Ärztin sabotierte Leahs Bemühungen, die Tränen zurückzuhalten.

»Nein danke, ich möchte nur nach Hause.«

Leah wollte aufstehen, wurde von Dr. Geigen jedoch daran gehindert. Mit sanfter Bestimmtheit drückte die Ärztin sie auf die Liege zurück.

»Sie müssen es langsam angehen. Sie haben einen Schock erlitten.«

Sie ging zum Waschbecken und füllte einen Becher mit Wasser.

»Trinken Sie erst einmal etwas.«

Zunächst zögernd, leerte Leah den Becher schließlich in wenigen Zügen. Die Flüssigkeitszufuhr machte ihren Kopf etwas klarer.

»Die Polizei hat mich gebeten, Ihnen auszurichten, dass man Ihre Aussage aufnehmen möchte. Im Wartezimmer sitzen zwei Beamte, die dringend mit Ihnen sprechen wollen.«

»Frau Sebelia.«

Der dickliche Huber erhob sich höflich, als Leah das Wartezimmer betrat. Krallinger blieb sitzen und deutete auf einen Stuhl ihr gegenüber. Dr. Geigen hatte die Praxis aufgrund der Vorfälle geschlossen und sich in den Behandlungsraum zurückgezogen.

»In welcher Beziehung standen Sie zu Herrn Woler?«

Huber warf einen Blick auf seinen Notizblock.

»Herrn Dr. Woler, um genau zu sein.«

»Er ist, war mein Lebensgefährte. Wir haben uns Ende November getrennt.«

»Und warum waren Sie dann heute in seiner Wohnung?«

»Ich wollte ihn warnen.«

»Wovor warnen?«

»Wovor wohl?«, schnappte Leah.

»Er ist ermordet worden! Wovor glauben Sie, dass ich ihn warnen wollte?«

»Sie wussten, dass er ermordet werden sollte.«

Krallingers Frage war eine Feststellung.

Da sie keine Antwort zu erwarten schien, blieb Leah stumm.

»Und woher wussten Sie es?«

»Ich habe eine Warnung erhalten.«

»Von wem?«

»Das weiß ich nicht.«

»Und das glaube ich Ihnen nicht.«

Krallinger lief zur Höchstform auf.

»Sie wissen, wer Woler getötet hat.«

Pause. »Oder Sie waren es selbst.«

»Wie können Sie es wagen!« Leah fuhr hoch.

»Na, na, na, die Damen. Wir wollen doch zivilisiert bleiben.«

Hubers Beschwichtigungsversuch stachelte Leahs Ärger nur noch an. Ob irgendjemand auf diese plumpe Masche hereinfiel?

»Der Mann, den ich geliebt habe, ist von einem irren Serienkiller getötet worden und Ihre Kollegin«, Leah legte all ihre Verachtung in dieses Wort, »hat nichts anderes zu tun, als sich schwachsinnige Theorien aus den Fingern zu saugen. Warum in Gottes Namen sollte ich Max töten? Warum sollte ich irgendjemanden töten? Fällt Ihnen nichts Besseres ein, als mich zu beschuldigen? Finden Sie den Scheißkerl, der das alles zu verantworten hat, und sperren Sie ihn ein, bevor noch mehr Menschen zu Schaden kommen!«

Wut erfüllte sie. Wut war gut, sie überlagerte alle anderen Emotionen. Fast war sie Krallinger dankbar. Das änderte sich bei den nächsten Worten der Polizistin.

»Ganz aus der Luft gegriffen, ist unser Verdacht nicht.«

Krallinger genoss ihre Überlegenheit ein wenig zu sehr.

»Lassen Sie mich zusammenfassen: Sie führen einen Kreuzzug gegen Pädophile. Wir haben Sie an zwei Tatorten angetroffen. Das aktuelle Opfer ist Ihr Exfreund. Den Sie warnen wollten.«

Krallingers süffisantes Grinsen sprach Bände.

»Der Vollständigkeit halber sollte ich hinzufügen, dass Sie uns offensichtlich nicht die Wahrheit sagen.«

Sie lehnte sich zurück und verschränkte die Arme vor ihrer Brust.

Was sie konnte, konnte Leah schon lange. Obwohl sie noch etwas benebelt war, richtete sich auf und erwiderte den Blick der Polizistin.

»Ich bin Journalistin. Es gehört zu meiner Jobbeschreibung, meine Quellen nicht preiszugeben.«

»Sofern Sie welche haben.«

»Sonja!«

Hubers Zurechtweisung war knapp und scharf.

»Schon gut«, Krallinger hob abwehrend die Hände.

»Ich hör ja schon auf. Aber du musst zugeben, dass Frau Sebelias Beteiligung mehr als undurchsichtig ist.«

»Ich bin mir sicher, dass Frau Sebelia eine gute Erklärung für all das hat.«

Huber deutete in die Runde und sah Leah vielsagend an.

»Der Mörder hat mich kontaktiert.«

Krallinger zog eine Augenbraue hoch.

Hubers Verblüffung spiegelte sich auf seinem Gesicht wider.

»Er steht mit mir seit dem Mord an Lassa in Mailkontakt«, erklärte Leah. Brief und Forum unterschlug sie.

»Von ihm habe ich auch den Hinweis auf Max bekommen.«

»Und Sie sind bisher nicht auf die Idee gekommen, die Polizei zu informieren, weil ...?«

»Ich habe die Polizei informiert. Herrn Peter Geer, um genau zu sein. Er hat mich bei meinen Recherchen unterstützt.«

»Peter Geer?« Huber dehnte den Namen wie einen Kaugummi.

»Er wird Ihnen meine Aussage bestätigen.«

»Selbstverständlich wird er das.«

Hubers Gesicht lief rot an.

»Und er wird eine völlig absurde Begründung dafür haben, warum er meine Untersuchung boykottiert!«

Die letzten Worte brüllte er.

»Der selbstgefällige Besserwisser macht mir nicht zum ersten Mal Probleme!«

»Sie können gehen«, kanzelte er Leah ab. »Aber halten Sie sich zu unserer Verfügung! Die Sache wird ein Nachspiel haben!«

Davon war Leah überzeugt.

Als sie die Arztpraxis verließ, wurde sie von einem jungen Polizeibeamten, der vor Max' Wohnung postiert war, aufgehalten.

»Frau Sebelia? Wir haben in Herrn Wolers Wohnung eine Katze gefunden. Sie ist bereits für den Abtransport vorbereitet. Hat Herr Woler Angehörige, von denen Sie wissen? Jemanden, der das Tier übernehmen würde?«

»Seine Mutter, Eleonore Woler. Aber sie lebt auf Gran Canaria. Und deshalb ... Also ich glaube nicht, dass sie Herrn Richter nehmen würde.«

Leah merkte, dass sie mehr zu sich selbst sprach als mit ihm.

»Herrn Richter?«

»Den Kater.«

Spontan fasste sie einen Entschluss. Der graue Kater war alles, was ihr von Max geblieben war.

»Ich nehme ihn.«

Mit der Katzentransportbox in der einen und einer blauen Ikea-Tasche, in der Katzenklo, Streu und Futter verstaut waren, in der anderen Hand, fragte Leah sich dann doch, welcher Teufel sie geritten hatte. Sie konnte Herrn Richter unmöglich mit zu sich nehmen, wollte sie nicht unter permanenten Erstickungsanfällen leiden. Anna zu fragen, stand nicht zur Debatte – von ihr hatte Leah die Allergie schließlich geerbt. Auch Philipp schied aus, da Patrizia zwar nicht an einer Haustierallergie litt, aber eine Aversion gegen Vierbeiner jeglicher Fasson hegte. Und ganz sicher erst recht gegen alle, die Leah in ihr Leben zu bringen trachtete.

Blieb Mara. Zu Leahs Überraschung war sie von der Idee begeistert, dem verwaisten Kater ein neues Zuhause zu geben. Leah fuhr mit dem Taxi zu Mara. Silvia Geers Wagen ließ sie stehen, sie war nicht in der Verfassung, sich hinters Steuer zu setzen. Sie schickte Peter Geer eine SMS mit einer Erklärung und versprach, ihm die Schlüssel zukommen zu lassen.

Während der Fahrt rang sie mit den Tränen. Ein Kampf, den sie verlor, als ihre Schwester sie zur Begrüßung in die Arme nahm. Mara brachte ihr eine Fleecedecke und kochte ihr Kakao: »Süßes tröstet.«

Außerdem versorgte sie Leah mit einer Schachtel Kekse und einer Packung Taschentücher. Danach lockte sie den Kater aus seiner Transportbox und schließlich auf ihren Schoß.

Lange saßen Mara und Leah einander schweigend gegenüber, die Stille einzig durch das Schnurren des Katers unterbrochen, den der Wechsel von Umgebung und Bezugsperson nicht sonderlich zu beeindrucken schien. Mara bedrängte sie nicht mit Fragen. Langsam kam Leah so weit zur Ruhe, dass sie in der Lage war, Mara zu erzählen, was geschehen war.

»Das Schlimmste ist, dass es mir jetzt plötzlich total egal ist, was er getan hat. Soll er doch pädophil sein, Hauptsache er lebt! Das ist alles, woran ich denken kann. Ich will nur, dass er lebt.«

Von sich selbst angewidert verzog Leah das Gesicht.

»Ich bin sowas von scheinheilig.«

»Nein, bist du nicht. Du hast jemanden verloren, den du liebst. Verhandeln zu wollen, ist ganz da normal. Ich glaube, kaum jemand an deiner Stelle, würde nicht so gut wie alles in Kauf nehmen, wenn er den Tod dadurch ungeschehen machen könnte.«

»Auch wenn das, was er getan hat, abscheulich ist?«

»Hör auf, dir Vorwürfe zu machen, weil du trauerst. Du hast ja nicht geliebt, was er vielleicht getan hat, sondern ihn.«

Mara zögerte einen Moment.

»Es gibt etwas, das ich loswerden muss, auch wenn der Zeitpunkt denkbar unpassend ist. Ich möchte mich bei dir entschuldigen. Für meine Reaktion auf deine Frage über unseren Vater.«

Vom plötzlichen Themenwechsel überfordert, sah Leah sie fragend an.

»Was du mir über ihn erzählt hast, hat mir keine Ruhe gelassen. Deshalb habe ich nachgeforscht. Ich habe seinen Computer durchsucht und Bilder gefunden. Fotos von nackten Kindern. Babys, Kleinkinder, keines älter als fünf, sechs Jahre.«

Mara hielt den Blick gesenkt und streichelte Herrn Richter mit einer Hingabe, die ihren Gefühlsaufruhr verriet. Der Kater belohnte ihre Bemühungen mit einem gleichmäßigen tiefen Schnurren.

»Es waren auch Fotos von mir dabei. Eindeutige. Nicht, dass er sich selbst bei irgendetwas fotografiert hätte, dafür war er zu vorsichtig.«

Mara hielt inne, der Kater verstummte.

»Er hat eine Dunkelkammerausrüstung gehabt. Vor Jahren habe ich ihm geholfen, sie über eBay zu versteigern. Damals, als die Digitalfotografie massentauglich geworden ist.«

Sie hob den Blick, sah Leah an.

»Deine Mutter hat die Wahrheit gesagt.«

Leah bekam keine Luft mehr. Sie keuchte. Ein Hustenanfall unterbrach sie.

Mara sprang auf, den Kater immer noch im Arm, der die unsanfte Behandlung mit einem Fauchen kommentierte.

»Tut mir leid, ich hab total vergessen, dass du allergisch bist. Ich bring ihn ins Schlafzimmer, das kann man absperren. Mach du die Fenster auf!«

Aber auch als Herr Richter nicht mehr in ihrer Nähe war und Leah beim offenen Fenster tief einzuatmen versuchte, ließ die Beklemmung nicht nach. Ihr Brustkorb war wie eingeschnürt. Ihr Sichtfeld verengte sich. Eine Panikattacke. Nicht schon wieder! Sie beugte sich vornüber, versuchte, sich auf etwas Angenehmes zu konzentrieren. Doch ihre Gedanken wanderten zu Max und jede Erinnerung an ihn wurde vom Anblick seiner Leiche überlagert.

Mara schätzte Leahs Zustand sofort richtig ein. Sie holte einen Papiersack und reichte ihn Leah.

»Hineinatmen!«, kommandierte sie.

»Wenn du hyperventilierst, bekommst du nicht genug Sauerstoff.«

Leah tat, wie ihr geheißen. Mit jedem nach frischem Brot duftenden Atemzug klärte sich ihr Blick ein wenig mehr und die Angst ebbte ab.

»Es war dumm von mir, dich heute auch noch damit zu belasten«, entschuldigte sich Mara.

Leah, die mittlerweile zwar wieder normal atmete, den Papiersack aber weiterhin wie eine Rettungsleine umklammerte, unterbrach sie.

»Es ist nicht deine Schuld, dass mein Leben eine einzige Katastrophe ist. Schlimmer kann es kaum noch werden. Du hast nur bestätigt, was ich mir nicht eingestehen wollte.«

Sie seufzte. »Es war angenehmer, deine Version als Wahrheit zu akzeptieren. Oder es mir einzureden. Richtig geklappt hat es sowieso nicht.«

Leah knetete das Papier.

»Und was den Rest betrifft, ich hätte mich nicht auf das Forum einlassen sollen. Ich habe meine Arbeit wichtiger genommen als Max. Wäre ich nicht so verdammt neugierig, dann würde er noch leben.«

»Das kannst du nicht wissen! Der Mörder hätte seinen Plan auf jeden Fall durchgezogen. Deine vermeintliche Mithilfe benutzt er doch nur, um dir die Schuld zuzuschieben. Du fungierst für ihn als Sündenbock, sodass er sich vor sich selbst nicht für seine Taten rechtfertigen muss. Dadurch, dass er dich mit hineingezogen hat, legitimiert er, was er tut. Du bist für ihn doch bloß ein Mittel zum Zweck. Er benutzt dich, sieht in dir nichts anderes als eine Spielfigur, die er beliebig positionieren kann.«

Mara runzelte nachdenklich die Stirn. »Schlagen wir ihn mit seinen eigenen Waffen! Uns wird schon einfallen, wie wir das machen.«

Ein besorgter Blick. »Jetzt ist erst mal wichtig, dass du auf andere Gedanken kommst. Ich habe jede Menge seichte Unterhaltung. Du hast die Wahl.«

Mit einladender Geste deutete Mara auf das mit hunderten DVDs gefüllte Regal hinter der Couch.

»Alles, nur nichts mit Liebe, Eltern oder Problemen.«

Ein Wunsch, den ihr Mara erfüllte.

Nachdem sie sich fast zwei Stunden einem actionreichen Science-Fiction-Spektakel gewidmet hatten, bot Mara ihr an, über Nacht zu bleiben. Dankbar nahm Leah das Angebot an. Die Vorstellung, in ihre leere Wohnung zurückkehren und mit sich und ihren Gedanken alleine sein zu müssen, machte ihr mehr Angst, als sie sich eingestehen wollte.

Ben kam am frühen Abend nach Hause. Seine unkomplizierte Fröhlichkeit lockerte die Stimmung merklich auf. Leah war froh über die Ablenkung. Bens Curry war scharf, roch fantastisch und schmeckte auch so. Obwohl Leah keinen Appetit hatte, konnte sie nicht widerstehen. Ben war seine Genugtuung anzumerken, als sie um eine zweite Portion bat.

Bis spät in die Nacht unterhielt er sie mit Anekdoten über seine Engagements. Seine Geschichten über merkwürdige Musikwünsche, skurrile Gäste und außergewöhnliche Locations brachten Leah zum Lachen. Mitunter flackerten Schuldgefühle in ihr auf. Doch dann übernahm ihr Selbsterhaltungstrieb wieder die Regie. Sie brauchte eine emotionale Atempause, wenn sie nicht kaputtgehen wollte.

Kapitel 20

Mittwoch, 9. März

Leah öffnete Geer die Türe. Er hatte sie am späten Vormittag angerufen, weil er sie auf den neuesten Stand der Ermittlungen bringen wollte. Sein Gesichtsausdruck ließ Leah Schlimmes befürchten.

»Es wäre besser, Sie würden sich setzen.«

Geer folgte ihr in die Küche und nahm ebenfalls Platz. Er verschränkte die Hände auf der Tischplatte und sah sie ernst an.

»Sie haben mich über Ihren Verdacht informiert, dass Herr Woler als *WinniederPuuh* im Forum aktiv war. Wir haben Herrn Wolers Computer untersucht. Leider, oder zum Glück, haben sich keinerlei Hinweise darauf ergeben, dass er im Forum aktiv gewesen ist. Auch Beweise für eine etwaige pädophile Neigung konnten von uns nicht erbracht werden.«

Leah wurde blass.

»Das heißt nicht, dass er seine Spuren nicht einfach nur sehr gut verwischt haben könnte. Allerdings müssen wir uns mit dem Gedanken vertraut machen, dass er das Opfer einer Verwechslung wurde.«

»Oh Gott, das war ich.« Leah wurde schlecht.

»Ich bin schuld. Ich habe ihn umgebracht!«

Geer sah Leah eindringlich an.

»Sie dürfen sich keine Schuld geben.«

Er nahm ihre Hand, hielt sie fest. Seine Berührung verankerte sie in der Gegenwart.

»Wir schnappen den Kerl, der ihrem Freund das angetan hat.«

»Aber ohne mich wäre der Mörder nie auf Max aufmerksam geworden.«

Leah begann zu zittern.

»Ich habe ihn erst auf die Idee gebracht.«

»Selbst wenn Sie Herrn Woler zu Unrecht verdächtigt haben, ermordet haben Sie ihn nicht!«

»Ihre Kollegen sind da anderer Meinung.«

»Ich gebe zu, dass es momentan nicht gut für Sie aussieht. Vor allem, da sich ihr ehemaliger Lebensgefährte unter den Opfern befindet und, wie es aussieht, nicht ins Profil des Mörders passt.«

Geer drückte Leahs Hand.

»Ich weiß, dass Sie niemanden getötet haben. Sie sind nicht der Mensch dafür. Und wie auch immer sich die Dinge entwickeln, Sie können auf meine Unterstützung zählen.«

»Leah, bitte nennen Sie mich Leah. Ich habe Sie in mein Schlamassel hineingezogen, und wenn es Ihnen recht ist, wäre es mir angenehmer, wenn Sie mich duzen.«

Geer lächelte sie an.

»Gerne«

»Seid ihr in Bezug auf Vukovits weitergekommen?«

»Es scheint, als käme er wieder einmal mit einem blauen Auge davon. Wir haben leider keine stichhaltigen Beweise, dass er Oxana zusammengeschlagen hat. Zeugen gibt es keine und Oxanas Aussage wurde von ihr widerrufen und ist deshalb nicht zulässig.«

Peter seufzte. »Ich hege den Verdacht, dass jemand Mächtiges seine schützende Hand über ihn hält. Es wäre nicht das erste Mal, dass Vukovits uns dumm dastehen lässt.«

»Aber das kann doch nicht sein! Oxana ist tot, ihr wisst, wer sie umgebracht hat, und könnt nichts machen. Was für ein Scheißjob!«

»Da muss ich dir leider zustimmen. Aber ich versuche, positiv zu denken. Irgendwann machen Typen wie Vukovits Fehler, die sich nicht mehr vertuschen lassen – und die brechen ihnen schlussendlich das Genick.«

Zweifelnd sah Leah ihn an.

»Glaubst du das wirklich?«

»Manchmal.«

Nachdem Peter sich verabschiedet hatte, wählte Leah Haberns Büronummer. Wenn sie schon nichts mehr für Max und Oxana tun konnte, hatte sie ja vielleicht noch die Chance, Elina zu helfen.

»Büro Sektionschef Dr. Konrad Habern, Sie sprechen mit Thomas Launz.«

»Leah Sebelia, ich hätte gerne mit Herrn Habern gesprochen.«

»Der Herr Sektionschef ist nicht zu sprechen. Jedenfalls nicht für Sie.« Launz schmierige Selbstgefälligkeit troff geradezu aus dem Hörer.

»Ich habe eine private Angelegenheit mit ihm zu besprechen«, insistierte Leah.

»Da ich über sämtliche Angelegenheiten des Sektionschefs informiert bin, weiß ich, warum Sie anrufen. Ich wiederhole mich nur ungern, aber der Herr Sektionschef ist nicht für Sie zu sprechen. Nicht heute, nicht morgen und auch nicht in Zukunft. Und jetzt entschuldigen Sie mich, ich habe zu tun.«

Was für ein arroganter ...!

Nein, sie würde sich nicht auf das Niveau dieses kriecherischen Möchtegerns herabbegeben. Wenn Habern es nicht anders haben wollte, dann würde sie ihm zeigen, wozu sie fähig war. Der saubere Herr Sektionschef und sein privater Speichellecker sollten sie bloß nicht unterschätzen! Sie hatte zwar noch keine Ahnung, wie sie ihnen ans Zeug flicken würde, aber sie würde Elina helfen.

Kateryna, Elina, Oxana, Max – *sindbad* und *rumpelstilzchen* wollte sie nicht mit einberechnen – die Liste der Opfer wurde länger und persönlicher. Zu persönlich. Jetzt war sie am Zug.

Datum: Mi 09.03. 15:28
Von: leah.sebelia@gmail.com
Betreff: Mord
An: amzug@x1xzyx.com

Max Woler war unschuldig. Sein Blut klebt an Ihren Händen.

Mit einem elektronischen »Pling« verkündete ihr Mailprogramm den Eingang der Antwort.

Datum: Mi 09.03. 15:36
Von: amzug@x1xzyx.com
Betreff: AW: Mord
An: leah.sebelia@gmail.com

Leah,

mir fehlen die Worte, mein unendliches Bedauern über diesen schrecklichen Fehler auszudrücken. Dass ein Unschuldiger sein Leben lassen musste, bereue ich zutiefst.

Ich bin kein Mörder, auch wenn Sie in diesem Punkt anderer Meinung sind.

Ich töte nicht um des Tötens willen, sondern um die Welt zu einem besseren Ort zu machen. Ich sehe mich als ein Werkzeug, und wie jedes Werkzeug richte ich unter den falschen Voraussetzungen Schaden an.

Für Ihren Verlust möchte ich mich entschuldigen. Es tut mir leid.

Leah stutzte. Woher wusste der Mörder über ihr Verhältnis zu Max Bescheid? Was wusste er noch über sie? Fieberhaft überlegte sie, mit wem sie über Max gesprochen hatte. Doch außer ihren und Max' engsten Vertrauten, Freunden und Familie, war niemand informiert gewesen. Sie hatten ihre Beziehung zwar nicht geheim gehalten, sie jedoch auch nicht an die große Glocke gehängt. Beide waren sie der Meinung gewesen, dass Privates privat bleiben sollte.

Der Mörder wusste zu viel über sie. Dass er sie zur Jagdgefährtin erkoren hatte, setzte voraus, dass er sich eingehend über sie informiert hatte. Sie hatte es zwar bereits vermutet, jetzt hatte sie den Beweis. Er spionierte sie aus. Es war sicher nicht sonderlich schwierig, ihren Computer zu infiltrieren, schließlich war sie fast immer online. Ob er sich auch in ihr Handy gehackt haben könnte? Sie musste Mara darauf ansetzen! Und wenn? Ein Gedanke verfestigte sich, wurde zur Idee. Was, wenn sie den Spieß umdrehte? Den Jäger zum Gejagten machten? Wäre das möglich, technisch umsetzbar? Dann hätte sie die Beweise, die sie brauchte, um Huber und Krallinger von der fixen Idee abzubringen, sie hätte etwas mit den Morden zu tun. Eine grandiose Geschichte wäre es außerdem.

Verdächtigte Journalistin enttarnt den Rächer.

Leah lächelte. Sie konnte die Schlagzeile schon vor sich sehen.

»Und das Schwein, das dich ermordet hat, bekommt, was es verdient.«

Jetzt musste sie Max' Mörder nur noch aus der Reserve locken.

Donnerstag 10. März

Nervös betrat Leah das Polizeigebäude. Sie war für halb neun zur Einvernahme bestellt worden. Am Empfangsschalter meldete sie sich an. Zu ihrer Überraschung war es der dickliche Huber, der sie abholte und in den Verhörraum geleitete. Sie hatte ihn für jemanden gehalten, der jegliche Bewegung mied und andere für sich laufen ließ.

Etwas außer Atem platzierte sich der Polizist ihr gegenüber. Der Tisch zwischen ihnen war leer und unwillkürlich suchte Leah nach einem Mikrophon. Sie fand keines. Ebenso wenig verfügte der in Beigetönen gehaltene schmucklose Raum über einen Einwegspiegel. Leah war enttäuscht. Wenn sie schon als Mordverdächtige gehandelt wurde, wäre es nur fair, ihr auch das passende Krimiambiente zuzugestehen.

Huber räusperte sich. Ertappt zuckte Leah zusammen.

»Die Kollegin Krallinger ist heute leider verhindert. Ihr Sohn ist krank. Ich werde mich also kurzfassen.«

Noch ein Vorurteil entkräftet! Die harsche Krallinger hätte sich Leah nie als Mutter vorgestellt.

»Da der Mord an Herrn Woler von der Motivlage nicht zu den anderen beiden passt, muss ich Sie darauf hinweisen, dass Sie derzeit die einzige Verdächtige sind.«

»Der Mord an Max war ein Missverständnis. Der Täter hat das mir gegenüber auch zugegeben.«

»So, so, hat er das?«

»Ja, auch wenn das nicht in Ihre Vorstellung von mir als gedungener Killerin passt.«

Huber ging nicht auf Leahs Antwort ein.

»Herr Woler war nach unserem Kenntnisstand nicht in pädophile Aktivitäten verwickelt. Warum also sollte er ermordet werden?«

Er hob die Hand, als sie ihn unterbrechen wollte.

»Das war eine rhetorische Frage, Frau Sebelia. Nun wissen Sie sicher, dass ein Großteil der Gewalttaten beziehungstechnische Hintergründe hat. Was wiederum Sie ins Spiel bringt. Sie hatten auch in Bezug auf die anderen beiden Toten durchaus ein Motiv – schließlich engagieren

Sie sich tatkräftig gegen sexuelle Gewalt gegen Kinder. Dazu kommt, dass Sie an zwei der drei Tatorte angetroffen wurden. Im Fall Woler in einem psychischen Zustand, der ohne Weiteres auch der Reue nach vollbrachter Tat zuzuschreiben gewesen sein könnte.«

Was wollte er von ihr? Erwartete er jetzt etwa ein Geständnis?

Müde enthielt sich Leah jeglichen Kommentars. Huber hatte sich seine Meinung bereits gebildet. Sollte Max' Mörder hinter Gitter wandern, musste sie ihn dorthin bringen. Das Vertrauen in Hubers kriminalistischen Spürsinn hatte sie jedenfalls komplett verloren.

Da Leah keinerlei Anstalten machte, das Wort zu ergreifen, sprach Huber schließlich weiter.

»Frau Sebelia, ich will ehrlich zu Ihnen sein. Ich glaube, dass Sie es waren. Sie hatten Motiv und Möglichkeit – und Sie waren an mindestens zwei Tatorten. Sie haben für keine der drei Taten ein Alibi, und, was besonders schwerwiegend ist, der dritte Tote ist ihr ehemaliger Lebensgefährte. Sie könnten mir meine Arbeit sehr erleichtern, wenn Sie ein Geständnis ablegen würden. Was meinen Sie, wollen wir die Sache nicht gleich hier und jetzt beenden?«

Er lehnte sich zurück, ein Bild entspannter Selbstzufriedenheit. Und Unfähigkeit.

Leah schüttelte den Kopf.

»Ich war es nicht. Sie haben sich in eine fixe Idee verrannt, und mir ist klar, wie verlockend es sein kann, wenn sich Fakten scheinbar perfekt ineinanderfügen. Da draußen«, sie deutete Richtung Türe, »läuft ein Mörder frei herum, der sich dank Ihrer Borniertheit in Sicherheit wiegen darf.«

Leah schob den Sessel zurück und stand auf.

»Wenn Sie mich nicht festnehmen, dann werde ich jetzt gehen.«

Huber rappelte sich auf.

»Nein, Frau Sebelia, Sie sind nicht festgenommen. Momentan sprechen leider nur die Logik und Indizien gegen Sie, aber Sie können sich darauf verlassen, dass meine Kollegen und ich alles daransetzen, diese Mordserie aufzuklären.«

»Das halte ich für eine hervorragende Idee!«

Leah ließ Huber stehen und ging zur Türe.

»Danke, ich finde selbst hinaus.«

Hubers Fokussierung auf sie machte ihn blind für Alternativtheorien. Kein Wunder, wenn seine Aufklärungsquote so mies wäre, wie Peter behauptet hatte.

Nachdem sie das Bundeskriminalamt verlassen hatte, schlenderte Leah ziellos durch die Innenstadt, um sich von ihrem Ärger mit der Polizei abzulenken. Als Theo anrief, um sie zu bitten, am Abend mit ihnen gemeinsam Annas Geburtstag zu feiern, sagte Leah kurzentschlossen zu. Es war an der Zeit, die Differenzen mit ihrer Mutter beizulegen. Auch wenn sie es sich nur ungern eingestand, hatte sie Anna Unrecht getan. Zwar war sie immer noch der Meinung, Anna hätte ihr die Wahrheit nicht verschweigen dürfen, doch mit ihren Anschuldigungen war sie viel zu weit gegangen.

Noch hatte sie Anna nichts von Max' Tod erzählt. Wie sollte sie ihrer Mutter ihre Mitschuld an seiner Ermordung erklären? Wie die Gefahr, in der sie schwebte, den Verdacht gegen sie, der im Raum stand? Ganz sicher würde sie Anna nicht an ihrem Geburtstag damit belasten.

Gewappnet mit einem überdimensionierten Blumenstrauß und dem edlen, eigentlich zu teuren Seidencarré, das sie für Anna in einer Nobelboutique erstanden hatte, fühlte sie sich einem Wiedersehen gewachsen.

Kapitel 21

Annas Wangen waren gerötet, ihre Augen strahlten. Aufgekratzt führte sie Leah ins Wohnzimmer, das mit etlichen Rosensträußen dekoriert war. Dutzende Kerzen brannten und tauchten das Zimmer in weiches Licht.

»Alle Achtung, da hat sich jemand ja ganz schön ins Zeug gelegt«, kommentierte Leah mit einem Seitenblick auf Theo.

Annas Lebensgefährte errötete.

»Das ist doch eine Selbstverständlichkeit. Es ist Annas Geburtstag und dann auch noch ein besonderer ...«

»Über Zahlen wird heute nicht gesprochen!«, fiel Anna ihm ins Wort. »Schon gar nicht über die böse Fünfundsechzig!«

»So alt bist du schon?« Theo tat erstaunt.

»Dann wird es ja Zeit, dass ich mir schleunigst eine Jüngere suche. Leah, mein Schatz, wie wäre es mit dir?«

Lea schüttelte lachend den Kopf.

»Tut mir leid, du bist mir – wie drücke ich es diplomatisch aus – nicht mehr knackig genug.«

»Das trifft mich härter, als du dir vorstellen kannst.«

Theo wandte sich an Anna.

»Vielleicht behalte ich dich ja doch. Bei Kerzenschein könntest du glatt für zweiundsechzigeinhalb durchgehen.«

»Alter Schmeichler!«

Anna gab ihm einen Klaps auf den Arm.

Wehmütig verfolgte Leah die liebevollen Sticheleien. Sie beneidete die beiden um ihre innige Vertrautheit. Eine Nähe, die sie auch mit Max hätte haben können. Wenn, hätte, wäre ...

Leah schob die Erinnerungen zur Seite. Das hier war Annas Abend. Sie schuldete ihr gute Laune und eine Entschuldigung.

Leah folgte Anna in die Küche, wo es bereits herrlich nach Schweinsbraten duftete.

»Mama?«

»Ja, Leah, was gibt es denn?«

»Es tut mir leid«, platzte Leah heraus.

»Dass ich dir nicht geglaubt habe und all die furchtbaren Dinge, die ich dir an den Kopf geworfen habe. Ich wollte es einfach nicht wahrhaben.«

Anna seufzte.

»Es war ein Fehler, dir nicht schon viel früher die Wahrheit erzählt zu haben. Ich wollte dich schützen. Mehr kann ich zu meiner Verteidigung nicht vorbringen. Indem ich mich wie eine Mutter verhalten habe, war ich dir keine, so paradox das auch klingen mag.«

»Vielleicht hättest du es mir schon vor Jahren sagen sollen. Vielleicht wäre es besser, ich hätte es nie erfahren. Ich weiß nicht, ob Richtig oder Falsch in dieser Situation überhaupt Kategorien sind. Das Einzige, was ich sicher weiß, ist, dass ich nicht fair zu dir war.«

»Komm her!« Anna breitete die Arme aus.

Dankbar ließ Leah sich von ihr umarmen.

Später, das Essen war abgetragen und Theo hatte die Torte, auf der eine Wunderkerze Funken sprühte, bereits serviert, brachte Anna das Thema erneut zur Sprache.

»Hat sich für dich irgendetwas geändert, seit du weißt, was dein Vater getan hat?«

»Es erklärt einiges.«

Leah spielte mit dem letzten Stück Torte auf ihrem Teller, verschob es mit der Kuchengabel.

»Ich hatte immer das Gefühl, dass irgendetwas mit mir nicht stimmt. Es fällt mir schwer, Vertrauen zu fassen. Ich warte nur darauf, enttäuscht zu werden.«

»Vielleicht ändert sich das ja jetzt.«

»Mir reicht schon, zu wissen, warum ich bin wie ich bin. Jetzt ist in meiner Biografie kein blinder Fleck mehr. Ich verstehe, warum du mich von ihm ferngehalten hast. Trotzdem ist es wichtig zu wissen, wer und wie mein Vater war.«

Leah hob ihr Champagnerglas.

»Genug davon. Das ist eine Party und kein Seminar für Vergangenheitsbewältigung. Auf das Geburtstagskind!«

Auch Theo hob sein Glas.

»Auf die Frau meines Lebens!«

Anna konnte ihre Rührung nicht verbergen.

»Auf die beiden Menschen, die mir am wichtigsten sind!«

Sie trank ihr Glas in einem Zug leer.

»Bitte noch eines, wir haben schließlich etwas zu feiern!«

»Übernimm dich bloß nicht«, mahnte Theo, während er ihr nachschenkte.

»Langsam mein Lieber, komme ich in das Alter, in dem ich wissen sollte, was ich vertrage, findest du nicht?«

»Dieses Alter wirst du wohl nie erreichen.«

Auch diese Neckerei wurde mit einem zärtlichen Klaps quittiert.

Es war spät geworden und Leah hatte die letzte Straßenbahn verpasst. Die Nacht war verhältnismäßig mild, eine erste Ahnung von Frühling lag in der Luft. Leah beschloss, zu Fuß nach Hause zu gehen. Es war nicht weit, nur etwa eine halbe Stunde Gehzeit, und die Strecke war schön.

Gedankenverloren spazierte sie durchs Alte AKH. Das zum Universitätscampus umgewidmete Areal hatte sich wegen seiner ineinander verschachtelten begrünten Höfe zu einer innerstädtischen Freizeitoase entwickelt. Im Sommer auch spätnachts noch belebt, war das Gelände jetzt so gut wie ausgestorben. Leah begegnete nur einem griesgrämig wirkenden älteren Herrn, dessen gut im Futter stehender Dackel alle paar Meter das Bein hob. Schon bald hatte sie das Duo hinter sich gelassen und im nächsten Hof war sie alleine.

Ihr fiel auf, dass ihre Schritte unangenehm laut hallten. Ihr spontaner Entschluss, einen Nachtspaziergang zu machen, erschien ihr nun als Schnapsidee. Sie hätte auf das dritte Glas Sekt verzichten sollen. Der ungewohnte Alkohol brachte sie auf dumme Ideen. Sie kicherte humorlos und erschrak über das in der Stille überlaute Geräusch. Die Freude an ihrem kleinen Abenteuer war ihr gründlich vergangen. Sie wollte nur noch nach Hause, sich weder mit den Geistern der Vergangenheit noch mit denen der Gegenwart auseinandersetzen müssen.

Dass sie verfolgt wurde, nahm Leah zunächst nur unterbewusst wahr. Ein ungutes Kribbeln am Hinterkopf, Härchen, die sich in ihrem Nacken aufstellten. Sie wandte sich um und konnte eine Gestalt ausmachen, groß, schlank, breitschultrig. Ein Mann, dunkel gekleidet. Er trug eine Jacke mit Kapuze oder einen Kapuzenpulli, das konnte sie nicht erkennen, nur, dass sein Gesicht beschattet war. Leah beschlich das Gefühl, ihm schon einmal begegnet zu sein.

Sie erhöhte ihr Tempo, machte größere Schritte, rannte fast. Sie wollte nicht zeigen, dass sie sich ihres Verfolgers bewusst war. Gefährlich wurde es, sobald man sich seine Angst anmerken ließ. Das wusste sie wie jeder, der jemals eine Dokumentation über Raubtiere gesehen hatte. Die Rolle des von der Herde getrennten Gnus wollte sie nicht einnehmen.

Sie riskierte einen weiteren Blick über die Schulter. Ihr Verfolger hielt immer noch denselben Abstand, war gerade weit genug entfernt, dass sie ihn nicht erkennen konnte. Dass er nicht nähergekommen war, ließ Leah hoffen, dennoch war sie froh, als sie den Ausgang Garnisongasse erreichte und den Campus verlassen konnte. Sie wandte sich Richtung Schwarzspanier Straße, wo auch um diese Uhrzeit noch Nachtschwärmer unterwegs waren. Sie hielt ein Taxi an und stieg ein. Nachdem sie dem Fahrer ihre Adresse genannt hatte, drehte sie sich um und hielt durch die Heckscheibe Ausschau nach ihrem Verfolger. Als sie ihn nicht mehr ausmachen konnte, lehnte sie sich erleichtert zurück. Sie hatte ihn abgeschüttelt. Falls sie sich die Verfolgung nicht auch nur eingebildet hatte.

Überdreht wie sie war, war an Schlaf nicht zu denken. Mit einer Tasse

Kräutertee setzte sich Leah an ihren Computer. Um sich auf andere Gedanken zu bringen, surfte sie einige Zeit im Internet, konnte sich jedoch nicht ablenken. Dann konnte sie ihre Zeit auch gleich sinnvoll nützen und arbeiten. Sie öffnete ihr Mailprogramm und rief ihre Nachrichten ab. Die Aktuellste hatte keine Betreffzeile, stammte aber von einem Absender, dessen Mailadresse wie einer der Namen aus dem Forum klang.

Datum: Do 10.03. 22:13
Von: dersiebentezwerg@yahoo.com
<kein Betreff>
An: leah.sebelia@gmail.com

LETZTE WARNUNG: HALT DICH AUS DINGEN RAUS, DIE DICH NICHTS ANGEHEN!

Letzte Warnung? Welche war denn bitteschön die erste?

Leah war zu aufgebracht, um Angst zu haben. Sie war zornig auf den Kerl, der sie verfolgt hatte. Wütend auf denjenigen, auf dessen kreativen Mist diese Drohmail gewachsen war. Als reichte es nicht, dass ihr komplettes Leben den Bach runterging, musste sie sich auch noch bedrohen lassen?

Max war tot und ein Teil von ihr war mit ihm gestorben. Alles, was ihr geblieben war, war ihre Arbeit. Glaubten *dersiebentezwerg* und Konsorten, sie einschüchtern zu können? Sie war Profi genug, nicht beim ersten bisschen Gegenwind die Segel zu streichen. Viel zu verlieren hatte sie schließlich nicht mehr.

Leah loggte sich ins Forum ein.

Ihre Erinnerung hatte sie nicht getrogen. *dersiebentezwerg* war ein aktives Mitglied des harten Kerns. Er postete nicht viel, wurde aber häufig als Lieferant neuen Materials erwähnt. Das inzwischen verstorbene *rumpelstilzchen* hatte begeistert von einem expliziten Video geschwärmt, das es von ihm erhalten hatte.

Und auch der ebenfalls hingerichtete *sindbad* war voll des Lobes über Qualität und Preisgestaltung des von *dersiebentezwerg* zur Verfügung gestellten Materials gewesen.

»Man merkt, dass alles echt ist. Fast, als ob man selbst dabei wäre«, hatte er sich in einem Thread zum Thema »Sichere Quellen« begeistert. Menschenverachtung sprach aus jedem seiner Postings.

In Gedanken sah Leah Elinas leeren Blick vor sich. Ihr Leid war von Männern wie *sindbad* verursacht worden. Männern, die ihre Bedürfnisse über alles andere stellten, rücksichtslos, grausam und triebgesteuert. Sie würde ihnen das Handwerk legen, schwor sie sich. Sie würde einen Weg finden. Und anfangen würde sie mit *dersiebentezwerg*. Da er der Haus- und Hoflieferant des Forums zu sein schien, lag die Vermutung nah, dass auch das Video mit Elina aus seinem Fundus stammte. Ein Grund mehr, nicht auf seine plumpen Einschüchterungsversuche einzugehen. Vielleicht konnte sie ihn stark genug reizen, dass er sich aus seiner Deckung begab.

Datum: Fr 11.03. 01:46
Von: leah.sebelia@gmail.com
Betreff: Ihre Drohung
An: dersiebentezwerg@yahoo.com

Ich lasse mich nicht erpressen.

Datum: Fr 11.03. 01:48
Von: dersiebentezwerg@yahoo.com
Betreff: AW: Ihre Drohung
An: leah.sebelia@gmail.com

DANN MUSST DU DIE KONSEQUENZEN TRAGEN.
ACH JA, ICH MAG DEINEN GARTEN. EINE TOLLE EINSICHT BIETET ER.

Ein Schauer lief Leah den Rücken hinunter. Reflexhaft hob sie den Blick, sah aber nur ihr Spiegelbild in der Fensterfront. Sie schaltete die

Schreibtischlampe aus und klappte den Laptop zu. Während sich ihre Augen an die plötzliche Dunkelheit gewöhnten, überlegte sie, was sie tun sollte. Das Gefühl, beobachtet zu werden, ließ auch nicht nach, als sie sich sicher war, dass sich niemand in ihrem Garten aufhielt. Zum ersten Mal war sie froh, dass ihr Stückchen Natur so übersichtlich war.

Trotzdem. Anfangs hatte sie die Drohmail nicht ernst genommen. Schließlich war sie nicht zum ersten Mal auf unmissverständliche Weise aufgefordert worden, ihre Recherchen einzustellen. Das war kein angenehmer, aber auch kein ungewöhnlicher Teil ihrer Arbeit. Bisher hatten Drohungen sie noch jedes Mal angespornt und darin bestätigt, auf der richtigen Spur zu sein. Wer andere bedrohte, tat dies selten grundlos, sondern fast immer aus Angst. Das war zumindest Leahs bisherige Erfahrung. *dersiebentezwerg* ging einen Schritt weiter und drang in ihre Privatsphäre ein. Das ließ sie auch ihren Verfolger in neuem Licht sehen. Die vage Hoffnung, ihre überstrapazierten Nerven hätten ihr einen Streich gespielt, verpuffte. Die Bedrohung war real. Ob es der *dersiebentezwerg* war, der sie verfolgt hatte? Oder hatte er den dunkelgekleideten Mann auf sie angesetzt? Keines der Szenarien war beruhigend.

In die Nacht starrend, wurde Leah klar, wie schutzlos sie einem Angreifer ausgeliefert wäre. Sie nahm ihr Handy und suchte nach Peters Mobilnummer. Er würde ihr helfen. Das hatte er ihr versprochen.

Kapitel 22

Montag, 14. März

Ein Schlüssel drehte sich im Schloss der Wohnungstüre. Das Klirren, als er abgelegt wurde, das Stampfen, durch das der hoffentlich letzte Schnee des Jahres von den Schuhen abgeschüttelt wurde, das räuspernde Husten, das die Kälte aus der Kehle vertrieb. Vertraute Geräusche, aber nicht hier, nicht in dieser Wohnung, die Leah seit Freitag als Unterschlupf diente.

Bei Peter war sie sich sicher, ihn nicht durch ihre Anwesenheit in Gefahr zu bringen. Er war Polizist und selbst Habern würde sich hüten, seine Handlanger auf ihn anzusetzen.

Ihre Tage verbrachte sie auf der Ausziehcouch in seinem Arbeitszimmer. Den Laptop auf dem Schoß arbeitete sie sich methodisch durchs Forum, schrieb an ihrem Buch und legte sich Strategien zurecht, wie sie weiter vorgehen sollte. Sie verhielt sich möglichst still und hoffte, dass das Schicksal ihr nach all den Tiefschlägen der letzten Zeit eine Atempause gönnte.

Ihre Nächte verbrachte sie schlaflos, denn die Angst vor den Alpträumen, in denen sie Max wieder und wieder fand, war zu groß. Tagsüber fiel sie immer wieder in einen leichten Dämmerschlaf, aus dem sie hochschreckte, desorientiert und verängstigt. Sie war todmüde, richtig geschlafen hatte sie seit Max' Tod nicht mehr.

Jetzt stand sie in Peters Küche, starrte auf die kleingehackten Zucchinistückchen auf dem Schneidbrett vor sich und fühlte sich fehl am Platz. Sie war ein Eindringling in seiner Wohnung, er kannte sie kaum.

»Du kochst?«

Leah biss sich auf die Unterlippe.

»Ich hoffe, du magst Pasta.«

Peter grinste. »Hast du ein schlechtes Gewissen, weil ich ein warmes Abendessen bekomme, wenn ich nach Hause komme?«

»Es ist deine Wohnung und ich bin hier nur …«

»… zu Gast«, beendete er ihren Satz.

»Ich gehe duschen und hoffe, das Essen steht auf dem Tisch, wenn ich wiederkomme.«

Er zwinkerte ihr zu und wandte sich zum Gehen.

»Ach und noch etwas, ich esse alles.«

Leah realisierte, dass sie ihn zum ersten Mal richtig unbeschwert erlebt hatte. Das Getriebene, Düstere war aus seinen Augen verschwunden. Er wirkte Jahre jünger als sonst.

Nach dem Essen übersiedelten sie auf die Couch. Leah saß Peter zugewandt, das rechte Bein angewinkelt unter das linke geschoben.

Peter hatte sich entspannt zurückgelehnt, die Hände hinter dem Kopf verschränkt.

»Ich weiß nichts über dich – und das, obwohl ich jetzt schon seit«, sie rechnete nach, »vier Tagen bei dir wohne.«

»Was möchtest du denn wissen?«

»Warum bist du zur Polizei gegangen?«

»Na, wenn das nicht typisch Journalistin ist. Ich hatte schon befürchtet, du fragst mich nach meiner Lieblingsfarbe oder willst wissen, bei welchem Film ich geweint habe.«

Leah zog eine Augenbraue hoch. »Ich tippe auf Blau und Bambi.«

»Ob Sie richtig liegen, gnädige Frau, werden Sie nie erfahren.«

»Also habe ich richtig geraten …«

»Kein Kommentar.« Peters Mundwinkel zuckten.

»Um auf deine ursprüngliche Frage zurückzukommen: Ich hoffe auf Gerechtigkeit.«

Er wurde ernst. »Mein Bruder war drei Jahre jünger als ich. Wir hatten zwar die üblichen Geschwisterrivalitäten, aber wir waren auch die besten Freunde. Hans war noch keine zwanzig, als er umgebracht wurde.«

Die Enthüllung verschlug Leah den Atem.

»Ein Auto hat ihn niedergemäht. Mitten auf dem Zebrastreifen, am frühen Nachmittag. Augenzeugen haben ausgesagt, dass der Fahrer viel zu schnell unterwegs war und Schlangenlinien gefahren ist.«

Peter senkte den Kopf und starrte auf seine Hände.

»Das Schwein hat Fahrerflucht begangen. Er ist über meinen Bruder gefahren und abgehauen. Hat ihn einfach zum Sterben zurückgelassen.«

»Ist er gefasst worden?«

»Nein. Er ist mit dem Mord an meinem Bruder davongekommen. Dass der Kerl ungestraft geblieben ist, hat mich verfolgt. Ich habe mein Medizinstudium abgebrochen und bin zur Polizei gegangen. Das ist die ganze Geschichte.«

Er zuckte mit den Schultern.

»Es ist fast zwanzig Jahre her und ich bin immer noch wütend. Die Trauer ist vergangen, der Zorn ist geblieben. Mit meiner Arbeit sorge ich für ausgleichende Gerechtigkeit, neige die Waagschale ein kleines bisschen auf die Seite der Guten. Auch wenn das Hans nicht wieder lebendig macht oder seinen Mörder hinter Gitter bringt, ist es ein befriedigendes Gefühl, den einen oder anderen Schurken dranzukriegen.«

»Ich kann mir dich nicht als Arzt vorstellen. Höchstens als Chirurg.«

»Versuchst du, das Thema zu wechseln, damit ich mich nicht in tragischen Erinnerungen verliere?«

»Funktioniert es?«

»Ja, das tut es.«

Unvermittelt beugte er sich zu ihr und küsste sie. Sie ließ es geschehen. Seine Lippen waren weicher, als sie erwartet hätte, sein Kuss zart und fragend. Sie schloss die Augen und öffnete sich ihm.

Er umfasste ihr Gesicht mit seinen Händen und streichelte mit den Daumen über ihre Wangen. Sie drängte sich ihm entgegen, überwältigt vom Aufruhr, den seine Berührungen in ihr auslösten. Zu lange war es her, dass jemand, dass Max sie im Arm gehalten hatte. Der Strudel der Ereignisse, in die sie hineingezogen worden war, hatten ihre Nerven bloßgelegt. Sie war überempfindlich, erfüllt von Trauer, Sehnsucht und Begehren.

Peters Küsse wurden drängender, setzten sie unter Strom. Sie strich über sein kurzgeschnittenes dichtes Haar, was eine prickelnde Empfindung in ihrer Handfläche auslöste, und verlor sich in seinem Geruch, sauber und herb, mit einem leicht rauchigen Unterton.

Sie spürte seine Lippen an ihrem Hals, zarte Küsse, die dennoch fordernd waren. Leah seufzte leise.

»Darf ich?«

Seine Frage ein Hauch, ihr Nicken kaum wahrnehmbar. Langsam öffnete er die Knöpfe ihrer Bluse, streifte sie ihr von den Schultern und hakte mit einer schnellen Bewegung ihren BH auf. Sie schloss die Augen, sperrte das Licht aus, und war angenehm überrascht, als er sie scheinbar mühelos hochhob und ins Schlafzimmer trug, wo er sie aufs Bett legte. Die Augen geschlossen, ließ sie sich von ihren anderen Sinnen leiten. Sanftweiche Kühle, der Geruch frisch gewaschener Bettwäsche und sein noch unvertrauter Duft überwältigten sie. Dunkelheit umfing sie. Seine Hände wanderten tiefer, erforschten ihren Bauch, verharrten knapp oberhalb der Taille. Leah half ihm, sein T-Shirt auszuziehen, zog ihn zu sich. Haut an Haut. Ihre Lippen suchten die seinen. Jetzt waren es Leahs Küsse, die drängender wurden, ihn ihr Begehren schmecken ließen.

Von Verlangen überwältigt, stemmte sie ihm ihr Becken entgegen, auffordernd, fordernd. Er erkundete sie mit seinen Händen, seinem Mund. Kratzende Bartstoppeln verstärkten ihre Empfindungen. Ihre Lust war rotglühend, pulsierend. Ihr Stöhnen wurde intensiver, lauter, zum Befreiungsschrei.

Sie öffnete die Augen, zog ihn zu sich. Als sich ihre Augen an die Dunkelheit gewöhnt hatten, suchte sie seinen Blick, hielt ihn fest, nickte leicht. Peter streifte ein Kondom über und schob sich auf sie. Langsam, unendlich langsam drang er in sie ein. Begann sich in ihr zu bewegen, vorsichtig erst, dann schneller. Sie passte sich seinem Rhythmus an. Dann hielt er inne, verharrte in ihr, auf ihr. Der Moment zerdehnte sich zur Ewigkeit. Ohne ihren Blick loszulassen, zog er sie auf sich. Anfangs noch gehemmt, dauerte es ein wenig, bis sie sich fallen lassen konnte. Sein leises Stöhnen gab ihr das Selbstbewusstsein, sich dem Augenblick hinzugeben. Seine Lust dirigierte ihre Bewegungen. Je näher er dem Höhepunkt kam, desto größer wurde ihre Erregung. Und dann wurde sie von Lust überwältigt, die in Wellen kam, sie überrollte und alle Gedanken verblassen ließ, sie auf pures Sein reduzierte. Nur Sekunden, nachdem ihr Höhepunkt abgeebbt war, wurden seine Stöße drängender, bis er schließlich mit einem lauten Stöhnen kam.

Danach lag sie erschöpft neben ihm, den Kopf auf seine Brust gebettet, auf seinen Atem lauschend, seinen Herzschlag. Beiläufig streichelte er ihren Kopf, doch seine Bewegungen wurden langsamer und stoppten schließlich. Seine tiefen Atemzüge verrieten Leah, dass er eingeschlafen war. Vorsichtig löste sie sich von ihm und verließ leise das Schlafzimmer.

Das heiße Wasser der Dusche vermischte sich mit ihren Tränen. Sie bereute es nicht, mit Peter geschlafen zu haben, auch wenn sie sich über ihre Gefühle noch nicht im Klaren war. Sie mochte ihn, fühlte sich zu ihm hingezogen. Peter war attraktiv, bei ihm fühlte sie sich sicher. Nach allem, was geschehen war, sehnte sie sich nach Sicherheit. Und doch hatte sie es nicht verdient, sich sicher zu fühlen. Sie hatte Max getötet. Max, den sie liebte, Max, den sie verdächtigt, beschuldigt und betrogen hatte. Sie hatte kein Recht auf Zuneigung, Geborgenheit. Sie hatte kein Recht, etwas anderes zu empfinden als Scham und Schuld und Trauer. Max war tot. Er kam nicht mehr zurück. Es war vorbei.

Der Schmerz drückte sie zu Boden. Sie kauerte sich zusammen, merkte nicht, dass sie vor- und zurückschaukelte, stöhnte und schluchzte. Irgendwann wurde das Wasser abgedreht und Peter hob sie aus der Dusche. Er stellte sie auf und frottierte sie sanft trocken, wobei er zärtliche Nichtigkeiten murmelte. Dann trug er sie ins Bett, zog sie an sich und hielt sie im Arm, bis sie eingeschlafen war, endlich, endlich schlief.

Als sie erwachte, war er bereits aufgebrochen. Auf dem Küchentisch lag eine Nachricht: *Ich komme so schnell wie möglich nach Hause.*

Leah hielt den Zettel lange in der Hand. Dann zerknüllte sie ihn und warf ihn weg. Eine halbe Stunde später hatte sie gepackt und war auf dem Weg zu Mara.

Kapitel 23

Dienstag, 15. März

»Wir müssen herausfinden, wer *WinniederPuuh* ist.«

Nervös wanderte Leah in Maras Arbeitszimmer auf und ab. Da das Zimmer nicht sonderlich groß war, musste sie alle paar Schritte kehrtmachen.

»Bitte setz dich hin, du machst mich noch wahnsinnig.«

»Glaubst du nicht auch, dass der Täter seinen Fehler bereinigen will? Wenn wir herausfinden, wer *WinniederPuuh* tatsächlich ist, können wir ihm eine Falle stellen.«

»Wem? *Winnie*?«

»Nein, dem Mörder. Wir beschatten *Winnie* und ertappen den Mörder auf frischer Tat – im Idealfall, noch bevor er zuschlagen kann!«

Leahs Begeisterung für ihre Idee wuchs.

»So kann ich meine Unschuld ein für alle Mal beweisen. Wenn sich nur Huber und Krallinger mit dem Fall befassen, bleibe ich verdächtig, bis ich alt und grau bin.«

Mara lachte. »So unfähig können die zwei doch gar nicht sein. Immerhin gehören sie zur Mordkommission. Und du musst zugeben, dass die Vermutung, dass du in die Sache involviert sein könntest, nicht aus der Luft gegriffen ist. Schließlich hat der Mörder dich nicht nur ins Spiel gebracht, sondern dich auch noch als ideale Verdächtige präsentiert. Ein cleverer Schachzug, könnte direkt von mir sein.«

Leah starrte Mara wütend an.

»Ehre, wem Ehre gebührt. Dass ich seine Leistung anerkenne, bedeutet nicht, dass ich okay finde, was er tut«, wiegelte Mara ab.

»Dich vorzuschieben, war jedenfalls eine brillante Idee.«

»Und genau das muss ich beweisen. Dass ich nicht freiwillig mit von der Partie bin. Und dass ich Max nicht getötet habe. Dass ich ihm nie im Leben etwas antun hätte können.«

Mara warf ihr einen mitleidigen Blick zu.

»Niemand, der dich kennt, würde auch nur eine Sekunde daran zweifeln. Apropos, was ist eigentlich mit Philipp? Warum kommt der edle Ritter nicht zur Rettung seiner Jungfer in Nöten angaloppiert?«

»Er ist nicht mein Ritter und Retter brauche ich auch keinen.«

Leah schnitt Mara eine Grimasse.

»Er hat Stress mit Patrizia. Sie findet, dass er zu viel Zeit mit mir verbringt. Ich habe keine Lust, mir auch noch die Schuld an einer Ehekrise umhängen zu lassen. Deshalb habe ich ihm gesagt, dass ich die Recherche auf Eis lege und erstmal keine Hilfe brauche.«

»Du kämpfst an vielen Fronten, Schwester.«

»Wem sagst du das! Patrizias ewige Eifersüchteleien gehen mir auf die Nerven. Ich würde ihr Philipp am liebsten justament ausspannen – nur, um sie zu ärgern.«

»Ein schönes Paar wäret ihr jedenfalls.«

»Ach, halt doch die Klappe!«

»Dann lass mich meine Arbeit machen und hör auf, mich vollzuquatschen.«

Leah lächelte. Wie sie Mara kannte, würde sie *Winnies* wahre Identität binnen weniger Stunden knacken.

Ihre Einschätzung erwies sich als zu pessimistisch. Es dauerte keine Stunde, bis Mara einen triumphierenden Schrei ausstieß.

»Du hast es geschafft?«

»Selbstverständlich habe ich es geschafft! Ich bin *Marximala*, die coolste Hackerin jenseits des Donaukanals, aber du darfst mich auch Göttin des Webs nennen.«

»Fertig mit der Selbstbeweihräucherung, oh Göttin des Webs?«

Leah senkte den Kopf und hob in einer anbetenden Geste die Hände.

»Wenn du dich über mich lustig machst, wirst du die Früchte meiner Genialität nicht ernten können.«

»Ein grausames Wortbild«, stichelte Leah, »aber ich werde mich hüten, Eure Göttlichkeit darauf hinzuweisen.«

»Dann werde ich noch ein letztes Mal über dein blasphemisches Verhalten hinwegsehen.«

Mara rutschte zur Seite, sodass Leah einen ungehinderten Blick auf den Bildschirm hatte.

»*WinniederPuuh* heißt Stephan Schmar. Er ist 40 Jahre alt und Inhaber einer Autowerkstätte. Hier sind Fotos und Adresse.«

Stephan Schmar war groß, kräftig, durchtrainiert und nicht nur auf Facebook überaus aktiv. Wie aus seinem öffentlich einsehbaren Profil ersichtlich war, trainierte er mehrmals wöchentlich in einem exklusiven Fitnesscenter. Auch auf seine Kleidung legte er großen Wert, auf den von ihm geposteten Fotos posierte er nur in hochpreisiger Markenkleidung. Zu seinen Leidenschaften zählten schnelle Motorräder, klassische Sportwagen und, wie sie bereits wussten, kleine Kinder.

»Ich glaube, es steht außer Frage, wie *Winnie* seinen aufwendigen Lebensstil finanziert«, sagte Leah.

»Na immerhin residiert er bescheiden.«

Mara zeigte Leah den Onlinetelefonbucheintrag Schmars, laut dem er im Karl-Marx-Hof wohnte, dem bekanntesten Gemeindebau Wiens.

»Das sind mir die Liebsten. Am sozialen Tropf hängen und gleichzeitig auf großem Fuß leben.«

»Nicht zu vergessen, seine Aktivitäten als Honigliebhaber«, ergänzte Mara. »Höchste Zeit, ihm kräftig auf die Pfoten zu klopfen.«

»Dann lass uns loslegen!«

Angriffslustig ließ Leah die Finger knacken.

»Schick mir eine Mail mit allen Infos über ihn und hinterlass sicherheitshalber auch eine Nachricht auf meiner Sprachbox. Unser Rächer soll *Winnies* Identität möglichst zeitnah erfahren. Er benutzt mich, um an seine Opfer ranzukommen. Aber jetzt drehen wir den Spieß um.«

»Fass, Tiger!«

Leah schüttelte den Kopf. »Ich weiß nicht, ob ich geschmeichelt oder gekränkt sein soll.«

»Geschmeichelt natürlich. So feuere ich nur Champions an.«

»Was muss ich tun, um diesen Vorschusslorbeeren gerecht zu werden?«

»Ganz einfach, du schnappst dir den Mörder!«

»Na, wenn's weiter nichts ist.«

Die Beschattung Schmars war weniger anstrengend, als Leah befürchtet hatte. Aber auch weitaus langweiliger. Nach ihrem Aufbruch von Mara war sie zu Schmars Werkstatt gefahren. Nach Absprache mit Ben hatte Mara ihr dessen Auto geradezu aufgedrängt.

»Du musst mobil sein, sonst hängt er dich in Nullkommanichts ab und du bleibst auf der heimischen Most-Wanted-Liste an prominenter Stelle.«

Während Leah darauf wartete, dass Schmar Feierabend machte, arbeitete sie an ihrem Manuskript. Den Laptop auf dem Schoß und die Werkstatt im Blick verbrachte sie einen unbequemen Nachmittag in Bens Smart. Ein praktisches Stadtauto, aber als Hauptquartier für langwierige Observationen völlig ungeeignet. Als Schmar gegen sechzehn Uhr aufbrach, folgte sie ihm in einigem Abstand. Der durch die Verfolgungsjagd hervorgerufene Nervenkitzel ließ nach, als Leah bemerkte, dass Schmar auf direktem Weg zum Fitnesscenter unterwegs war. Wieder wartete Leah. Doch diesmal konnte sie sich nicht mit ihrer Arbeit ablenken. In die Dunkelheit starrend, kamen ihr Zweifel an ihrem Vorhaben. Wie lange sollte sie Schmar folgen? Was, wenn der Mörder kein Interesse mehr an *Winnie* hatte?

Sie beschloss, Peter um Rat zu fragen. Ein wenig unwohl fühlte sie sich, als sie seine Nummer wählte. Sie hatte seit letzter Nacht nicht mit ihm gesprochen und war auch nicht sonderlich erpicht darauf, *das* Gespräch mit ihm zu führen. Zu ihrer Erleichterung kam das Thema gar nicht erst zur Sprache. Allerdings kritisierte Peter ihre eigenmächtige Beschattungsaktion scharf.

»Zu gefährlich«, befand er, und befahl ihr, auf ihn zu warten.

Keine halbe Stunde später öffnete er die Autotür und faltete sich auf dem Beifahrersitz zusammen.

Nach einigen Minuten unbehaglichen Schweigens, in denen Leah weder wusste, wohin sie sehen, noch, was sie mit ihren Händen anfangen sollte, verließ Schmar das Fitnesscenter.

»Da kommt er!«

Etwas zu enthusiastisch deutete Leah auf ihn.

Peters Reaktion zeigte ihr, dass auch er die Ablenkung willkommen hieß.

Sie folgten Schmars Wagen in einigem Abstand. Doch auch diesmal enttäuschte er ihre Hoffnung auf lohnende Erkenntnisse mit der Vorhersehbarkeit langweiliger Routine. Der im Netz so umtriebige *WinniederPuuh* fuhr auf direktem Weg nach Hause. Und dort blieb er auch. Als gegen Mitternacht das Licht in seiner Wohnung erlosch, überredete Peter Leah, die Beschattung abzubrechen.

»Heute tut sich hier sicher nichts mehr. Falls du morgen weitermachen willst, solltest du dich ausschlafen.«

»Da hast du wohl recht«, stimmte ihm Leah zu.

»Ich kann dich also nicht von deiner Idee abbringen?«

»Es ist meine einzige Möglichkeit, deinen Kollegen klarzumachen, dass ich keine kaltblütige Killerin bin.«

»Dann komme ich mit.«

»Musst du nicht arbeiten?«

»Es ist Arbeit.«

»So formuliert kann ich dein freundliches Angebot, Zeit mit mir zu verbringen, nur dankend annehmen.«

Erschrocken verstummte Leah. Sie hatte nichts weniger im Sinn, als Peter anzuflirten, aber wieder waren die Worte schneller als die Gedanken gewesen.

Zum Glück für sie stieg Peter nicht darauf ein, sondern verabschiedete sich von ihr. Nicht, ohne ihr einzuschärfen, am nächsten Morgen zu warten, bis er sie abholen kommen würde.

Mittwoch, 16. März

Langeweile war das alles bestimmende Gefühl des nächsten Tages. Leah und Peter behandelten einander wie rohe Eier und vermieden jedes Thema, das zu einer tiefschürfenden Unterhaltung hätte führen können. Schmar blieb seiner Routine treu und brach am späten Nachmittag in Richtung Fitnesscenter auf.

Leah richtete sich auf eine weitere ereignislose Wachsitzung ein, als Peters Telefon klingelte. Einsilbig antwortete er und beendete das Gespräch, ohne sich zu verabschieden.

»Ich muss ins Büro.«

Eindringlich sah er sie an.

»Du musst die Überwachung abbrechen. Es ist für dich alleine zu gefährlich. Was machst du, wenn der Mörder auftaucht? Du bist nicht bewaffnet. Wie würdest du dich verteidigen wollen?«

»Ich habe nicht vor, den Mörder persönlich zu stellen. Mir ist durchaus bewusst, dass ich weder Polizistin noch Superheldin bin.«

»Ich könnte mir nie verzeihen, wenn dir etwas passiert, nur weil ich dich nicht davon abhalten konnte, leichtsinnig zu sein.«

Peter nahm ihre Hand.

Leah versteifte sich. Es war die erste intimere Berührung seit *der* Nacht und es fühlte sich falsch und richtig zugleich an.

Peter registrierte ihr Unbehagen und ließ sie los. Bedauern und Erleichterung fochten einen ungleichen Kampf, den die Erleichterung letzthin für sich entscheiden konnte.

»Bitte lass es für heute gut sein.«

Sorge verdüsterte Peters Gesicht.

»Es ist das Risiko nicht wert.«

Leah zögerte.

»Ich verspreche dir auch, dass ich so schnell wie möglich wieder für dich da bin«, bat Peter.

Der drängende Ton in seiner Stimme veranlasste Leah, nachzugeben. Doch nachdem Peter sie bei Mara abgesetzt hatte, fand sie keine Ruhe. Was, wenn der Mörder ausgerechnet heute zuschlug? Nicht nur, dass die Beschattung umsonst gewesen wäre, sie wäre dann auch für den Tod

Schmars mitverantwortlich. Sollte sie die Polizei informieren, obwohl Peter ihr dringend davon abgeraten hatte? Er hatte argumentiert, dass Polizeipräsenz den Mörder abschrecken und ihnen dadurch die Chance nehmen würde, ein Leben zu retten.

Mit Bens Auto fuhr sie zu Schmars Trainingstempel. Sie hatte Glück. Nur wenige Minuten, nachdem sie Stellung bezogen hatte, verließ er in Laufkleidung das Fitnesscenter. Wider Erwarten fuhr Schmar nicht nach Hause, sondern in den Grünen Prater. Er parkte in einer Gasse in der Nähe der Hauptallee.

Zum Glück war es nicht ganz so kalt wie in den vergangenen Tagen. Leah fror nicht allzu sehr, als sie ihr Auto verließ. Sie folgte ihm in einigem Abstand. Schmar trug Kopfhörer und wirkte selbstvergessen. Er joggte in gemächlichem Tempo und bog schon bald auf einen nicht asphaltierten Seitenweg ein. Leah fluchte leise. Abseits der trotz Jahres- und Tageszeit bevölkerten Hauptallee war kaum jemand unterwegs. Hier war es deutlich schwieriger, Schmar unauffällig zu beschatten. Sie ließ sich zurückfallen, vergrößerte den Abstand so weit, dass sie Schmar gerade noch im Auge behalten konnte.

Ein Jogger überholte sie. Er hatte den Jackenkragen hochgeklappt und seine Haube tief ins Gesicht gezogen. Seine Hände in den Jackentaschen vergraben, trabte er leichtfüßig an ihr vorbei. Bei seinem Anblick begann Leah zu frieren.

Ich hätte Handschuhe mitnehmen sollen, war ihr letzter Gedanke, bevor die Kälte zu ihrem geringsten Problem wurde.

Kapitel 24

Leah blies sich in die Hände, die langsam taub wurden. Sie fühlte sich unwohl dabei, Peter zu hintergehen. Die Kälte tat ihr Übriges, ihren Entschluss ins Wanken zu bringen. Sie hatte sich schon dazu durchgerungen, die Beschattung abzubrechen, als der Jogger Schmar überholte und stehen blieb. Auch Schmar hielt an. Erst gestikulierte er heftig, dann hob er die Hände über den Kopf. Leah erstarrte. Der Jogger hatte einen dunklen Gegenstand, dem Verhalten Schmars nach zu schließen, eine Waffe, auf diesen gerichtet. Leah zog ihr Handy aus der Manteltasche. Mit zitternden Fingern wählte sie den Notruf.

»133, Polizei«, rief sie sich murmelnd den Reim ins Gedächtnis, mit dem sie sich die Nummer als Kind eingeprägt hatte.

Eine Frauenstimme meldete sich. Leise schilderte Leah die Szene. Sie beschrieb die beiden Männer und erklärte der Beamtin, wo genau sie sich aufhielten.

Plötzlich brach Schmar zusammen. Leah schrie auf. Sekundenbruchteile später hörte sie einen Knall, den sie in jedem anderen Fall für eine Fehlzündung gehalten hätte. Sie hatte – außer im Fernsehen – noch nie einen Schuss gehört und war von der Banalität des Geräusches überrascht.

»Er, er hat ihn erschossen!«, stammelte sie immer wieder, die Fragen vom anderen Ende der Leitung ignorierend.

Ihr Schrei hatte die Aufmerksamkeit des Schützen erregt. Er drehte sich in ihre Richtung, und begann auf sie zuzugehen.

Den Blick auf ihn geheftet, wich Leah langsam zurück. Der Schock ließ ihre Beine gefühllos werden. Sie taumelte mehr, als sie ging. Der

Abstand zwischen Schmars Mörder und ihr verringerte sich beängstigend schnell. Ihr Kopf drängte auf Flucht, doch ihr Körper versagte ihr den Dienst. Das Handy entglitt ihr. Sie stolperte, fiel hin. Unsanft landete sie auf ihrer rechten Hüfte, ein scharfer Schmerz fuhr durch ihren Körper. Leah stöhnte auf. Sie versuchte, sich aufzurappeln, schaffte es aber nicht. Ungeschickt rutschte sie vom Schützen weg. Panik schnürte ihr die Luft ab. Keuchend rang sie um Atem.

»Bitte«, stieß sie flehend hervor, »bitte, bitte nicht.«

Der unterwürfige Klang in ihrer Stimme verstärkte Leahs Angst nur noch. Erinnerungen blitzten vor ihrem inneren Auge auf. Bilder der Menschen, die sie liebte. Anna. Max. Philipp. Mara. Ohne es wahrzunehmen, begann sie zu weinen. So durfte es nicht enden. Das war nicht fair.

»Bitte«, flüsterte sie, »bitte nicht.«

Dann war er da. Und ihre Welt zerbrach.

Die Bank gewinnt

Er sieht sie an, die Pistole auf sie gerichtet. Sein erster Gedanke ist, abzudrücken und zu fliehen, die Stadt, seine Aufgabe hinter sich zu lassen, irgendwo neu anzufangen. Er hat sie ins Spiel gebracht, er kann sie auch wieder aus dem Spiel nehmen. Gilt das auch für ihn selbst? Ist er bereit, einen Schlussstrich zu ziehen – in welcher Hinsicht auch immer? Ist es nicht vielmehr an der Zeit, sich den Konsequenzen seines Tuns zu stellen, seine Strafe anzunehmen? Er hat gewusst, dass der Moment kommen würde, eine Gewissensentscheidung zu treffen. Trotzdem fühlt er sich unvorbereitet, ist überfordert, hin- und hergerissen.

Sie ist gefallen, ein leichtes Ziel. Ob sie ihn erkennt, weiß, wer ihr Todesurteil durch die Bewegung eines Fingers vollstrecken könnte? Welchen Unterschied macht es für ihn?

Wenn er sie tötet, macht er sich des Mordes schuldig. Denn anders als die Urteile, die er im Namen der Kinder vollstreckt hat, wäre sie zu töten, ein Verbrechen. Nicht nur vor dem Gesetz, sondern auch seinem moralischen Empfinden nach. Er hat bereits einen Unschuldigen ermordet, wenn auch unwissentlich. Die Schuld wiegt schwer, droht, ihn zu erdrücken.

Wenn er sie tötet, hat er versagt. Dann straft er nicht nur seine Überzeugung, sondern auch seine Aufgabe Lügen. Dann verrät er sich selbst und sie. Er hört die Sirene eines näherkommenden Einsatzfahrzeuges. Es ist ihm gleichgültig. Er senkt die Pistole, bückt sich und legt sie auf den Boden. Dann richtet er sich auf und verschränkt die Hände hinter dem Kopf. Er hat sich entschieden.

Die Bank gewinnt.

Kapitel 25

Leah starrte auf die auf sie gerichtete Waffe. Sie konnte den Blick nicht abwenden, fühlte sich wie ein Reh im Scheinwerferlicht eines herannahenden Autos. Sie war unfähig, sich zu bewegen, unfähig, zu fliehen, unfähig, noch etwas anderes zu empfinden als abgrundtiefes Entsetzen.

Es war Peter.

Peter bedrohte sie mit einer Waffe.

Peter hatte Schmar erschossen.

Peter hatte ihr den Brief geschickt.

Peter hatte Max ermordet.

Und jetzt würde er sie töten.

Sie schloss die Augen. Und gab auf. Sekunden gerannen. Zerdehnten sich zur Endlosigkeit. Grauen potenzierte sich zur Agonie. Nichts zählte mehr. Es war vorbei.

Nichts geschah.

»Leah.«

Sie reagierte nicht.

»Leah.« Eindringlich. Bittend.

Sie öffnete die Augen. Die Waffe war weg. Peter hatte die Hände hinter dem Kopf verschränkt. Sein Blick traf sie ins Mark. Die Mischung aus Resignation, Bedauern und der Gewissheit, nichts falsch gemacht zu haben, mit der er sie betrachtete, war wie ein Schlag in den Magen.

»Leah.«

Wieder sagte er ihren Namen.

»Nein«, sie schüttelte den Kopf.

»Sag nichts. Sag jetzt bitte nichts.«

Sie wollte aufstehen, aber ihre Beine gaben nach.

»Bitte, ich will nichts hören.«

Abwehrend hob sie die Hände, als Peter zum Sprechen ansetzte. Sie konnte ihn nicht länger ansehen. Er hatte sie benützt. Er hatte sie zur Mitschuldigen gemacht. Max' Blut klebte an ihren Händen.

Sie hatte Max umgebracht. Sie spürte Galle aufsteigen. Irgendwie schaffte sie es, sich zur Seite zu beugen und sich auf dem Weg und nicht auf sich selbst zu übergeben. Es würgte sie wieder und wieder, bis nur noch Magensäure kam. Sie spuckte aus, aber den bitteren Geschmack wurde sie nicht los.

Er hatte mit ihr geschlafen. Sie mit den Händen berührt, mit denen er die Waffe auf Max gerichtet und abgedrückt hatte. Sein Gesicht war das Letzte, das Max in seinem Leben gesehen hatte. Der Mund, mit dem Peter sie zärtlich geküsst hatte, formulierte die letzten Worte, die Max je gehört hatte.

Was hatte sie getan?

Sie fühlte sich beschmutzt, erniedrigt und missbraucht. Hass wallte in ihr auf. Heißglühend fraß er sich durch ihren Körper, ihren Geist, überflutete sie, schwemmte jedes andere Gefühl aus ihr heraus. Sie wollte ihm wehtun, ihm das Herz herausreißen und darauf herumtrampeln. Er hatte ihr alles genommen. Und dafür wollte sie ihn büßen lassen.

Ihr Blick fiel auf die Waffe, die Peter zu seinen Füßen abgelegt hatte. Sie sollte sie aufheben, auf ihn anlegen und abdrücken. Sie sah seinen verblüfften, erschrockenen Gesichtsausdruck, seine Ungläubigkeit in dem Moment, als er begriff, dass sie es tun würde. Sie sah ihn fallen. Sah ihn reglos liegen. Verspürte die tiefe Befriedigung, Max gerächt zu haben.

Dann nahm sie das näher kommende Sirenengeheul wahr und die Vision verblasste. Er stand vor ihr, die Hände hinter dem Kopf verschränkt, seinen Blick immer noch unverwandt auf sie gerichtet, und die Erleichterung ließ sie aufschluchzen. Er würde seine Strafe bekommen. Doch sein Blut würde nicht an ihren Händen kleben.

Ein Polizeiauto kam unweit von ihnen zum Stehen. Zwei Polizisten stiegen aus.

»Bleiben Sie, wo Sie sind, sodass ich Ihre Hände sehen kann!«, rief einer der beiden Peter zu.

»Mein Name ist Peter Geer, ich bin Polizist. Ich habe Hannes Rosei, Udo Lassa, Max Woler und Stephan Schmar erschossen. Ich bin unbewaffnet. Meine Pistole liegt auf dem Boden.«

»Drehen Sie sich um und kommen Sie langsam auf mich zu!«

Peter tat wie ihm geheißen. Widerstandslos ließ er sich Handschellen anlegen und sich auf die Rückbank des Einsatzwagens verfrachten.

Der zweite Beamte näherte sich Leah. Er hob die Pistole auf und verstaute sie in einem Plastikbeutel. Dann wandte er sich ihr zu.

»Sind Sie verletzt?«

»Nein. Doch. Ich glaube, ich habe mir die Hüfte geprellt. Aber sonst geht es mir gut. Glaube ich. Oder eigentlich nicht. Ich meine, es kann mir doch nicht gut gehen. Nicht nachdem, was gerade passiert ist.«

Leah verlor den Faden und verstummte.

»Darf ich Ihnen beim Aufstehen behilflich sein?«

Der Polizist streckte ihr die Hand entgegen. Dankbar griff Leah danach. Der Polizist zog sie hoch. Ihre Beine drohten nachzugeben. Sie fühlte sich schwach und ausgelaugt.

»Einen Moment.«

Der Polizist bückte sich und hob einen Gegenstand auf.

»Ist das Ihr Telefon?«

Leah nahm es und wischte die darauf klebende Erde an ihrer Hose ab. Die Situation erschien ihr unwirklich und surreal. Als ihr Telefon klingelte, geriet sie vor Schreck ins Straucheln. Ohne die stützende Hand des Polizisten wäre sie gefallen.

Wie sie es schaffte, ihre Mutter zu beruhigen, nachdem sie ihr erzählt hatte, was geschehen war, konnte sie später nicht mehr nachvollziehen.

»Sind Sie mit dem Auto hier?«

Leah nickte, verneinte aber, als der Beamte sie fragte, ob sie zum Wagen begleitet werden wollte.

Nachdem ihre Aussage aufgenommen worden war, sicherte sie zu, für eine weitere Befragung zur Verfügung zu stehen. Mittlerweile war ihr das Prozedere schon erschreckend vertraut. Sie sah dem Polizeiwagen nach, der nunmehr ohne Blaulicht und Martinshorn unterwegs war. Als er außer Sicht war, ließ sie sich zu Boden sinken und begann zu weinen.

Es war vorbei.

Donnerstag, 17. März

Es war Philipp, den sie schließlich angerufen hatte. Philipp, der sie nach Hause gefahren und ins Bett gebracht hatte. Von dem sie sich willenlos wie eine Puppe umziehen und zudecken hatte lassen. Philipp, der ihr eine heiße Schokolade gekocht und darauf bestanden hatte, dass sie diese auch trank. Philipp, der ihre Hand gehalten hatte, während sie über Peters Verrat gesprochen hatte, die Gefühle, die sie für ihn zu entwickeln begonnen hatte und ihre Gutgläubigkeit, die sie davon abgehalten hatte, Peter früher zu durchschauen.

»Wie konnte ich so blind sein? Glauben, dass der Mörder mich aufwendig überwacht, wo ich ihm doch sämtliche Informationen frei Haus geliefert habe. Ich bin Journalistin. Ich sollte alles und jeden kritisch hinterfragen. Und was tue ich? Ich vertraue einem quasi Fremden, nur weil er Polizist ist.«

»Du warst nicht die Einzige, die ihn für einen der Guten gehalten hat. Geer ist wie eine Spinne in seinem Netz gesessen und hat Fäden gesponnen. Manchmal ist das Offensichtliche die beste Tarnung.«

»Aber ich bin diejenige, die einen Unschuldigen ans Messer geliefert hat. Ich habe Max umgebracht. Der Effekt wäre derselbe, hätte ich den Abzug gedrückt.«

»Nein! Es war Geer. Geer hat ihn ermordet. Es war Geers Entscheidung. Du hast ihn weder dazu angestiftet, noch gezwungen. Lass dir von deinem schlechten Gewissen nichts anderes einreden. Du bist ein Opfer wie die Männer, die er erschossen hat. Ich lasse nicht zu, dass du dich für seine Verbrechen verantwortlich fühlst.«

»Und wie willst du das verhindern?«

Darauf wusste er keine Antwort.

Philipp hatte auf Leahs Couch sein Lager aufgeschlagen. Jedes Mal, wenn sie aus dem immer selben Alptraum, in dem sie Max erschoss, hochgeschreckt war, war er an ihr Bett gekommen und hatte geduldig gewartet, bis sie wieder eingeschlafen war.

Auch den nächsten Tag verbrachte er bei ihr. Er wollte sie nicht alleine lassen. Leah wusste, dass er sich Sorgen um sie machte, Angst hatte, sie könne sich etwas antun. Ihre gegenteiligen Beteuerungen ignorierte er. Schließlich rechtfertige bereits ihre Vermutung, er hege diesbezügliche Befürchtungen, dieselben.

»Jemand, der nicht darüber nachdenkt, kommt gar nicht erst auf solche Ideen.«

Gegen Mittag traf Patrizia ein. Sie brachte Lasagne mit und war übertrieben freundlich zu Leah, die sich dadurch wie eine Todkranke auf dem Sterbebett vorkam. Als Patrizia sich von Philipp mit den Worten: »Bis morgen, Schatz!«, verabschiedete, hatte Leah endgültig das Gefühl, im falschen Film gelandet zu sein.

»Was hast du mit Patrizia gemacht? Sie in eine Stepford-Frau umwandeln lassen?«

»Du tust ihr leid. Ob du es glaubst oder nicht, Patrizia mag dich.« Philipp grinste. »Wenn auch nicht besonders.«

»Danke, das rettet mir den Tag. Ich habe schon befürchtet, dass meine Menschenkenntnis mich komplett im Stich gelassen hat.«

»Keine Sorge, Patrizia bleibt ihrer Linie treu.«

»Wenigstens eine, auf die ich mich verlassen kann.«

Sie lachten. Und für eine Sekunde oder zwei hatte Leah das Gefühl, dass irgendwann alles in Ordnung kommen könnte.

Kapitel 26

Freitag, 18. März

Leah saß Peter an einem leeren Tisch gegenüber. Ein uniformierter Vollzugsbeamter stand rechts hinter Peter, der nicht wie ein Gefangener wirkte, sondern selbstbewusst und gelassen. Befreit. In diesem Moment hasste Leah ihn mit einer Inbrunst, die sie sich nicht zugetraut hätte.

»Warum?«

Ein Wort. Eine Frage, in der ihr Schmerz über seinen Verrat mitschwang.

»All die Jahre, in denen ich gesehen habe, was Kindern angetan wird, habe ich mich machtlos gefühlt. Meine Arbeit war der sinnlose Versuch, das Meer mit einem Teelöffel auszuschöpfen.«

Peters besonnene und durchdachte Antwort fachte Leahs Wut nur noch mehr an. Sie musste sich zusammenreißen, um nicht körperlich auf ihn loszugehen. Dennoch war sie erleichtert, dass ihr ein Tischbesuch gestattet worden war. Das Gespräch, das sie mit ihm führen musste, wäre nicht möglich, müsste sie es durch zwei Glasscheiben mit versetzten Löchern führen. Der Untersuchungsrichter hatte eine Sonderregelung für Peter erlassen. Als Polizist wurde er aus Sicherheitsgründen von den anderen Gefangenen abgeschottet. Ein Umstand, der Leah heute gut zupass kam.

In schwarzer Hose und ebensolcher Bluse fühlte Leah sich overdressed und deplatziert. Der Besuch im Untersuchungsgefängnis war nicht der einzige Termin, den sie heute noch absolvieren musste. Am frühen Nachmittag würde Max am Zentralfriedhof beigesetzt werden. Der Kreis schloss sich. Doch bevor sie sich von Max verabschieden konnte, musste sie sich seinem Mörder stellen. Und seiner Version der Wahrheit, die dadurch auch zu ihrer werden würde.

»Warum ich? Warum hast du mich ausgewählt?«

»Du bist ehrgeizig und stur. Du verbeißt dich in ein Problem und gibst nicht auf, bevor du dein Ziel erreicht hast. Darum.«

Peter hielt inne und sprach nach einer kurzen Pause mit leiserer Stimme weiter.

»Und ich brauchte jemanden, auf den der Verdacht fallen würde. Dein Engagement gegen Pädosexuelle ist bekannt – aus diesem Grund warst du eine gute Wahl.«

»Der Brief. Was, wenn ich ihn ignoriert hätte?«

»Ich habe auf deine Neugier vertraut.«

Beinahe entschuldigend hob Peter die Hände.

»Und ich hatte recht. Du konntest nicht widerstehen.«

Leah hasste es, von ihm manipuliert worden zu sein. Er hatte jeden ihrer Schritte vorhergesehen. Sie durchschaut, ohne sie tatsächlich gekannt zu haben. Sie fühlte sich missbraucht und entblößt.

»Und der Sex? War der auch Teil deines Plans?«

Was als scharfe Anklage gedacht war, hörte sich fast unterwürfig an. Weinerlich. Bittend?

»Nein, war er nicht. Ich habe nicht geplant, Gefühle für dich zu entwickeln, mich in dich zu verlieben.«

Leah starrte angestrengt auf ihre Hände. Sie schaffte es nicht, ihm in die Augen zu sehen. Sie hatte Rechtfertigungen erwartet, Schuldzuweisungen, aber kein Eingeständnis seiner Gefühle. Nicht nur, dass er ihr damit den Wind aus den Segeln nahm, er übernahm auch erneut die Führung. Das konnte und wollte sie nicht zulassen.

»Warum der Brief?«

»Weil ich nur auf diese Weise an die Namen der Männer gelangen konnte. Hätte ich recherchiert, hätte es Spuren gegeben, die zu mir geführt hätten.«

Peter beugte sich ein wenig vor.

»Ich bin durch Zufall auf das Forum gestoßen. Den Account *baloo* anzulegen und mich in den innersten Kreis vorzuarbeiten, hat einige Zeit gedauert. Ich musste mich als vertrauenswürdig erweisen, bin eingehend geprüft worden, habe selbst Material beisteuern müssen. Eine schmutzige Arbeit, aber sie hat sich gelohnt.«

»Gelohnt?« Leah schrie fast. »Wie kann sich Mord lohnen?«

»Wenn dadurch Kinder vor Männern wie Lassa sicher sind. Es war die einzige Möglichkeit.«

»Wir leben in einem Rechtsstaat, da hat Selbstjustiz keinen Platz.«

»Im Laufe meiner Arbeit habe ich mehr Pädosexuelle und Kinderpornografiehersteller der Justiz zugeführt, als ich zählen kann. Kein Einziger von ihnen – nicht einmal die richtig großen Kaliber –, hat mehr als maximal zwei Jahre ausgefasst. Viele sind mit einer Bewährungsstrafe davongekommen. Findest du das etwa in Ordnung?«

»Natürlich nicht! Ich finde auch, dass viele Strafen unverhältnismäßig niedrig ausfallen. Trotzdem renne ich nicht in der Gegend herum und knalle Menschen ab. Und weißt du, warum nicht?«

Sie versuchte, ihren Zorn zu zügeln, ihre Stimme auf Gesprächslautstärke zu dämpfen.

»Weil niemand das Recht hat, über Leben und Tod zu bestimmen.«

»Es war das Richtige.«

»Es war falsch!« Leah spuckte die Worte aus.

»Du bist ein Mörder! Du bist stolz darauf, ein paar Perverse drangekriegt zu haben. Aber du hast auch Max getötet. Und der war unschuldig. Er hat niemanden etwas getan und du hast ihn umgebracht!«

Sie spürte Tränen aufsteigen, drängte sie zurück. Keine Schwäche zeigen vor dem Mann, der ihr noch vor wenigen Tagen etwas zu bedeuten begonnen hatte. Dem Mann, der ihr dennoch alles genommen hatte.

»Max war ein Fehler. Seinen Tod bedauere ich zutiefst und es tut mir unendlich leid, was ich dir damit angetan habe.«

Peters Entschuldigung klang hölzern, leer. Als bemühte er sich, keine Emotionen zuzulassen. Ihr auf einer rationalen Ebene zu begegnen.

»Du hast mich mitschuldig an seinem Tod gemacht! Du hast mich zur Mörderin gemacht!«

»Das stimmt nicht! Du darfst dir nicht die Schuld geben! Ich habe einen Fehler gemacht, einen unverzeihlichen Fehler, aber es ist immer noch mein Fehler!«

»Aber ich habe dich auf seine Spur gebracht. Wie soll ich damit leben?«

»Es war ein Fehler!«

»Du wiederholst dich!«

»Fehler passieren. Ich war zu vorschnell, habe nicht auf einen handfesten Beweis gewartet. Aber es war nicht dein Fehler. Nichts von all dem ist deine Schuld!«

»Wage es nicht, mich von meiner Schuld freizusprechen! Das steht dir nicht zu!« Leahs Stimme überschlug sich.

»Die ganze Zeit über hast du mich nur benützt. Du hast mich in meiner Angst vor Max bestätigt, obwohl der Einzige, vor dem ich mich hätte fürchten müssen, du warst. Ich bin deine kranken Spielchen leid! Und jetzt willst du mir allen Ernstes Absolution erteilen? Du?«

Leah stand abrupt auf. Der Stuhl, auf dem sie gesessen hatte, kippte um. Der Krach ließ nicht nur Leah zusammenzucken. Auch Peter und der Justizwachebeamte erschraken.

»Entschuldigung«, murmelte Leah.

»Ich möchte jetzt gehen.«

»Warte!« Peter wollte aufstehen, wurde jedoch von seinem Bewacher daran gehindert.

»Es waren die Augen!«

Leah hielt inne.

»Die Augen der Kinder. Ich habe diese leeren Augen nicht mehr ertragen. Das verstehst du doch? Du weißt, wovon ich spreche?«

Lange sah sie ihn an. Und verstand.

Hinter ihr fiel das schwere Eingangstor des Gefängnisses ins Schloss. Leah trat aus dem Schatten. Es war warm geworden, zu warm für ihren dunklen Wintermantel, aber auch zu kalt, um ohne ihn auszukommen. Leah machte sich auf den Weg in Richtung Straßenbahn. Der Tag war noch lange nicht zu Ende.

Das grelle Licht blendete Leah. Sie setzte ihre Sonnenbrille auf, froh über den Schutz, den ihr die dunklen Gläser boten. Ihre Augen waren vom Weinen geschwollen und empfindlich. Sie trug dasselbe Hosen-Blusen-Ensemble wie beim Begräbnis ihres Vaters und fühlte sich genauso verkleidet wie damals. Zudem war es heute deutlich wärmer als vor ein paar Wochen und sie schwitzte bereits. Den blauen Himmel und den strahlenden Sonnenschein empfand sie als Affront gegenüber Max. An den Bäumen hatten sich die ersten Knospen gebildet und die Spitzen jungen Grases waren sichtbar, ein Anblick, den Leah hier und heute nicht ertrug. Das Gezwitscher der Vögel dröhnte ihr in den Ohren. Es war zu hell, zu laut, zu früh. Viel zu früh.

Leah klammerte sich an Philipps Hand, dankbar für seine Unterstützung. Er war ihr Halt in der Realität. Einzig seine Berührung hielt sie davon ab, auf dem Absatz kehrtzumachen und zu fliehen. Etwas, das sie sich nie verzeihen würde.

Auch Mara, Anna und Theo waren gekommen, um Max die letzte Ehre zu erweisen, vor allem aber, um Leah beizustehen. Angesichts dessen, was Max ihretwegen zugestoßen war, empfand sie diesen Zuneigungsbeweis ihrer Freunde und Familie als unverdient.

Die Seelenmesse nahm Leah kaum wahr. Als der Trauerzug sich formierte, hielt Leah sich im Hintergrund. Die meisten der zahlreichen Trauergäste waren Fremde für sie. Einigen wenigen konnte sie Namen zuordnen, nur drei kannte sie persönlich. Freunde von Max oder eher bessere Bekannte, denn enge Freundschaften hatte er nicht gepflegt. Er war ein Einzelgänger gewesen. Gesellig bei entsprechenden Anlässen, ansonsten zurückhaltend und zufrieden in privater Zweisamkeit. Wie er hatte auch Leah die gemeinsam verbrachten Stunden genossen, sich schließlich ein Leben ohne ihn nur noch schwer vorstellen können. Dann kam das Buch, mit ihm die Trennung und als schlimmste aller Konsequenzen sein Tod.

Mechanisch nahm Leah die kleine Schaufel entgegen, die ihr der Pfarrer reichte, und ließ die Erde ins Grab rieseln. Das dumpfe Geräusch, das ihr Aufprall auf dem Sarg verursachte, tat weh. An Max' Grab zu stehen, machte seinen Tod realer, als es der Anblick seines toten Körpers vermocht hatte. Sie musste sich dazu zwingen, die linke Hand zu öffnen und die Rose, die sie mitgebracht hatte, fallen zu lassen. Die blutrote Blüte, die sich überdeutlich vom dunklen Holz und der feuchten Erde abhob, erschien ihr mit einem Mal fast schon obszön auffällig. Sie war schuld, dass er hier lag, schuld, dass nichts mehr von ihm geblieben war als ein verwesender Leichnam. Sie wich zurück und geriet ins Straucheln. Einzig Philipps schnelle Reaktion verhinderte, dass sie am offenen Grab zusammenbrach.

Als die Reihe an ihr war, der Mutter von Max zu kondolieren, einer jugendlich wirkenden älteren Dame mit dezenter Sonnenbräune, brachte sie kaum mehr als ein gekrächztes Gestammel heraus. All die Sätze, die Leah sich zurechtgelegt hatte, die ihre Liebe zu Max' in Worte fassen, ihr tiefempfundenes Mitgefühl ausdrücken sollten, waren aus ihrem Kopf verschwunden, der leer war, bis auf den Schmerz, der dunkel und giftig in ihm pochte.

Leah hatte Max' Mutter Eleonore nie kennengelernt. Nach dem Tod ihres Mannes war Eleonore nach Gran Canaria ausgewandert, wo die Erinnerungen an ihn nicht allgegenwärtig und das Klima freundlicher waren. Leahs Schuldgefühle über den weiteren Verlust, den Eleonore ihretwegen erleiden musste, machten es ihr unmöglich, ihre Einladung zum Leichenschmaus anzunehmen. Sie murmelte eine Entschuldigung und wandte sich zum Gehen.

»Warten Sie!« Eleonore berührte Leahs Arm.

»Ich habe etwas für Sie.«

Noch bevor Leah etwas erwidern konnte, sprach Eleonore weiter.

»Sie gehörte Max, er hat sie von seinem Vater geerbt.«

Sie griff in ihre Tasche, holte eine schmale Schachtel heraus und reichte sie Leah.

Leah zögerte einen Moment, dann öffnete sie die Box. Sie erkannte die schlichte Uhr sofort. Das rechteckige weiße Ziffernblatt und der dünne silberne Rahmen waren ein vertrauter Anblick. Vorsichtig strich sie mit dem Zeigefinger über das weiche schwarze Leder des Armbands, das bis zuletzt Max' Handgelenk umschlossen hatte. Näher würde sie ihm nicht mehr kommen.

»Ich weiß, was Sie Max bedeutet haben.«

Eleonore nahm Leahs eiskalte Hand in die ihren, die warm waren und trocken.

»Die Trennung hat ihm sehr zu schaffen gemacht, doch er war noch nicht bereit, Sie endgültig aufzugeben. Wenige Tage vor seinem Tod hat er mich angerufen. Er hegte die Hoffnung, seinen Fehler wiedergutzumachen. Er war zuversichtlich, dass sich zwischen Ihnen alles wieder einrenken würde. Er hat sie sehr geliebt. Das wollte ich Ihnen nur sagen. Er hat sie wirklich geliebt.«

»Das habe ich auch. Das tue ich immer noch.«

Leah entzog Eleonore ihre Hand.

»Es tut mir leid, ich kann nicht. Ich kann das nicht.«

Sie floh.

Diesmal hielt Eleonore sie nicht auf.

»Möchtest du mit zu uns kommen?«

Anna sah Leah besorgt an.

Leah schüttelte den Kopf.

»Nein, mir ist nicht nach Gesellschaft zumute. Ich muss jetzt alleine sein. Aber danke, dass du gekommen bist, dass ihr alle gekommen seid.«

Leah lächelte ihrer Mutter und den anderen zu.

»Wenn du etwas brauchst. Oder reden willst ...«

Hilflos sah Anna ihre Tochter an, machte einen Schritt auf sie zu und zog sie in ihre Arme.

In der Umarmung ihrer Mutter, eingehüllt von ihrem vertrauten Geruch, einer Mischung aus frischem Brot und einem zarten Blütenduft, den Leah mit Geborgenheit und Liebe assoziierte, erlaubte sie sich einen kurzen Moment des Vergessens. Viel zu schnell war er vorüber und sie löste sich von Anna.

»Was du alles durchmachen musstest. Es ist viel zu viel, als dass ein Mensch alleine damit zurechtkommen könnte. Lass dir helfen.«

»Ich bin nicht alleine, Mama. Ich habe dich. Und Mara. Und Philipp. Ich habe Freunde und ich habe Familie.«

Annas Zweifel waren ihr deutlich anzusehen.

»Du musst dir keine Sorgen um mich machen«, versicherte Leah.

Nicht überzeugt, aber ein wenig beruhigt, verabschiedete sich Anna von Leah.

Auch Theo umarmte Leah zum Abschied. Eine Art der Gefühlsbezeugung, die Leah von ihm nicht gewohnt war, und die sie deshalb als umso liebevoller empfand.

Sie kämpfte die Tränen zurück, wollte ihrer Mutter keinen Anlass zu weiterer Sorge geben.

Mara und Philipp protestierten, als Leah nach Hause fahren wollte.

»Keine Chance, du bleibst jetzt nicht allein.«

»Wir gehen zu mir und dann fülle ich dich mit billigem Fusel ab, bis du nicht mehr weißt, wie du heißt.«

»Das klingt nach einem brauchbaren Vorschlag«, pflichtete Philipp Mara bei.

»Was ist mit Patrizia? Macht sie dir nicht die Hölle heiß, wenn du dich schon wieder mit mir herumtreibst?«

»Lass Patrizia meine Sorge sein. In letzter Zeit ist sie mir sowieso ein bisschen zu bestimmend.«

»Trouble in Paradiese?«, mischte sich Mara ein.

»Ja, ja, wenn's um anderer Leute Probleme geht, haben alle plötzlich ganz großen Ohren!«

»So ist's recht, immer auf die Tauben!«

»Was hat das mit Vögeln zu tun?«

»Du bist ein Idiot!« Mara tat, als wollte sie auf Philipp losgehen.

»Zur Hilfe, ich werde bedroht!«

Philipp hob die Arme. »Ich ergebe mich.«

»Etwas anderes bleibt dir auch nicht übrig, wenn du den Abend noch erleben möchtest.«

»Du solltest deiner Schwester Manieren beibringen, die Kleine ist ziemlich frech!«

Wider Willen musste Leah lächeln.

Kapitel 27

Dienstag, 22. März

Leah spielte mit Max' Uhr.

Richard Anhalting, Peters Nachfolger als Leiter der Abteilung Kinderpornographie, räusperte sich mehrmals. Seine Körperhaltung drückte dasselbe Unbehagen aus, das sie empfand. Sie saßen einander in einem verhältnismäßig gemütlich eingerichteten Besprechungszimmer im Bundeskriminalamt gegenüber.

Das war eindeutig eine Verbesserung zum letzten Mal, als sie hierher zitiert worden war. Zu Hubers Verteidigung war anzumerken, dass dieser sie am Tag nach Peters Verhaftung angerufen hatte, um sich bei ihr in aller Form zu entschuldigen. Sie hatte seinen Beteuerungen kaum Beachtung geschenkt und das Gespräch schnellstmöglich beendet.

Es wäre ihr lieber gewesen, nichts mehr mit der Polizei zu tun haben zu müssen. Da sie aber eine wichtige Zeugin war und sich von jeglichem Verdacht der Mittäterschaft befreien wollte, fühlte sie sich zur Kooperation verpflichtet. In den letzten Tagen hatte sie Anhalting ihre fallrelevanten Unterlagen zur Verfügung gestellt. Informationen, die sie über das Forum sowie über Elina und Kateryna Karazin gesammelt hatte, die Drohmails von *dersiebentezwerg* und Ausdrucke ihres Mailverkehrs mit Peter alias *amzug*. Einzig ihren Verdacht über Konrad Haberns Vaterschaft hatte sie für sich behalten.

Erneut räusperte sich Anhalting.

»Wir konnten die Identität desjenigen, der Sie bedroht hat, ermitteln. Sein Name ist Thomas Launz. Kennen Sie ihn?«

»Ja. Obwohl, kennen ist zu viel gesagt. Ich bin ihm ein einziges Mal begegnet. Er ist der Assistent von Konrad Habern, einem Sektionschef im Außenministerium.«

»War der Assistent«, berichtigte Anhalting.

»Er wurde fristlos entlassen. Wie Ihnen wahrscheinlich bekannt ist, war Launz im Forum aktiv.«

»Als *dersiebentezwerg*?«

»Genau. Wir konnten nachweisen, dass Launz ein Lieferant des Kinderpornorings war, der über das Forum operiert hat.«

»Launz?«

»Er hat Material lukriert, unter anderem von Gregor Vukovits, und es im Forum an die Bestbietenden verkauft.«

»Haben Sie Beweise für die Beteiligung von Vukovits?«

»Momentan nur die Aussage von Thomas Launz, der sich ansonsten bedeckt hält. Vukovits bestreitet selbstverständlich alles, aber in diesem Fall ist Launz doch um einiges glaubwürdiger.«

Auch Leah bezweifelte, dass Launz Vukovits ohne Beweise anschwärzen würde.

»Konnten Sie auch die anderen Mitglieder des harten Kerns identifizieren?«

»Ja. Abgesehen von den drei Toten, Launz und Geers Alias *baloo*, hatten noch weitere sechs Männer Zugang zum innersten Kreis. Allerdings sind die Mitglieder dieses speziellen Clubs nur mittelgroße Fische in dem trüben Gewässer, in dem wir unsere Netze auswerfen.«

»Also gibt es noch Hintermänner?«

»Leider war es uns bisher nicht möglich, sie auszuforschen. Das System basiert auf strikter Geheimhaltung und extremem Misstrauen. Keines der Mitglieder kennt die Identität der anderen. Und falls doch, dann halten sie dicht. Auch Launz mauert. Übrigens auch in Bezug auf die Drohungen Ihnen gegenüber.«

»Für die haben Sie immerhin Beweise.«

»Ja, und dafür wird er auch belangt werden. Ebenso wie für die Weitergabe von Kinderpornographie.«

Zumindest ein Lichtblick.

»Ist auch sein Chef involviert?«

»Nicht, soweit ich weiß. Wieso? Hegen Sie einen diesbezüglichen Verdacht?«

Leah bemühte sich um einen neutralen Gesichtsausdruck.

»Ich muss gestehen, dass weder Launz noch sein Chef mir sympathisch waren. Und Launz wirkte auf mich nicht wie jemand, der selbst die Initiative ergreift, sondern eher wie ein überaus williger Befehlsempfänger.«

»Launz hat zwar nicht viel gesagt, besteht aber darauf, alleine gearbeitet zu haben.«

Was Habern wohl gegen ihn in der Hand hatte? Oder hatte Launz ganz einfach eine verquere Vorstellung von Loyalität?

»Es muss doch irgendwie möglich sein, an die Drahtzieher heranzukommen.«

»Ich möchte Ihnen dringend nahelegen, die Sache auf sich beruhen zu lassen«, unterbrach sie Anhalting.

»Meiner Erfahrung nach sind die größten Fische die gerissensten Räuber. Wenn Sie sich in ihr Revier begeben, müssen Sie damit rechnen, zur Beute zu werden.«

»Ich weiß, dass es gefährlich werden könnte, aber diejenigen, die hinter all dem stehen, müssen doch zur Verantwortung gezogen werden.«

»In einer idealen Welt wäre das auch der Fall, aber leider ist es fraglich, dass ihnen je etwas nachgewiesen werden kann. Nur äußerst selten sind wir in der Lage, die Hintermänner dingfest zu machen.«

»Also lassen Sie sie davonkommen?«

Anhalting seufzte. »Wir tun, was in unserer Macht steht. Aber häufig sind uns die Hände gebunden. Das ist das Frustrierende an unserer Arbeit. Dass die schlimmsten Verbrecher oft ungestraft davonkommen.«

Anhaltings Worte hallten noch lange in Leah nach. Die Machtlosigkeit derjenigen auf Seiten des Gesetzes stand im krassen Gegensatz zur selbstgefälligen Präpotenz von Menschen wie Habern, die nur um des Profits willen über Leichen gingen und (Kinder-)Leben zerstörten. Habern schien sich abgesichert zu haben. Seine Geschäfte wurden von den Ermittlungen nicht beeinträchtigt. Launz und Vukovits würden sich hüten, ihn ans Messer zu liefern. Habern war zu einflussreich, um sich gefahrlos gegen ihn stellen zu können. Und sowohl Vukovits als auch Launz waren Überlebenskünstler, die alles tun würden, um ihre Haut zu retten.

Auch wenn sie nicht guthieß, was Peter getan hatte, konnte sie seine Motivation nachvollziehen. Er hatte die Welt zu einem besseren Ort machen wollen. Seine Methoden mochten die falschen gewesen sein, seine Intention war die richtige.

In den Wochen nach Peters Verhaftung vergrub sich Leah in ihrer Arbeit. Das Buch wurde zu ihrem Lebensinhalt. Ihre Hoffnung, dass nach der Aushebung des Kinderpornorings auch Elina gefunden werden würde, hatte sich nicht erfüllt. Also tat Leah das Einzige, was sie tun konnte, um Kindern wie Elina zu helfen, sie schrieb.

Sie interviewte Therapeuten, Pädosexuelle, Kriminalisten und Computerspezialisten. Sie recherchierte über die Anbahnungsstrategien Pädosexueller und die Mechanismen, die sie benutzten, um ihre Opfer zum Schweigen zu bringen. Sie sprach mit Erwachsenen, die als Kinder oder Jugendliche missbraucht worden waren, befragte auf Missbrauchsopfer spezialisierte Psychiater und Mitglieder von Selbsthilfegruppen. Sie schrieb wie eine Besessene. Ihre Arbeit hielt sie aufrecht, lenkte sie von den quälenden Selbstvorwürfen ab.

Philipp und Mara versuchten alles, Leah aus ihrer Isolation zu holen. Nur selten hatten sie Erfolg. Ab und zu konnte einer der beiden Leah dazu überreden, einen Spaziergang zu machen, mit ins Kino zu kommen oder etwas essen zu gehen. Bei einem ihrer raren Ausgänge bemerkte Leah, dass es Frühling geworden war. Das frische Grün der Blätter, die allgegenwärtigen Blumen und Blüten und vor allem die verliebten Pärchen verdeutlichten Leah auf schmerzliche Weise, was sie verloren hatte. Die aufwallende Trauer um Max trieb sie nach Hause zurück, wo sie sich hinter ihrem Schutzwall aus Arbeit verschanzte.

Max' Mutter hatte ihr einige seiner persönlichen Dinge geschickt.

Wochenlang hatte Leah nicht den Mut gehabt, das Paket zu öffnen. Es war ein Sonntagmorgen, als sie sich schließlich dazu überwinden konnte. Sie fand Liebesbriefe, die sie ihm geschrieben hatte, Theater-, Kino- und Konzertkarten und ein Sammelsurium an Reiseunterlagen und Mitbringseln, hauptsächlich aus ihrer gemeinsamen Zeit. Dann fiel ihr die Winnie-Puuh-Figur in die Hände. Der Schmerz traf sie mit voller Wucht. Fast hätte sie die Box wieder verschlossen, als ihr Blick an einem Stück Papier hängenblieb. Es war mit krakeliger Kinderschrift beschrieben und ragte aus dem Prospekt des Romantikhotels heraus, in dem sie ihren ersten gemeinsamen Urlaub verbracht hatten. Es war ein Brief, den Max seiner Mutter von einem Pfadfinderlager geschickt hatte. Leah lächelte über den aufgeregten Bericht kindlicher Abenteuer. Sie stockte, als sie den Schluss des Briefes erreichte: *Ich freue mich auf deine Honigbrote. Bald bin ich wieder zuhause. Ich hab dich lieb. Dein Winnie-Bär*

Vorsichtig faltete sie den Bogen wieder zusammen. Das also war die Erklärung, nach der sie verzweifelt gesucht hatte. Sie verschloss die Box und wollte sie im hintersten Winkel ihres Kleiderschranks verstauen. Dabei rutschte sie ihr aus der Hand. Ihr Inhalt verteilte sich auf dem Schlafzimmerboden.

Genervt sammelte Leah die verstreuten Erinnerungsstücke auf. Ein Kuvert, das sie zuvor übersehen hatte, zog ihre Aufmerksamkeit auf sich. Sie öffnete es. Starrte fassungslos auf seinen Inhalt. Fotos nackter Kinder in eindeutigen Posen. Ausgedruckte Artikel über Pädophilie. Sie hatte das Gefühl, den Boden unter den Füßen zu verlieren. Sie kämpfte gegen die aufsteigende Übelkeit. Zwang sich, ruhig zu atmen.

Wozu hatte Max all diese Fotos gesammelt? Für sich selbst? Oder war es ein Versuch, sie bei ihrer Arbeit zu unterstützen? Sie legte das Kuvert zurück in die Schachtel. Sie wollte sich mit der Bedeutung ihrer Entdeckung nicht auseinandersetzen. Irgendwann würde sie die Kraft dazu haben. Aber nicht im Moment.

Wochen später tauchten in einer einschlägigen Verkaufsbörse drei weitere Videos auf. Auch sie zeigten die brutalen Vergewaltigungen von Kleinkindern. Die Kinder waren in den vergangen vier Jahren entführt worden. Wie Elina waren sie die Kinder von sich illegal in Österreich aufhaltenden Prostituierten. Aus Furcht vor der Polizei hatte keine der Mütter Anzeige erstattet. Erst nachdem die Fotos der Kinder in sämtlichen Tageszeitungen veröffentlicht worden waren, hatte sich eine der Mütter gemeldet. Mit ihrer Hilfe konnten auch die anderen beiden gefunden worden. Es überraschte Leah nicht, dass sich in allen Fällen eine Verbindung zu Vukovits nachweisen ließ.

Als die Leiche eines der Kinder in Tschechien auf einer Mülldeponie entdeckt wurde, nachlässig in eine Plastikplane gewickelt und wie Abfall entsorgt, bröckelte Leahs Selbstschutz und sie versank in eine tiefe Depression.

Wieder war es Philipp, der dafür sorgte, dass sie zum Arzt ging und die verschriebenen Medikamente auch einnahm. Und es war Philipp, in dessen Armen sie zusammenbrach. Die aufgestauten Gefühle, die mühsam zurückgehaltenen Emotionen, der giftige Mix aus Trauer, Hass, Wut und Schuldgefühlen brachen sich ihren Bann. Leah weinte und schrie, schluchzte und schlug um sich, tobte und weinte und weinte und weinte.

Irgendwann versiegten die Tränen und die tiefen Wunden, die ihr in den vergangenen Monaten zugefügt worden waren, begannen zu verheilen.

Danach verbrachte sie viel Zeit mit Mara und war bald soweit, kurze Unterhaltungen zu gebärden. Auch Ben wuchs ihr ans Herz, und zwischen Philipp und Mara hatte sich eine enge Freundschaft entwickelt. Nur Patrizia hatte wieder zu ihrer distanzierten Reserviertheit zurückgefunden.

Mit Anna führte Leah lange Gespräche über ihren Vater und Annas Beziehung zu ihm. Annas rückhaltlose Offenheit trug dazu bei, das Vertrauensverhältnis zwischen ihnen wiederherzustellen, auch wenn es wahrscheinlich nie mehr so eng sein würde wie früher.

Mitte Juni war das Buch fertig. Als Leah das Manuskript abschickte, hatte sie das Gefühl, einen Schlusspunkt hinter die Ereignisse setzen zu können. Nur noch selten schreckte sie aus Alpträumen auf, in denen

Elina, Peter oder Max eine Rolle spielten. Langsam bekam sie ihr Leben wieder in den Griff.

Manchmal jedoch hatte sie das Gefühl, auf etwas zu warten. Ein Ziehen Gefühl in der Magengegend, irritierend und eine Spur beängstigend.

Kapitel 28

Montag, 11. Juli

Der Anruf warf Leah völlig aus der Bahn. Fassungslos versuchte sie zu verdauen, was Richard Anhalting ihr soeben erzählt hatte. Ein Mädchen war ausgesetzt worden. Auf einer Autobahnraststätte. Ein kleines Mädchen, das ein Schild um den Hals hatte, auf dem Leahs Name stand. Ein Mädchenpaket zu Leahs Händen. Sie wusste, dass es Elina war. Das hatte sie auch Anhalting gesagt. Und dass man Elina an ihrem herzförmigen Muttermal erkennen konnte. Als Anhalting sie bat, ihn am späten Nachmittag in seinem Büro aufzusuchen, zögerte sie keinen Augenblick. Sie brauchte die Bestätigung, dass es sich um Elina handelte. Dass das Martyrium des Mädchens ein Ende gefunden hatte.

Das Büro war anders, als sie es sich vorgestellt hatte. Topfpflanzen in unterschiedlichen Größen waren auf jeder freien Fläche platziert. Abstrakte Kunstdrucke schmückten die Wände und der Schreibtisch war sympathisch unaufgeräumt. Richard Anhalting hatte sämtliche Spuren seines Vorgängers getilgt und dem Büro seine persönliche Note aufgedrückt. Der Raum wirkte einladend – etwas, das Leah von Anhalting nicht erwartet hätte. Der Endvierziger wirkte mit seinem dröhnenden Bass, dem dichten Vollbart und seinem harschen Auftreten eher wie ein sachlicher Macher als ein softer Pflanzenliebhaber. Wieder klafften Vorstellung und Realität weit genug auseinander, um jegliches Vorurteil ad absurdum zu führen.

Anhalting bot Leah den Platz vor seinem Schreibtisch an. Umständlich richtete er einige Stifte im rechten Winkel zur Schreibtischkante aus.

»Wir haben es mit einer – vorsichtig ausgedrückt – ungewöhnlichen Situation zu tun. Etwas Vergleichbares ist, soweit ich weiß, noch nie vorgekommen.«

»Das kann ich mir vorstellen.«

»Ich muss Sie fragen, in welcher Beziehung Sie zu dem ausgesetzten Kind stehen, bei dem es sich vermutlich um Elina Karazin, die Tochter der verunfallten Kateryna Karazin handelt.«

»Ermordet, nicht verunfallt«, unterbrach ihn Leah.

»Kateryna Karazin wurde von Gregor Vukovits ermordet. Dass sie es ihm nicht beweisen können, ändert nichts an den Tatsachen.«

Anhalting ignorierte ihren Einwurf.

»Können Sie sich vorstellen, warum das Kind sozusagen an Sie adressiert war? Wer hat Elina Ihrer Meinung nach ausgesetzt – und warum der Hinweis auf Sie?«

Leah wählte ihre nächsten Worte mit Bedacht. Sie hatte nicht vor, Habern ins Spiel zu bringen. Nicht, nachdem er sich durch Elinas Rettung erstmals eine Blöße gegeben hatte. Das Auftauchen seiner Tochter war in Leahs Augen der endgültige Beweis, dass er in ihre Entführung verwickelt gewesen war. Schließlich hätte er auch Elina ohne Weiteres wie die anderen Kinder verschwinden lassen können, wurden sie doch in der Branche als Wegwerfartikel betrachtet.

Leah war überzeugt, dass Habern erst durch sie von seiner Vaterschaft erfahren hatte. Auch wenn er kühl taktierte und seine Vertrauten ans Messer lieferte, wie es seinem Assistenten Thomas Launz widerfahren war, hatte Habern sich womöglich doch noch einen winzigen Rest Menschlichkeit bewahrt. Schließlich ging er mit Elinas Rückholung ein nicht zu unterschätzendes Risiko ein. War sein Ego so groß, dass es jenseits seines Vorstellungsvermögens lag, für seine Taten bezahlen zu müssen? Noch lag er mit dieser Einschätzung richtig, noch konnte Leah ihm nichts anhaben.

Noch konnte sie nicht beweisen, dass er der Kopf des Kinderpornorings war. Der seinem Herrn immer noch in Treue – oder Angst

– ergebene Launz hatte bereits gestanden, das Forum als Vertriebsplattform genutzt zu haben. Auch Vukovits' Beteiligung als Zulieferer war durch Launz' Aussage bestätigt worden. Es erfüllte Leah mit Genugtuung, dass der Mörder von Kateryna und Oxana wenigstens hierfür zur Rechenschaft gezogen werden würde. Zufrieden würde sie erst sein, wenn auch Habern im Gefängnis saß. Denn dass er seine Position im Außenministerium für seine illegalen Nebengeschäfte ausnützte, stand für Leah außer Frage. Da er sich persönlich nie die Hände schmutzig machte, sondern sich dafür mit Launz einen zutiefst loyalen Mitarbeiter herangezüchtet hatte, konnte er sich auf der sicheren Seite wägen. Habern zog die Fäden, seine Marionetten tanzten.

Doch falls er glaubte, dass sich Leah ihm verpflichtet fühlen würde, weil er ihr Elina quasi zum Geschenk gemacht hatte, schätzte er sie falsch ein. Sein indirektes Schuldeingeständnis feuerte ihren bereits erloschen geglaubten Kampfgeist aufs Neue an. Irgendwann, das schwor sie sich, würde auch Habern sich für seine Verbrechen verantworten müssen. Dafür würde sie sorgen. Für Elina. Für Kateryna. Für Oxana.

»Ich nehme an, dass Elina an mich adressiert war, weil meine Recherchen über sie dem Absender bekannt sind«, antwortete sie schließlich auf Anhaltings Frage.

»Ich hatte Kontakt zu Oxana Andruchowytsch, die eng mit Elinas Mutter befreundet war, und bin Gregor Vukovits und Thomas Launz begegnet. Udo Lassa hat mir kurz vor seiner Ermordung das Video von Elinas Vergewaltigung zukommen lassen. Mein Engagement war also offensichtlich. Außerdem wurde von denjenigen, die Elina ausgesetzt haben, durch meine namentliche Erwähnung sichergestellt, dass Elina rasch identifiziert werden würde.«

Leah lehnte sich zurück und beobachtete Anhalting.

Merkte er, dass sie ihm Wesentliches verschwieg? Oder war er mit ihrer Erklärung zufrieden?

»Wie ich schon sagte, eine überaus ungewöhnliche Situation.«

Anhalting ordnete die Stifte um. Nun sortierte er sie nach Größen.

»Was geschieht jetzt mit Elina?«

»Nachdem sie im Krankenhaus durchgecheckt worden ist, kommt

sie in Krisenpflegebetreuung. Falls keine Verwandten ausfindig gemacht werden können, wird sie wohl dauerhaft in Pflege gegeben werden.«

»Ich möchte sie gerne sehen. In gewisser Weise wurde ich ja für sie verantwortlich gemacht. Seit ich das Video bekommen habe, fühle ich mich ihr verpflichtet.«

»In Anbetracht der Umstände kann ich das durchaus nachvollziehen. Ich kann mir nicht vorstellen, dass das Jugendamt Ihrer Bitte nach Kontakt nicht nachkommt.«

Anhalting suchte Leahs Blick.

»Eines noch: Ich weiß, dass Sie mir etwas verheimlichen. Wie ich Sie einschätze, haben Sie dafür gute Gründe. Doch was auch immer Sie vorhaben, seien Sie vorsichtig. Wir beide wissen, wozu diese Menschen fähig sind. Ich möchte nicht, dass auch Sie eines Tages als Fallakte hier landen.«

Leah lächelte. »Ich kann Ihnen versprechen, dass ich kein unnötiges Risiko eingehen werde.«

Zum Abschied reichte er ihr die Hand.

»Ich hoffe, wir sehen einander nicht wieder.«

»Das hoffe ich auch.«

Leah verließ das Büro, in dem Peter den Plan geschmiedet hatte, der sie letztendlich hierhergebracht hatte.

Das Leben, dachte sie, hatte mitunter einen merkwürdigen Sinn für Humor.

Epilog

Samstag, 27. August

Reglos sitzt Elina im Gras. Sie trägt ein rotes Sommerkleid mit weißen Tupfen, weiße Söckchen und rote Sandalen mit Schmetterlingsschnallen. Das herzförmige Feuermal am rechten Oberarm hebt sich kaum von ihrer gebräunten Haut ab. Ihre kinnlangen Haare sind zu zwei Zöpfen zusammengefasst, die wie kleine Pinsel vom Kopf abstehen und von großen roten Maschen fast verdeckt werden. Die Sonnenbrille mit weißen Rahmen ist ihr eine Spur zu groß. Alle paar Minuten schiebt Elina sie mit einer Eleganz, die einer Diva würdig wäre, die Nase hoch.

Sie sitzt im Schneidersitz, mit Blick auf das Gartentor, und wartet. Samstag ist Besuchstag. Ihre Pflegemutter, die sie Sanne nennt, hat ihr gesagt, dass es noch nicht einmal halb drei ist, doch Elina ist wie immer zu aufgeregt, um es im Haus auszuhalten. Also sitzt sie im Garten und wartet.

Sanne fragt sie nicht nach den Dingen, die mit ihr geschehen sind. Sie sprechen nicht über die Zeit, nachdem der Fremde sie von ihrer Mama weggeholt hat. Aber Elina weiß, dass Sanne ihr zuhören wird, wenn sie reden möchte. Zweimal die Woche geht Sanne mit ihr zu Miriam. Miriams Job ist es, Kindern wie Elina zu helfen. Sie ist Psychologin, und Elina ist stolz, dass sie sich dieses schwierige Wort gemerkt hat und es sogar aussprechen kann.

Miriam spielt mit ihr. Manchmal macht das Spaß, aber oft muss Elina auch weinen. Dafür braucht sie sich nicht zu schämen, sagt Miriam, aber weh tut es trotzdem.

Sanne hat Miriam auch von den Träumen erzählt, aus denen Elina jede Nacht schreiend aufwacht. Über die Träume will Elina nicht reden. Sie spricht überhaupt nicht viel. Miriam sagt, dass sie Angst hat, zu viel zu sagen, aber das stimmt nicht. Elina hat Angst, dass die Träume wahr sind. Und dass Sanne und ihr Haus und Elinas schönes Zimmer nur ein Traum sind. Ein Traum, aus dem sie dann aufwacht.

Eine Libelle setzt sich auf ihr nacktes Knie. Das kitzelt, aber Elina rührt sich nicht. Sie betrachtet den blauglänzenden Körper, die durchsichtigen Flügel und die großen Augen des Insekts und wird wütend. Sie schlägt nach der Libelle, doch die schwirrt einfach davon. Mit einem Klatschen knallt Elinas Hand auf ihr Knie und ihr steigen die Tränen in die Augen.

Und dann ist Sanne bei ihr und legt ihr die Hand auf die Schulter, mehr lässt Elina nicht zu, und die zarte Berührung tut gut. Elina gibt dem Drang zu weinen nicht nach und starrt weiter auf das Gartentor. Endlich hört sie die vertrauten Schritte.

Und dann ist ihre Freundin Leah da.

Leah, die jede Woche zu Besuch kommt, seit Elina hier lebt, und mit ihr spielt, ihr lustige Geschichten erzählt und sie zum Lachen bringt. Leah, die ihr versprochen hat, immer für sie da zu sein.

Mit einem Satz ist Elina auf den Beinen und rennt zu ihr. Sie lässt sich in ihre Arme fallen und für einen Moment ist alles gut.

Anmerkung

Pädokriminalität, sexuelle Gewalt gegen Kinder und Kinderpornografie sind keine angenehmen Themen. Trotzdem oder gerade deswegen war es mir wichtig, darüber zu schreiben.

Elinas Martyrium ist fiktiv. Die Grausamkeiten und Verletzungen, die Kinder in aller Welt erleiden müssen, sind es nicht. Unbeschreibliches wird Babys, Kleinkindern und Jugendlichen angetan. In vielen Fällen von Menschen, denen sie vertrauen.

Die Auswirkungen auf Opfer und Betroffene werden dennoch kaum thematisiert. Dieser Tabuisierung möchte ich entgegenwirken. Wie Leah bin ich davon überzeugt, dass Schweigen sprachlos macht und den Opfern die Möglichkeit nimmt, gehört zu werden. Dieses Buch ist ein Versuch, den Elinas dieser Welt eine Stimme zu geben.

Literatur

Renate Böhm u.a.:
Nur geschaut und nichts getan. Psychoanalytische Psychotherapie mit Kinderpornographie-Konsumenten an einer Sexualberatungsstelle;
Argument Verlag, Hamburg, 2010, ISBN 978-3886193523

Lydia Cacho:
Sklaverei. Im Inneren des Milliardengeschäfts Menschenhandel;
S. Fischer, Frankfurt/Main, 2011, ISBN 978-3100100108

Günther Deegener:
Kindesmissbrauch. Erkennen – helfen – vorbeugen;
Beltz Verlag, Weinheim und Basel, 5. Auflage 2010, ISBN 978-3407859174

Adolf Gallwitz/Manfred Paulus:
Kinderfreunde. Kindermörder. Authentische Kriminalfälle. Fallanalysen. Vorbeugung;
Verlag Deutsche Polizeiliteratur, Hilden, 2002, ISBN 978-3801104641

Gallwitz, Adolf/Paulus, Manfred:
Pädokriminalität weltweit. Sexueller Kindesmissbrauch, Kinderhandel, Kinderprostitution, Kinderpornographie;
Verlag deutsche Polizeiliteratur, Hilden, 2009, ISBN 978-3801105983

Manfred Karremann:
Es geschieht am helllichten Tag. Die verborgene Welt der Pädophilen und wie wir unsere Kinder vor Missbrauch schützen;
Dumont Verlag, Köln, 2010, ISBN 978-3832161422

Heidi Kastner:
Täter-Väter. Väter als Täter am eigenen Kind;
Carl Ueberreuter, Wien, 2009, ISBN 978-3800074358

Korinna Kuhnen:
Kinderpornographie und Internet;
Hogrefe-Verlag, Göttingen, 2007, ISBN 978-3801720858

Adressen und Ansprechpartner

Hilfe und Beratungsangebote für Opfer von (sexueller) Gewalt:

ÖSTERREICH

Rat auf Draht – Beratung für Kinder und Jugendliche
Telefon: 147 (kostenlos & anonym)
http://rataufdraht.orf.at

Die Möwe – Kinderschutzzentren
Telefon: 01/532 15 15
www.die-moewe.at

Unabhängiges Kinderschutz-Zentrum Wien
http://kinderschutz-wien.at

Bundesverband Österreichischer Kinderschutzzentren
www.oe-kinderschutzzentren.at

Weißer Ring – Verbrechensopferhilfe
Telefon: 0800/112 112 (kostenlos)
www.weisser-ring.at

Beratungsstellen in ganz Österreich, nach Fachbereichen wählbar.
www.beratungsstellen.at

DEUTSCHLAND

Hilfeportal sexueller Missbrauch
Telefon: 0800-22 55 530 (kostenlos & anonym)
www.hilfeportal-missbrauch.de

Bundesarbeitsgemeinschaft der Kinderschutz-Zentren e.V.
www.kinderschutz-zentren.org

Dunkelziffer e.V. – Hilfe für sexuell missbrauchte Kinder
www.dunkelziffer.de

Weißer Ring e.V.
Opfer-Telefon: 116 006 (kostenlos & anonym)
www.weisser-ring.de

Zartbitter e.V.
Kontakt- und Informationsstelle gegen sexuellen Missbrauch an Mädchen und Jungen
www.zartbitter.de

SCHWEIZ

Kinderschutz Schweiz
www.kinderschutz.ch

Weißer Ring – Opferhilfe
Nottelefon: 0800/0800 88
www.weisser-ring.ch

Lantana – Fachstelle Opferhilfe bei sexueller Gewalt
Stiftung gegen Gewalt an Frauen und Kindern
www.lantana-bern.ch

Ansprechpartner für jene, die nicht Täter werden wollen:

An diese Stellen können sich Männer wenden, die sich von Kindern und/oder Jugendlichen angezogen fühlen und Missbrauchshandlungen verhindern wollen:

ÖSTERREICH
Nicht Täter werden
Telefon: 01/603 28 28 (anonym & unverbindlich)
www.nicht-taeter-werden.at

DEUTSCHLAND
Kein Täter werden
Kostenlose Therapie unter Schweigepflicht.
www.kein-taeter-werden.de

SCHWEIZ
Kein Missbrauch
Beratungen und Therapie für Männer mit pädophilen Neigungen.
www.keinmissbrauch.ch

Danksagung

An dieser Stelle möchte ich allen danken, die an dieses Projekt geglaubt haben. Allen voran meinem Verleger Clemens Ettenauer und der Jury des von ihm ausgelobten Thriller-Manuskriptpreises, die sich für mein Buch entschieden haben.

Mein besonderer Dank gilt den Organisatoren und Sponsoren des Krimistipendiums »Tatort Töwerland«. Zwei Wochen war ich zu Gast auf der ostfriesischen Insel Juist. Thomas Koch, der Buchhändler der Insel, hat sich der Aufgabe verschrieben, Juist zum mörderischen Zentrum krimineller Phantasien zu machen. Residieren durfte ich im Hotel Friesenhof der Familie Peters. Morgendliche Strandspaziergänge und das idyllische Ambiente – keine Autos, nur Pferdekutschen (!) – inspirierten mich zu mehr als einem Mord. Auch Leahs Familiengeheimnis wurde mit Blick auf Dünen und Meer gelüftet.

Den Schreibexilanten danke ich für die Wochen im mysteriösesten Ferienhaus Österreichs, wo Ufos landen und Werwölfe heulen, den Hobbits für durchspielte Nächte mit Lachkrampfgarantie.

Katina Gremler, der Betreiberin des Buchblogs »Foxi's Bücherschrank« danke ich dafür, dass sie das Manuskript in Bezug auf Maras Hörbehinderung auf Herz und Nieren geprüft hat. Danke für deine hilfreichen Anmerkungen!

Den Mitgliedern des Montségur-Autorenforums und den Mörderischen Schwestern danke ich für Ratschläge, unverklärte Erfahrungsberichte und den Ansporn, die Erfolge anderer mitzuerleben.

Meiner Mutter danke ich für ihr wiederholtes Testlesen und ihre

Hilfe beim Ausbügeln der einen oder anderen Schwachstelle.

Für tatkräftige Hilfe in jeder Lebenslage danke ich meinem Vater.

Auch auf meine beiden Schwestern ist immer Verlass – egal, wie weit sie wegziehen.

Für unerschütterliche Freundschaft danke ich Romana, Gaby, den Claudias und Susi. Und dann ist da noch Marion. Schreibbuddy, Kaffeehauskollegin und Buchmessenkumpanin. Lass uns noch viele Buchbabys ins Leben begleiten!

Meine Töchter sind alt genug, es cool zu finden, dass ihre Mutter Bücher schreibt. Die Ältere arbeitet bereits daran, in meine Fußstapfen zu treten – und mich ehestmöglich zu überholen.

Die Jüngere ist optimistisch genug für uns alle. Selbst die dunkelsten Wolken haben keine Chance gegen sie.

Ich liebe euch bis ans Ende meiner Worte.

Für seine Geduld, seine Unterstützung, sein Vertrauen in mich und meine Fähigkeiten, seine unbestechliche Kritik, vor allem aber für seine Liebe danke ich meinem Mann.

Du bist mein Hafen, mein Lebensmensch. Ich liebe dich, aber das weißt du ja.

Nicole Makarewicz: Dein Fleisch und Blut
1. Auflage 2018
ISBN 978-3-902980-74-8

Layout: Sarah Braid
Coverfoto: Klaus Pichler
Druck: Riedel, Auersthal

www.holzbaumverlag.at

Diese Geschichte wurde unter 52 eingesandten Texten beim „Holzbaum Thriller-Manuskriptpreis 2017" von der Jury ausgewählt.